LE LIVRE DE PHÉNIX

Nnedi Okorafor est une autrice américaine d'origine nigériane de science-fiction et de *fantasy*. Elle est l'une des figures de l'« African Futurism », un courant ancré dans la culture, les peuples et les cosmologies d'Afrique. Après avoir publié plusieurs ouvrages pour adolescents, elle obtient le prix World Fantasy 2010 du meilleur roman et le prix Imaginales du meilleur roman étranger 2014 pour *Qui a peur de la mort ?*, le prix Nebula 2015, le prix Hugo de la meilleure novella 2016 pour *Binti*, le prix Hugo de la meilleure histoire graphique ou bande dessinée 2020 pour *LaGuardia*, ainsi que le prix Imaginales du meilleur roman jeunesse 2021 pour *Akata Witch*. Elle a également été scénariste sur plusieurs numéros du comics *Black Panther* chez Marvel.

Paru au Livre de Poche :

BINTI

1. Binti

2. La Mascarade nocturne

QUI A PEUR DE LA MORT ?

NNEDI OKORAFOR

Le Livre de Phénix

TRADUIT DE L'ANGLAIS (ÉTATS-UNIS)
PAR HERMINE HÉMON ET ERWAN DEVOS

LE LIVRE DE POCHE

Titre original :
THE BOOK OF PHOENIX
Publié par Hodder & Stoughton.

Couverture : Studio LGF. © Maria Voronovich /
Woewchikyury WW / iStock.

ISBN : 978-2-253-10710-1 – 1re publication LGF

PROLOGUE

Découverte

Personne ne sait réellement qui a écrit le *Grand Livre*.

Oh, les religieux ont toujours des réponses pour expliquer l'inexplicable. Certains d'entre eux aiment à dire que c'est la déesse Ani qui l'a écrit et qu'elle a fait en sorte que dix hommes et femmes qui aimaient les histoires en découvrent des copies au même moment. D'autres disent qu'une simple femme, mère de dix enfants, a retranscrit seule les mots d'Ani sur une dizaine d'années. D'autres encore disent qu'un fermier illettré et à moitié idiot l'a écrit en une seule nuit après avoir été béni par Ani. Mais la majorité pense que l'auteur du *Grand Livre* était un prophète fou mais saint – ils le sont toujours – qui s'était réfugié dans une caverne.

Ce que *je* peux vous dire, moi, c'est que deux cents ans après que tout eut déraillé, un vieil homme nommé Sunuteel se trouvait dans le désert. Il faisait partie de ceux qui aimaient être dans le désert des semaines durant, à proximité du soleil, du sable et de toutes ses créatures. Ce temps passé éloigné de sa femme rendait les moments qu'ils vivaient ensemble encore plus agréables. Sunuteel et sa femme partageaient le même avis. Ils étaient vieux. Et pleins de sagesse.

« Allez, vas-y », avait dit sa femme en souriant. Elle avait pris ses vieilles mains rêches dans ses vieilles mains tout aussi rêches. C'était une belle femme, et Sunuteel trouvait qu'il était facile de la regarder dans les yeux. « Cela me convient également, avait-elle ajouté. J'ai besoin de me retrouver seule. »

Il y avait eu une tempête *ungwa* particulièrement forte et le couple nomade avait à peine survécu à cette nuit sèche et orageuse. La foudre avait frappé tout près de leur robuste tente, embrasant l'un des trois palmiers tordus à côté desquels ils avaient décidé d'établir leur campement. Sa femme était en train de regarder à l'extérieur quand la foudre était tombée. Fort heureusement, elle avait fermé les yeux exactement au bon moment. Elle avait dit que l'arbre ressemblait à une femme dansant au milieu des flammes. Alors que Sunuteel l'attirait vers le centre de la tente où ils s'étaient blottis l'un contre l'autre pour prier, elle avait ressenti une présence. Elle était persuadée que c'était une prémonition.

Le vieil homme avait l'habitude des intuitions étranges de son épouse, superstitieuse. C'est pourquoi il savait qu'elle souhaiterait se retrouver seule pour réfléchir, méditer et s'inquiéter. Quand la tempête s'éloigna enfin, et qu'elle l'encouragea tendrement à prendre quelques jours pour lui et à aller explorer le désert, il ne discuta pas. Il se munit d'une tente en peau de chèvre, de la sacoche de fournitures qu'elle lui donna et il l'embrassa sur la joue. Il ne lui dit pas au revoir, car les au revoir dans sa tribu étaient considérés comme une malédiction.

« Je te laisse mon *chi* pour qu'il te tienne compagnie », ajouta-t-il.

Pour chacune des nuits en son absence, en plus de ses repas, elle préparerait une petite assiette de nourriture pour son dieu personnel, et ce, jusqu'à ce qu'il lui revienne. Sunuteel clipsa son portable à sa hanche, à l'abri dans sa poche. Après un dernier baiser, bien plus long, il quitta sa femme. Avait-elle pensé qu'un ange venait lui rendre visite ? Ses descendants faisaient partie de la branche islamique du Vieux Naija. Elle disait souvent que son père lui racontait tout un tas d'histoires sur les anges et les djinns. Elle avait à son tour transmis ces histoires magiques à leurs enfants en grandissant.

Quelques minutes après son départ, Sunuteel sortit son portable et, riant pour lui-même, il afficha l'écran virtuel et tapa :

« Hussaina, salue-*la* pour moi quand tu la verras, qu'elle soit un ange ou un djinn. »

Quelques instants plus tard, la réponse de sa femme s'afficha à l'écran, répondant ce qu'elle lui disait toujours quand Sunuteel s'en allait :

« Et assure-toi de me rapporter une bonne histoire. »

Deux jours plus tard, Sunuteel découvrit une caverne remplie d'ordinateurs. La tombe d'une très ancienne technologie datant des Jours sombres, les Temps du peuple noir, l'Ère des Okeke. C'était l'une de ces grottes dans lesquelles les Okeke en état de panique avaient empilé des milliers d'ordinateurs juste avant qu'Ani ne reporte son attention sur la Terre. Il était dit que ces ordinateurs stockaient d'énormes quantités d'informations en plus des référentiels numériques appelés les espaces virtuels. Cela n'avait guère été utile cependant, car qu'ils soient virtuels ou physiques, tous étaient morts, oubliés et corrompus.

« Mais qu'est-ce que je vois là ? souffla-t-il. Est-ce que c'est bien ça ? »

Il posa une de ses mains tremblantes contre son torse, ressentant son cœur battre la chamade. Là, debout, il ne se sentait pas si vieux. Pas vieux du tout, même. Cet endroit lui donnait l'impression d'être aussi jeune qu'un petit enfant. Sunuteel, qui était okeke et donc descendant du mal qui avait poussé la déesse Ani à faire apparaître les déserts, savait tout des Jours sombres toxiques et de leurs ingénieux gadgets empoisonnés. Et pourtant, il avait toujours eu envie de contempler ces anciens ordinateurs de ses propres yeux.

Il entra donc.

La caverne était fraîche et sentait la poussière, l'huile minérale, le plastique, les fils électriques et le métal. Des fantômes vivaient ici et

Sunuteel trembla rien qu'à cette pensée. Pourtant, il s'approcha de ces vieilles machines. *Voilà* une histoire qu'il pourrait raconter à sa femme. Le troisième ordinateur qu'il toucha s'éveilla. Terrifié, il retira sa main du bouton « on » sur lequel il avait appuyé par accident et s'en écarta en trébuchant. La boîte grise, de la taille d'une main, se mit à bourdonner. Puis elle commença à communiquer avec le portable clipsé dans la poche de son pantalon poussiéreux. Celui-ci émit un bruit alors qu'il recevait par transmission sans fil un lourd fichier provenant de l'ordinateur. Sunuteel cligna des yeux puis sortit de la caverne en courant, persuadé d'avoir été touché par un fantôme.

Ce n'est qu'une fois de retour à sa petite tente en peau de chèvre installée près d'un baobab qu'il osa regarder son portable. Il posa l'appareil de la taille d'une pièce au centre de sa paume et le porta à son visage. Du fait de sa mauvaise vue, il dut étrécir les yeux pour voir le tout petit écran. À côté du fichier qui contenait les messages de sa femme se trouvait l'icône noire d'un oiseau qui semblait regarder par-dessus son épaule. Il lui donna une tape du bout du doigt, et une voix masculine profonde se mit à lui parler… en anglais !

C'était un fichier audio. Sunuteel se rassit confortablement dans sa tente, souriant de plaisir. *Bonté divine*, se dit-il. *Comme c'est étrange. Quelle était la probabilité que je tombe là-dessus ?!* Il connaissait cette langue morte, quoique l'accent soit effectivement très étrange. Il approcha l'écran virtuel de ses yeux. Les mots qui apparaissaient alors que le fichier audio était lu étaient rouges au lieu de la couleur verte habituelle. Il posa le portable sur la couverture qui se trouvait devant lui. Puis il regarda et écouta.

La voix lisait un sommaire tout en projetant les mots sur un écran virtuel devant lui :

« Section un : mythologie. Section deux : légendes. Section trois : mécanique. Section quatre : actualités… »

Il fronça les sourcils alors que la lecture se poursuivait. Après un temps, il se décida à cliquer sur « Section trente-huit : extraits de souvenirs », car cette phrase lui rappelait quelque chose de lointain, de l'époque où il était encore enfant. À l'école, sa professeure avait parlé des temps sombres qui avaient eu lieu des centaines d'années auparavant, quand les humains étaient obsédés par leur quête de l'immortalité. Ils avaient même trouvé comment extraire et recueillir les souvenirs d'autrui directement depuis leurs esprits afin de les préserver à jamais. « Pareil à une station de capture qui aspire la condensation de l'atmosphère pour la transformer en eau potable », avait alors expliqué sa professeure.

Sunuteel avait été captivé et discrètement fier de *jusqu'où* étaient allés les humains en matière de technologie. Néanmoins, sa professeure l'avait découragé de faire davantage de recherches. « Sunuteel, avait-elle dit. C'est cela qui a conduit à la colère d'Ani. »

C'est ainsi que le jeune Sunuteel s'était détourné du passé pour regarder entièrement, ou presque, en direction de l'avenir. Il adorait les langues, les mots et les histoires. Il était devenu l'archiviste et le conteur le plus prisé de son village. Il pouvait parfaitement réciter de magnifiques poèmes dans cinq dialectes okeke différents, mais il était également capable de le faire dans la langue et les dialectes variés du grand peuple nuru et dans la langue commune des Sipo. Et, de manière incroyable, l'un des sages les plus éminents du village lui avait également enseigné l'anglais.

De ce qu'en savait Sunuteel, ce sage, un vieil homme de son village que tout le monde appelait La Graine, était le seul à connaître cette langue. Il était aussi la seule personne à la peau claire de son village à ne pas être albinos. Cet homme refusait de se dire nuru, insistant sur le fait qu'il était « arabe », un terme qui était devenu depuis longtemps une insulte plutôt qu'une description ethnique du peuple nuru. La Graine préférait vivre parmi les Okeke, le peuple à la peau noire et aux cheveux laineux. Il avait construit une maison en face de l'une des pyramides, car elle lui rappelait là d'où il venait. Quand Sunuteel était adolescent, La Graine ne semblait guère avoir plus de cinquante ans, mais sa mère prétendait qu'il était bien plus âgé que cela.

« Il avait exactement la même tête quand j'étais petite », lui avait-elle dit un jour. Et elle avait raison. Même aujourd'hui, alors que Sunuteel était un vieil homme, La Graine ne semblait pas avoir plus de cinquante ans. Sunuteel faisait partie de ceux qui comprenaient que le monde était empli de mystères. Ainsi, un homme vraisemblablement immortel vivant dans leur village ne semblait déranger personne. La Graine avait une maîtrise incroyable de la langue anglaise et, même s'il était parfois d'humeur changeante et solitaire, il s'était avéré un professeur incroyable.

Sunuteel avait décidé de lire les deux seuls textes en anglais de la région, dont La Graine se trouvait être le propriétaire. L'un était un livre d'anthropologie intitulé *Maladies virulentes des colonies martiennes*, et l'autre portait sur les sédiments de roches ignées. Malgré l'aridité évidente des sujets, Sunuteel adorait le rythme de l'anglais. La façon dont les mots se coulaient les uns dans les autres donnait à cette langue des sonorités liquides.

« Extraits de souvenirs », annonça la voix en anglais.

Puis elle se mit à énumérer une autre liste. Chacun de ses éléments était dans une langue différente, mais aucune qu'il ne comprenait. Irrité, Sunuteel écouta la succession de titres pendant un temps et s'apprêtait à retourner au menu principal quand la voix masculine lança clairement :

« Extrait n° 5 : *Le Livre de Phénix* » en anglais.

Il cliqua.

Il y eut tout d'abord une longue pause, et l'icône d'oiseau s'afficha à l'écran. Elle se mit à tourner dans le sens inverse des aiguilles d'une montre.

Il compta treize rotations et, voyant qu'elles ne s'arrêtaient pas, il leva les yeux vers le ciel. Bleu. Dégagé. Un gigantesque oiseau ressemblant à un faucon le survola. Il prit de l'altitude, continuant probablement de le voir parfaitement de ses yeux perçants. *Je retournerai auprès d'Hussaina dans deux jours*, pensa-t-il. *C'est bien assez de solitude pour qu'elle arrête de penser à des prémonitions et des anges.* Il sourit pour lui-même. Elle lui cuisinerait certainement, et avec entrain, un *doro wat* épicé quand il lui dirait qu'il avait « une histoire très importante à lui raconter ». Elle aimait les bonnes histoires, et ces dernières étaient encore mieux racontées avec un estomac plein.

« Extrait de souvenir n° 5, annonça soudainement la voix masculine, faisant sursauter Sunuteel. Titre : *Le Livre de Phénix*. Localisation n° 578. »

Puis une femme se mit à parler fébrilement. Les doux chuchotements de sa voix devaient être une incantation puissante, car à mesure qu'elle parlait, il semblait que la vue du vieil homme, qui s'amenuisait un peu plus chaque année, venait à s'améliorer. Sa femme, elle, aurait compris ce qu'il se passait. Mais Sunuteel était un homme moins ouvert à ce genre de questions.

Et pourtant, alors qu'il était assis dans sa tente, le regard traversant les mots rouges virtuels devant lui et se portant par-delà l'ouverture jusqu'au désert, il se rendit compte qu'il pouvait voir sur des kilomètres. De la sueur se mit à perler sur son front et entre les poils épais de ses aisselles. Il écoutait. Et la toute première personne à entendre l'une des innombrables entrées du *Grand Livre* fut stupéfiée par l'histoire qu'elle entendit.

« *Aucun livre ne parle de moi*, commença la voix. *Enfin, pas pour le moment. Mais peu importe. Je vais le fabriquer moi-même ; ce sera mieux ainsi. Pour raconter mon histoire, je vais employer les anciens outils africains de la narration : les mots parlés. Ils méritent ma confiance bien plus qu'autre chose et ils traverseront les âges. Et en des temps obscurs, les mots parlés portent l'histoire bien plus loin que les mots tapés, mis en images ou écrits. Ma vie débute dans l'obscurité. Nous avons tous commencé ainsi, les scientifiques fous comme les speciMen. L'un de mes amis les plus proches dirait qu'à cette époque "la déesse Ani dormait encore". J'ai appelé mon histoire* Le Livre de Phénix. *Elle est fiable et courte, car elle a été condensée…* »

CHAPITRE 1

SpeciMen

Je n'avais jamais connu d'autre endroit. Le vingt-septième étage de la Tour 7 était chez moi. Mais hier, j'avais aussi pris conscience que c'était une prison. J'aurais certainement dû m'en douter avant. Le gratte-ciel en marbre vieux de deux cents ans comptait bien des faces sombres dans son existence et j'en connaissais la majorité. Il mesurait trente-huit étages, et chacun d'entre eux ou presque était une abomination. J'étais une abomination. J'avais lu assez de livres pour que cela me soit évident. Et pourtant, j'aimais toujours dire de ce bâtiment que c'était mon domicile.

Domicile, n. m. : Lieu de résidence d'un individu. Oui, c'était chez moi.

Ils m'avaient fourni tous les films en 3D que je souhaitais regarder, mais c'est bien la pléthore de livres qui fonctionna sur moi. L'année dernière, ils m'avaient donné une tablette remplie de sept cent mille livres de toute sorte. Peu importe leur sujet, je les avais consommés avec voracité, en en lisant plus de la moitié. En matière d'information, on m'avait donné accès à tout ce que je demandais. Cela faisait partie de leurs recherches. Je ne le savais pas à l'époque, mais je le sais aujourd'hui.

La recherche. C'était le seul et unique but des tours. Il y en avait sept, toutes localisées dans des villes américaines, mais sans qu'elles fassent pour autant partie du gouvernement américain. Enfin, en théorie. En fouillant un peu, il était impossible de trouver le moindre lien avec le gouvernement.

J'avais eu accès à toutes les informations concernant les tours, que j'avais lues scrupuleusement. Cependant, la Tour 7 était celle dans laquelle je vivais, et c'est donc celle que j'avais principalement étudiée. Ils m'avaient donné beaucoup de dossiers « top secret » la concernant. Comme je l'ai déjà dit, on me fournissait toujours ce que je réclamais ; cela faisait partie de leur protocole de recherche. Il faut dire qu'ils ne me considéraient pas comme une menace, pas pour eux. J'étais un « speciMen », parfaitement contenu et classé secret. Et pour quelqu'un comme moi, le savoir n'avait rien d'un pouvoir.

La Tour 7 était située dans Times Square sur l'île de Manhattan, aux États-Unis d'Amérique. La majorité de l'île se trouvait sous le niveau de la mer, mais les géologues étaient persuadés que cette partie-là était assez stable pour soutenir la Tour 7. Son emplacement était idéal pour une surveillance et une sécurité maximales. J'avais lu des choses sur chacun des étages et sur certaines des atrocités qu'on y trouvait. J'avais écouté les fichiers audio des récits spirituels de shamans, sorciers et magiciens africains et peuples natifs morts depuis longtemps. J'avais lu le Tanakh, la Bible et le Coran. J'avais étudié le Bouddha et médité jusqu'à voir Krishna. Et j'avais compulsé d'innombrables livres sur les sciences du monde. Avec tout cela à l'esprit, je comprenais l'atrocité. Je comprenais l'objectif de la Tour 7. Jusqu'à hier.

Chaque tour avait… ses spécialités. La Tour 7, c'était le clonage et la manipulation génétique à un degré avancé et agressif. Dans la Tour 7, on inventait, on modifiait, et parfois les deux, des personnes et des créatures. Certaines étaient déformées, d'autres mentalement malades, d'autres encore étaient simplement dangereuses, mais aucune n'était sans défauts. Oui, certains d'entre nous étaient dangereux. J'étais dangereuse.

Et puis, il y avait le hall d'entrée de la tour, au rez-de-chaussée, qui projetait une image totalement différente. Je n'étais jamais descendue à ce niveau-là, mais mes livres le décrivaient comme une merveille terrestre, remplie de plantes grimpantes qui recouvraient les murs et de petits arbres poussant depuis des trous artistiquement percés dans le sol. L'attraction principale se trouvait au centre. Il y poussait la chose qui attirait des touristes du monde entier à découvrir le hall d'entrée de la fameuse Tour 7 (le hall seulement ; il n'y avait pas de visites organisées pour le reste du bâtiment).

Il y a cent ans, l'un des paysagistes avait planté un arbre d'un genre nouveau en son centre. Pour s'amuser, des scientifiques de la Tour 4 venus visiter la serre du huitième étage avaient versé une solution expérimentale dans le pot de terre qui abritait l'arbre. La substance visait à augmenter et à renforcer la vitesse de croissance. L'arbre avait grandi et grandi sans s'arrêter. Dans un endroit où l'on aurait réfléchi comme des personnes normales, on aurait déraciné cet arbre incroyable et on l'aurait placé à l'extérieur.

Toutefois, nous étions dans la Tour 7, un lieu où les limites étaient autant contenues que dépassées. L'arbre poussa avec férocité et, en quelques semaines, il atteignit le plafond du hall. Les charpentiers de la tour aménagèrent un gigantesque trou au travers duquel il put pousser pour atteindre le premier étage. Ils firent exactement la même chose pour le deuxième, le troisième et le quatrième étage. Le grand arbre fut finalement nommé « l'Épine dorsale », car il s'était propagé au travers des trente-huit étages de la Tour 7.

Je m'appelle Phénix. J'ai été confectionnée, menée à maturité et je suis finalement née ici, au vingt-septième étage. L'un des médecins m'a dit que mon nom venait du lieu de naissance du donneur de mon ovule. J'ai effectué quelques recherches ; Phoenix, Arizona, est le nom complet de cet endroit. Il n'existe aucune tour dans cette région, ce qui est une bonne chose.

Cependant, de ce que j'ai lu de la façon dont on procédait là-bas, même les scientifiques qui ont forcé mon existence ne connaissent certainement pas le nom de mon donneur. J'en doute donc fortement. Je pense qu'ils m'ont donné ce nom pour une tout autre raison.

Je suis un « organisme accéléré », né il y a deux ans. Pourtant je ressemble et me sens comme une femme de quarante ans. Mes docteurs m'ont expliqué que l'accélération s'est arrêtée maintenant que j'ai « atteint la maturité ». Ils m'ont dit que je donnerai toujours l'impression d'avoir environ quarante ans, même si je vivais jusqu'à mes cinq cents ans. Pour eux, j'étais comme une plante que l'on faisait pousser dans le but de la récolter.

Vous devez vous demander ce que j'entends par « eux ». EUX *tous*, le « Grand Œil », les scientifiques de la Tour 7, les assistants et les techniciens de laboratoire, les médecins, le personnel administratif, les gardes et la police. Nous, les speci-Men de la tour, les appelions collectivement le « Grand Œil » parce qu'ils nous observaient. Ils nous observaient tout le temps, même si ce n'était pas d'assez près pour se rendre compte de leur plus grande erreur ou empêcher l'inévitable.

Je pouvais lire un livre de cinq cents pages en deux minutes. Mon cerveau absorbait les informations et les histoires comme une éponge. Jusqu'à il y a deux semaines, quand je n'étais pas occupée à manger, à regarder par la fenêtre, à courir sur le tapis de course et à rencontrer les médecins, je passais mon temps sur ma tablette. Je restais assise dans ma chambre à consommer mot après mot, qui devenaient d'innombrables images tapissant mon esprit. Ils me donnaient des livres en papier, désormais, et me les retiraient quand je les avais terminés. Je préférais la tablette : elle prenait moins de place, je pouvais relire ce que je voulais quand je voulais, il y avait des livres en plus grand nombre et les pages électroniques ne sentaient pas le vieux et la moisissure.

Je regardai par la fenêtre les voitures et les camions passer en bas ainsi que les autres gratte-ciel qui se trouvaient en face tout en touchant les feuilles de mon hoya. Ils m'avaient donné cette plante cinq jours auparavant et elle poussait déjà à une telle vitesse qu'elle s'étalait sur le rebord de ma fenêtre et s'était enroulée autour de la chaise que j'avais placée là. Elle avait poussé de soixante centimètres en une nuit. Je ne pensais pas qu'ils l'avaient remarqué. Personne n'en avait jamais parlé. J'étais tellement naïve à cette époque. Évidemment qu'ils l'avaient remarqué. Cette plante n'avait rien d'un cadeau offert par gentillesse ; elle faisait simplement partie de la recherche. Ils ne s'étaient jamais préoccupés de moi. Mais Saeed, lui, oui.

Saeed est mort, *Saeed est mort*, *Saeed est mort*, me répétai-je encore et encore, tout en caressant l'une des feuilles de ma plante. Je tirai dessus pour l'arracher. *Saeed, mon amour*, *mon seul ami*. J'écrasai la feuille d'un geste de la main énervé ; son odeur végétale et terreuse aurait très bien pu être celle du sang.

Hier, Saeed avait vu quelque chose de terrible. Peu de temps après, il s'était assis en face de moi à l'heure du repas avec ses yeux grands ouverts comme des œufs durs, incapable de manger. Il n'avait pas pu me donner de détails, expliquant qu'aucun mot ne pouvait le décrire. Il m'avait simplement tenu la main, tout en tirant sur les poils courts de sa barbe brune avec l'autre.

« Que te dit ton cœur sur cet endroit ? » me demanda-t-il très sérieusement.

Je me contentai de hausser les épaules, un peu en colère contre lui de ne pas me dire ce qu'il avait vu de si affreux.

« *Behiima hamagi. Xara* », souffla-t-il, en lançant un regard noir à l'un des membres du Grand Œil.

Il parlait toujours arabe quand il était en colère. Il s'approcha et baissa la voix.

« Toi qui as lu tous ces livres… Pourquoi est-ce que tu ne ressens aucune rébellion dans ton cœur ? N'as-tu jamais rêvé de partir d'ici ? Loin du Grand Œil ?

— Mais me rebeller contre qui ? murmurai-je, confuse.

— Je serais même content d'être un speciMen mineur. Ils sont tarés, mais pas tant que *ça*. Au moins, le Grand Œil les laisse sortir et vivre une vie normale comme des personnes normales.

— Les speciMen mineurs n'ont rien de spécial, commentai-je. C'est pour ça que le Grand Œil les laisse sortir. Ça ne me plairait pas, j'aime qui je suis. »

Il se mit à rire avec plein d'amertume, toucha ma joue et m'embrassa doucement, plongeant son regard dans le mien. Puis il se rassit et ajouta :

« Mange ton riz *jollof*, Phénix. »

J'essayai de lui faire goûter son verre pilé. C'était son plat préféré, et cela me dérangeait de le voir ainsi bouder sa nourriture. Mais il refusait d'y toucher.

« Je peux vivre sans », dit-il en repoussant l'assiette.

Il me demanda ma pomme avant que nous regagnions nos quartiers individuels. Je pensai qu'il voulait la peindre, c'est ce qu'il faisait quand il était déprimé. Je la lui donnai sans y réfléchir, et il la glissa dans sa poche. Le Grand Œil le permettait bien qu'ils n'apprécient pas qu'on sorte de la nourriture de la salle à manger, et ce, même si l'on ne prévoyait pas de la manger.

Ses mots ne m'atteignirent pas vraiment avant la nuit, alors que j'étais allongée dans mon lit. Oui, quelque part, tout au fond de mon esprit, je voulais *effectivement* sortir de la tour et découvrir le monde, m'éloigner du Grand Œil. Je voulais *effectivement* contempler toutes ces choses que je voyais dans les livres que je lisais. « Rébellion », soufflai-je pour moi-même. Les mots fleurirent sur mes lèvres, telles des fleurs.

Ils m'annoncèrent la nouvelle le matin à l'heure du petit déjeuner. J'étais assise seule, cherchant Saeed du regard. Les autres, la femme à la colonne vertébrale tordue qui pouvait entièrement tourner sa tête comme une chouette, l'homme aux longs cils qui lui donnaient des yeux très expressifs et qui ne parlait jamais avec sa bouche mais avait toujours quelqu'un en train de s'entretenir avec lui, les trois femmes qui se ressemblaient toutes et avaient la même voix, le babouin aux yeux verts qui s'exprimait en utilisant une langue des signes très complexe, la femme dont le pull ne cachait en rien ses quatre énormes seins, les deux hommes soudés à la hanche qui riaient toujours de manière aléatoire, la femme aux dents et aux griffes de lion, ces personnes-là discutaient entre elles, mais ne s'adressaient jamais à moi. Seul Saeed, celui qui n'avait *pas* d'origines africaines (à part la femme lionne, qui était caucasienne), me parlait. Enfin, même la femme lionne était en partie africaine, car ses gènes avaient été mélangés à ceux d'un lion.

L'une de mes docteurs se glissa dans le siège face à moi. Celle qui semblait africaine et qui portait une perruque noire et brillante en cheveux synthétiques, Bumi. Ils l'envoyaient toujours s'occuper de moi quand il était question que je souffre physiquement, c'était donc logique, j'imagine, qu'elle soit celle à m'annoncer la désagréable nouvelle. Mon corps tout entier se tendit, elle me toucha la main et je la retirai. Puis elle me sourit avec sympathie et me dit quelque chose de terrible. Saeed n'avait pas pris la pomme pour la dessiner. Il l'avait mangée et cela l'avait tué. Mon esprit se porta sur l'un de mes livres, la Bible. J'étais Ève et lui était Adam.

Je ne pouvais rien manger, rien boire. Je refusais de pleurer dans la salle à manger.

Plusieurs heures après, j'étais allongée dans ma chambre, les yeux humides et l'esprit agité. Saeed était mort. Je n'avais rien avalé à midi ou le soir mais je n'avais toujours pas faim. J'avais chaud. Le scanner dans ma chambre allait bientôt se mettre à sonner. Puis ils allaient venir me chercher, faire des analyses. Je fermai les yeux, permettant à quelques larmes de couler. Elles s'évaporèrent en ruisselant le long de mes joues brûlantes, laissant derrière elles des croûtes de sel qui me démangeaient. « Mon Dieu », marmonnai-je. La douleur de sa perte me brûlait la poitrine. « Saeed. Qu'est-ce que tu as vu ? »

Saeed était humain, bien plus que moi. Je l'avais rencontré dès le premier jour où ils m'avaient permis d'accéder à la salle à manger avec les autres. J'avais un an ; je devais avoir l'air d'en avoir vingt. Il était assis seul et sur le point de faire quelque chose de totalement fou. Beaucoup d'autres personnes avaient attiré mon attention dans cette pièce. Les deux hommes soudés riaient fort en me voyant. Le babouin sautait de haut en bas tout en signant rapidement avec la dame aux griffes et aux dents de lion. Mais Saeed avait une cuillère à la main et un bol rempli de verre pilé devant lui. Je restai là, à le fixer, tout comme d'autres me regardaient. Il plongea sa cuillère dans les morceaux de verre, en ressortit une pleine cuillerée et la mit dans sa bouche. Je pouvais l'entendre croquer de l'endroit où je me tenais. Il souriait, clairement satisfait de sa nourriture.

La curiosité la plus pure me poussa à aller m'asseoir en face de lui avec mon plat de *doro wat* épicé. Il me jeta un regard empli de méfiance, mais il ne semblait ni en colère ni méchant, si je me fiais à mes connaissances sociales limitées. Je me penchai et je lui demandai ce qui me traversait l'esprit :

« Ça fait quoi de manger ça ? »

Il cligna des yeux, surpris.

« "Ça fait quoi", demande-t-elle, pas "pourquoi". »

Il eut un grand sourire. Ses dents étaient parfaites, blanches, brillantes, et possédaient la même forme que les dents retouchées dans les photos de magazines. Avaient-ils retiré ses dents d'origine et les avaient-ils remplacées par d'autres, composées d'une matière bien plus dure ?

« Le goût est tout aussi doux et délicat que la texture est croquante. Je ne ressens aucune douleur, seulement du plaisir », dit-il d'une voix teintée d'une accentuation que je n'avais jamais entendue.

Enfin, les seuls accents que je n'avais jamais entendus jusque-là étaient ceux des médecins et des gardes du Grand Œil.

« Dis-m'en plus, lui dis-je. J'adore ta voix. »

Il me regarda pendant un long moment, puis me sourit avant de dire :

« Assieds-toi. »

Après ça, Saeed et moi devînmes proches.

J'adorais les mots, et lui avait besoin de les déverser. Il ne savait pas lire, alors je lui racontais ce que, moi, j'avais lu, tout au moins durant les heures du petit déjeuner, du déjeuner et du dîner. Parfois, il grognait d'irritation quand ma série littéraire du moment était constituée de livres de romance ou de ce qu'il aimait appeler des « histoires de bonnes femmes » ; mais elles ne devaient pas le déranger tant que cela, car il demandait toujours à les entendre du début à la fin, comme toutes les autres.

« J'aime le son de ta voix », dit-il un jour, quand je lui demandai pourquoi il était si intéressé.

C'était peut-être le cas, mais je pense aussi qu'il appréciait les histoires.

Saeed avait été un orphelin au Caire, en Égypte, mais n'avait jamais connu la faim, car il trouvait toujours quelque chose à se mettre sous la dent. Il mangeait du riz avarié, des noyaux de dattes, voire le pic en bois des brochettes de kebab ; son estomac était pareil à celui d'une chèvre. Ils l'avaient amené à la tour quand il avait treize ans, six années auparavant. Il ne m'a jamais vraiment dit comment ni pourquoi ils l'avaient rendu comme il était.

Cela n'avait aucune importance. Ce qui était important était que nous étions qui nous étions et que nous étions là.

Saeed me parla d'endroits que je n'avais jamais vus de mes propres yeux. Il employait les mots d'un poète qui se servait de sa langue pour voir. Mais Saeed était aussi un artiste doué de ses mains. Il avait les capacités de ces grands peintres mentionnés dans mes livres. Il aimait par-dessus tout dessiner ces aliments qu'il ne pouvait plus manger. De la nourriture humaine. Des portraits de miches de pain, des bols de soupe *egusi* épaisse et de boules de *fufu*, des bouquets d'agneau fumé et de brochettes de bœuf, des œufs sur le plat aux oignons et au fromage frais, des assiettes de pois chiches, des carafes de jus d'orange fraîchement pressé à la main, des tas de maïs jaune rôti. Ils lui avaient permis d'apporter ses peintures aux heures des repas pour que tout le monde puisse les voir. J'imagine que même nous avions le droit de goûter aux plaisirs de l'art.

Saeed pouvait vivre de verre, de copeaux de métal, de flocons de rouille, de sable, de poussière, de toutes ces choses qui demeureront après que les êtres humains auront fini de s'exploser les uns les autres. Ses papilles se délectaient de toutes ces matières. Cependant, manger un morceau de pain pouvait tout aussi facilement le tuer qu'un être humain moyen ingérant un bol rempli de morceaux de verre coupant.

La première fois qu'il m'avait embrassée, nous étions assis ensemble à l'heure du dîner. Je venais juste de terminer mon plat de poulet frit et de riz au curry, je lui donnais la composition chimique de ses flocons de rouille et je réfléchissais à haute voix au goût différent que la rouille verte aurait pour lui.

« Je pense que tu préféreras la rouille verte, car elle est plus subtile, plus complexe. »

Nous étions assis l'un à côté de l'autre, une habitude que nous avions prise quand nous nous étions aperçus que la température naturelle de mon corps était plutôt élevée en comparaison avec la sienne, plus basse.

Il but une grande gorgée d'eau, se tourna vers moi, prit mon menton dans sa main et m'embrassa. Toute pensée d'oxyde de fer et de corrosion me quitta totalement, pour se trouver remplacée par le choc de stupéfaction et la douceur fraîche de ses lèvres.

« Pas de comportement affectif », aboya un Grand Œil à proximité et nous nous écartâmes immédiatement l'un de l'autre.

Je ne pouvais pas m'empêcher de sourire. J'avais vu et lu beaucoup d'histoires dans lesquelles des individus s'embrassaient, mais cela n'avait rien à voir avec ce que j'avais imaginé. Et je n'avais jamais imaginé que cela m'arriverait, à moi. Saeed me prit la main sous la table, et mon sourire s'élargit. Je l'entendis rire bêtement à côté de moi et j'en fis autant.

Tous les occupants de la salle à manger nous dévisageaient. Je me rappelle tout particulièrement les babouins idiok en train de nous montrer du doigt, Saeed et moi, et de signer avec énergie.

« Ils sont jaloux », souffla Saeed, en me pressant la main.

Je souris. Mon estomac était rempli de papillonnements inhabituels et mes lèvres me semblaient brûlantes. Même si c'était au fond de moi, c'était la première fois que je riais des membres du Grand Œil.

Mais maintenant, je ne pouvais pas m'empêcher de repenser à ce qu'il s'était passé. *Il a pris ma pomme et l'a mangée. Il a pris ma pomme et l'a mangée. Il a pris ma pomme et l'a mangée.* Le Grand Œil m'expliqua par la suite que Saeed avait développé des hémorragies à l'estomac et aux intestins, et qu'il était mort avant que le jour se lève. Mais je n'avais jamais pu lui dire ce qui m'arrivait, à moi, et c'était une grande source de stress. J'étais persuadée que cela lui aurait donné de l'espoir ; ça lui aurait rappelé que les choses peuvent changer. J'essuyai une larme. J'aimais Saeed.

Alors que le deuil m'emportait pour la première fois de ma vie, j'appuyai ma main contre le verre épais de ma vitre et regardai avec envie en contrebas le toit de l'immeuble voisin de la Tour 7, qui était bien moins haut ; l'un des arbres qui y poussaient était entièrement recouvert de fleurs rouges écloses. Je n'étais jamais sortie, mais je le désirais. Saeed s'était échappé par la mort et moi aussi je voulais m'enfuir. Si lui n'était pas heureux ici, alors moi non plus.

J'essuyai la sueur chaude de mon sourcil. Le scanner de ma chambre lança son alarme en analysant que ma température corporelle grimpait en flèche. Les médecins allaient arriver d'un moment à l'autre.

Quand tout cela débuta, deux semaines auparavant, je fus la seule à le remarquer. Mes cheveux commencèrent à tomber. Je suis africaine par mes gènes, j'arbore les traits, la peau noire et les cheveux crépus très serrés associés à ce continent. Ils gardaient mes cheveux coupés très ras, car ni eux ni moi ne savions quoi en faire quand ils commençaient à trop pousser. Je n'avais jamais rien trouvé d'utile à ce sujet dans mes livres et ils se fichaient bien du style dans la Tour 7, même si la femme lionne du fond du couloir avait des cheveux blancs très longs et soyeux, et que des techniciens de laboratoire du Grand Œil lui rendaient visite tous les deux jours pour les lui peigner et les tresser. Et ce, même si cette femme avait les crocs et les griffes d'un lion.

J'étais assise sur mon lit, à regarder par la fenêtre, quand tout à coup je me mis à avoir très chaud. Les jours précédents, ma peau était devenue très sèche et gercée, malgré les quantités d'eau hyper hydratée qu'ils me faisaient ingurgiter. La docteure Bumi m'avait apporté un très grand pot de beurre de karité, et m'en appliquer m'apaisait pendant un temps. Mais ce jour-là, chaud et enfiévré, ma peau me donnait l'impression d'être aussi sèche que si j'étais dans un désert.

Je sentais la sueur perler sur mon crâne et, quand je passai la main dessus pour m'en débarrasser, mes cheveux vinrent avec la transpiration. Je courus alors jusqu'à ma salle de bains, et pris une douche rapide. Je nettoyai mon crâne avec minutie, me séchai avec une serviette et regardai mon reflet dans le grand miroir. Mes sourcils aussi avaient disparu, mais ce n'était pas le pire. Je fis pénétrer du beurre de karité dans ma peau afin d'avoir quelque chose à faire. Si je m'étais laissée aller, la panique m'aurait poussée à pleurer.

Je ne sais pas pourquoi le miroir de ma salle de bains était aussi grand. Il était haut et rond, et allait d'un mur à l'autre. Ainsi, je me voyais dans toute ma gloire. Alors que j'étalais l'épaisse crème jaune aux odeurs de noisette sur ma peau qui s'asséchait, j'avais l'impression d'abriter un soleil tout au fond de mes entrailles et qu'il ne cherchait qu'une seule chose : sortir. Sous ma chair noire, j'irradiais. J'étais la lumière même.

Je me mis à vibrer, ressentant comme une vague de chaleur et de légères pulsations. « Mais qu'est-ce que c'est ? » soufflai-je, en me précipitant vers mon lit où se trouvait ma tablette. Je voulais effectuer des recherches sur ce phénomène. Dans aucune de mes lectures je n'avais rencontré d'être humain, qu'il soit ordinaire ou accéléré, se mettre à se réchauffer et à briller comme l'arrière-train d'une luciole. Quand je saisis la tablette, elle émit un petit *ding*. Puis l'écran devint noir et l'appareil se mit à fumer. Je le jetai par terre et l'écran se fissura alors qu'il prenait lentement feu. L'alarme incendie de ma chambre se déclencha.

Pssshh ! Le sifflement était léger et s'accompagna d'une douleur dans l'ongle de mon pouce gauche. J'avais l'impression que quelqu'un venait juste d'y plonger une aiguille. « Ah ! » criai-je, en appuyant instinctivement sur mon doigt. Levant ma main devant mes yeux pour la regarder plus en détail, je ressentis de nouveau les vibrations.

Il y avait une tache noire en plein milieu de mon ongle, comme du sang séché, mais en encore plus sombre. De la chair brûlée. Chaque speciMen, créature ou création de ce bâtiment, avait reçu une puce de diagnostic implantée sous son ongle, sa griffe, sa serre ou sa corne. Je venais de quitter le réseau. Je criai de surprise.

Il ne fallut pas plus de vingt secondes pour qu'ils fassent irruption dans ma chambre avec des pistolets et des seringues, le tout dirigé sur moi, comme si j'étais une bête enragée cherchant à détruire tout ce qu'ils avaient construit. Bumi semblait folle d'angoisse, mais elle savait également qu'il valait mieux ne pas trop s'approcher.

« Baisse-toi ! BAISSE-TOI ! » cria-t-elle, avec un tremblement dans la voix.

Elle tenait un portable à la main et l'autre se trouvait dans la poche de sa blouse blanche.

Je restais debout, perdue. L'un des gardes du Grand Œil me saisit le bras, avec la probable intention de me jeter sur le lit pour me menotter. Il hurla en regardant sa main brûlée et encore fumante. La chambre fut alors envahie par une odeur de viande grillée.

« Tu n'iras nulle part », souffla Bumi, en sortant une arme de sa poche.

Sans la moindre hésitation, elle me tira dans la jambe. J'eus l'impression que quelqu'un m'avait frappée avec un pied en métal et je lâchai un grognement. Je m'effondrai sur le sol, la douleur me traversant comme une seconde vague d'une chaleur encore plus intense. Je ne m'en serais probablement pas tirée si quelqu'un n'avait pas crié de cesser le feu.

Heureusement, je me remis rapidement, la balle n'ayant fait que traverser ma jambe. Bumi me dit qu'elle avait visé là, car elle savait que le projectile ne ferait pas de dégâts ; je la crus. Si cette balle s'était logée dans ma chair, je ne sais pas ce qui aurait pu se passer avec ma température corporelle extrême. Mais Bumi en était bien plus consciente que n'importe qui d'autre.

Un instant, je regardais, choquée, le sang se déversant de ma blessure, puis le noir complet. Je me réveillai dans un lit, mon corps était frais et ma jambe pansée. Quand ils me reconduisirent à ma chambre, le scanner de surveillance était en place, car ils ne pouvaient pas me poser un nouvel implant. Ils remplacèrent mes draps en tissu par d'autres en une matière lourde et résistante à la chaleur, la même que celle dans laquelle mes nouveaux vêtements avaient été confectionnés. La moquette avait elle aussi disparu. Pour la première fois, je voyais que le sol en dessous était un marbre blanchâtre brut.

Bumi me conduisit rapidement à un des laboratoires. C'était la première fois, mais non la dernière, que j'entrais dans la pièce cubique composée de murs qui ressemblaient à du verre. Peut-être étaient-ils en plastique transparent et épais, peut-être étaient-ils en cristal, ou peut-être même en une substance extraterrestre top secret. Je ne savais rien, je ne connaissais même pas le nom de la machine. Ils me mirent simplement dedans et la firent chauffer comme une fournaise. J'avais l'impression de prendre feu et, quand je me suis mise à crier, la voix de Bumi me parvint, douce comme de la soupe d'okra, suave comme du jus de mangue, mais également lointaine comme le monde extérieur.

« Phénix, ne bouge pas, dit-elle. Nous récoltons simplement des informations sur toi. »

Je la croyais, même si je souffrais. Je croyais toujours tout ce qu'ils me disaient. L'espace était juste assez grand pour que je puisse m'y asseoir avec mes longues jambes étendues devant moi, mon dos bien droit et mes paumes posées à plat sur la surface. Les murs lisses et transparents passèrent du rouge à l'orange puis au jaune en se réchauffant. C'était comme me retrouver à l'intérieur de ce soleil de fin de journée que je regardais se coucher tous les soirs.

« Mais est-ce que je suis obligée d'avoir mal ? criai-je. Je brûle ! Ma peau me brûle ! »

Il ne faisait pas assez chaud dans la pièce pour que ma chair prenne feu, mais les parties de mon corps qui touchaient les murs – mes jambes en particulier – furent brûlées au premier degré.

« Rien de bien ne vient sans souffrance, répondit-elle. Détends-toi. »

Je fermai les yeux et j'essayai de me replier en moi-même. Mais le bruit du coup de feu de Bumi retentissait encore dans mon esprit. Je ne m'étais pas défendue. Je n'étais pas aussi dangereuse que d'autres speciMen quand ils étaient en détresse. Je n'avais rien fait d'autre que rester debout, confuse, à réfléchir au fait que j'avais quitté le réseau. Et pourtant, elle m'avait tiré dessus.

Je ne pouvais pas m'empêcher de plier mes jambes et de les laisser tressaillir quand la douleur m'emportait. Mes jambes se comportaient comme une partie bien distincte de mon corps.

« Détends-toi », me dit Bumi.

Me détendre. Mais comment est-ce que je pouvais bien me détendre ? Je fronçai les sourcils. Je ne pouvais pas m'empêcher d'y repenser. C'était comme si mes pensées étaient devenues tangibles et qu'elles rebondissaient d'un mur à l'autre, toujours plus vite, comme un atome excité par la chaleur. Peut-être que les pensées n'étaient que des atomes constitués d'une matière différente que même le Grand Œil ne pouvait pas étudier.

« J'essaie, répondis-je.

— Est-ce que tu voudrais que je te raconte une histoire ? »

Pour la première fois, j'étais en mesure de me défaire du son du pistolet et de ce poids que je ressentais tout au fond de ma poitrine.

« Oui », lançai-je en levant les yeux.

Je ne pouvais rien voir d'autre que le soleil artificiel brûlant de la machine.

« Très bien », fit Bumi.

Elle marqua une pause et j'ouvris grand mes oreilles.

« Toi qui lis tant, j'imagine que tu dois connaître mon pays, le Nigeria.

— Nom officiel : République fédérale du Nigeria. Capitale : Abuja. Ville la plus connue : Lagos, la seconde plus grande ville du monde. Afrique de l'Ouest. Le premier producteur de films en streaming, de pétrole brut et de bonne littérature », soufflai-je.

Je l'entendis glousser.

« Tu le connais mieux que moi. »

Elle s'interrompit de nouveau.

« Mais pour vraiment le connaître, il faut y aller. Je suis née et j'ai grandi dans la métropole de Lagos. Mes parents vivaient sur Victoria Island, dans l'un de ces quartiers fermés de haute sécurité. De très très grandes maisons avec des colonnades, des porches, du marbre et de gigantesques escaliers en colimaçon. Des palmiers parfaitement entretenus et des fleurs colorées au parfum sucré. Même les domestiques portaient des vêtements de stars de cinéma. Des routes pavées, des caméras de sécurité. Des Africains bien habillés avec des perruques, des costumes et des bijoux luxueux, sans oublier les voitures tape-à-l'œil. Tu visualises bien tout ça ? »

J'opinai de la tête.

« Bien. Je suis donc née dans une de ces maisons. J'étais la première de cinq enfants. Ma mère a commencé le travail seule, mon père était parti pour un court séjour d'affaires au Ghana. Les deux domestiques étaient retournées dans leur village pour voir leurs familles avant de venir vivre à la maison après ma naissance. Elle n'avait personne d'autre qu'un médecin virtuel pour la guider, et elle n'avait jamais eu besoin d'en utiliser un avant. Ils avaient les moyens de demander à un vrai docteur de venir la voir et ils avaient engagé une sage-femme. Mais le travail a commencé dix jours en avance, alors que la sage-femme était coincée dans le trafic *go-slow* de Lagos, les bouchons. Ma mère m'a dit que c'est comme si elle recevait des instructions d'un fantôme.

« Je suis née en bonne santé et bien ronde dans la chambre de ma mère. Elle avait fermé les fenêtres et allumé le purificateur d'air, afin que ma première bouffée ne soit pas pleine de l'air de Lagos. C'était de l'air provenant de l'Himalaya. »

Elle rit.

« Ma mère m'a fait sortir pour la première fois trois semaines plus tard. J'ai pris une bouffée de l'air de Lagos et j'ai tellement toussé que j'en ai vomi. Mais j'ai fini par m'y habituer. »

Mes yeux s'étaient fermés. Même si je sentais l'odeur de ma peau en train de cuire alors que la chaleur continuait de grimper dans la pièce, je me voyais en train de déambuler sur les routes pavées de Lagos en compagnie de la mère de Bumi qui, comme sa fille, était petite et belle, avec la peau sombre. Elle poussait une poussette légère transportant bébé Bumi, qui toussait et gazouillait.

« Quand je repense à mon enfance au Nigeria, je comprends que je ne pourrai jamais être entièrement américaine, même si j'en avais la citoyenneté.

— Vous n'êtes pas américaine ? Mais vous vivez ici. Vous travaillez ici. Vous…

— J'ai le droit de vivre ici, mais je ne suis pas citoyenne. Pas encore. Je le serai un jour. Le travail que j'accomplis avec toi me donnera plus de poids. »

Elle marqua une pause.

« Est-ce que tu veux savoir à quoi tu ressemblais quand tu étais bébé ? »

Je fronçai les sourcils. J'avais des souvenirs de mon premier mois ; j'avais l'air d'avoir environ trois ans.

« Vous m'avez vue bébé ?

— J'étais présente quand ils t'ont amenée ici, répondit-elle. Tu étais tellement petite, un peu comme une prématurée. Mais tu étais forte, très forte. Tu n'as jamais eu besoin d'être mise en couveuse, sous antibiotiques ou d'être nourrie avec un lait maternisé particulier. Vivre t'est venu facilement. »

Les lumières de la machine s'éteignirent et quelque chose émit un *bip*. Je soufflai de soulagement.

« C'est tout pour aujourd'hui. Retour dans ta chambre », dit Bumi.

Elle n'ajouta rien sur la première fois où elle m'avait vue tandis que nous retournions à ma chambre en suivant les lignes rouges. J'étais curieuse, mais Bumi avait ce regard fixe qu'elle reprenait toujours, cette personnalité de Grand Œil. Je savais alors qu'il valait mieux ne plus poser de questions sur mon histoire personnelle.

Quand nous arrivâmes enfin à ma chambre, le soleil s'était couché.

« Que le jour se lève », dit Bumi.

Elle aimait me dire bonne nuit ainsi tous les soirs. Elle m'avait un jour expliqué qu'elle avait entendu cette phrase dans un film nigérian. Elle ne le disait qu'à moi et, souvent, cela me faisait rire et sourire.

Ce soir-là, j'avais trop mal pour sourire, mais je répondis comme toujours :

« Qu'il se lève. »

Mon corps entier souffrait des brûlures, mais le temps que j'entre dans ma chambre et me déshabille pour m'ausculter, je ne réussis pas à trouver une seule marque sur mon corps. Mais je me souvenais de la douleur. L'odeur et la douleur ne s'oublient jamais. Je pris une longue douche froide.

À mesure que les jours passaient, j'appris que, lorsque ma température augmentait et que je m'illuminais ainsi, les appareils électroniques que j'avais en main s'arrêtaient de fonctionner ou explosaient, à l'exception de cette pièce cubique. C'est pour ça qu'ils commencèrent à me donner des livres en papier, malgré le risque d'incendie. Ces livres me limitaient, ils étaient vieux et difficiles à lire, car je ne parvenais pas à en tourner les pages aussi rapidement que je le faisais sur la tablette. Et ils pouvaient désormais facilement surveiller ce que je lisais. Même si, maintenant que j'y pense, ils pouvaient certainement surveiller mes choix sur la tablette aussi.

Je n'avais jamais mentionné à Saeed comment mon corps s'échauffait et s'illuminait, car je ne voulais pas l'inquiéter. J'appréciais trop nos échanges. Mais aujourd'hui, j'aurais aimé lui en avoir parlé.

La porte s'ouvrit et mes médecins, Debbie et Bumi, entrèrent. Je pris une grande inspiration afin de me calmer. Même si la chaleur n'avait pas totalement disparu, elle s'était amoindrie, tout comme l'aura lumineuse.

« Comment te sens-tu ? » demanda Bumi, tout en saisissant mon poignet pour me prendre le pouls.

Elle siffla en le lâchant.

« J'ai chaud », répondis-je platement.

Elle me lança un regard noir, que je lui renvoyai en me disant alors quelque chose auquel je n'avais jamais pensé avant la mort de Saeed : *Vous auriez dû me demander avant*.

« Ouvre », fit Debbie.

Elle plaça un thermomètre ultrarésistant dans ma bouche.

« Elle ne brille pas tant que ça », dit Bumi, en tapant quelque chose sur son portable.

Je résistai à l'envie de le prendre dans mes mains jusqu'à ce qu'il explose. Saeed était mort à cause de ces personnes-là. Je me calmai, en repensant à tous ces endroits frais qui étaient parfois décrits dans les romans que je lisais. Un jour, j'avais lu une nouvelle sur un homme qui était mort de froid en forêt. Comme cela aurait été agréable d'être dans un endroit aussi glacial à ce moment précis.

« C'est peut-être la ménopause qui s'annonce, proposa Bumi. Je pense que les deux facteurs sont corrélés. »

Je ne les écoutai plus et me concentrai sur mes propres pensées. M'*échapper. Mais comment? Qu'est-ce qu'ils me feraient? Qu'est-ce que Saeed a vu?* Ma température corporelle était à 54 et celle de ma peau à 104. Ils ne pouvaient pas prendre ma tension, sous peine de voir leur équipement fondre.

« Il faut l'emmener au laboratoire », dit Debbie.

Bumi opina de la tête.

« Dès que le scanner indique qu'elle a atteint les 148 degrés. Il vaut mieux qu'elle ne dépasse pas ce point ou bien ce qui l'entoure va entrer en combustion spontanée. Demain matin, peut-être. »

Elle me regarda et me sourit :

« Que le jour se lève.

— Qu'il se lève », répondis-je.

Elles sortirent. Je me mis à faire les cent pas dans ma chambre. Agitée, en colère, désespérée. Elles allaient bientôt revenir.

Comment est-ce que je vais bien pouvoir sortir d'ici? Comme en réponse à ma question, Mmuo entra alors dans ma chambre. Il passa au travers du mur face à mon lit. Mon cœur fit un tel bond qu'il faillit quitter ma cage thoracique.

« Mmuo, bonsoir », lançai-je.

Il m'avait fait peur, mais j'étais heureuse de le voir. Saeed parti, Mmuo était mon seul autre ami.

« On t'a annoncé la nouvelle? » demanda-t-il, assis sur mon lit.

Il parlait à voix basse, avec un écho d'orage lointain.

Je clignai des yeux, ressentant une vague de

tristesse m'envahir une nouvelle fois. Lui aussi était l'ami de Saeed.

« Oui.

— Je suis désolé, Phénix. »

La sueur commençait à sécher sur mon visage.

« Je vais sortir d'ici », déclarai-je.

Mmuo rit doucement.

« Toi ?

— Est-ce que tu peux m'aider ? Tu t'es déjà soulevé contre le Grand Œil au Nigeria. Est-ce que tu...

— Tu te *trompes*. Je me suis rebellé contre le gouvernement nigérian, mais le Grand Œil... Je sais mieux que quiconque ce que le Grand Œil fait à ceux qui s'élèvent contre lui.

— Quoi donc ? Qu'est-ce qu'ils feront ? »

Il fit un geste méprisant de la main.

« Je ne te parlerai pas de ça, s'emporta-t-il.

— Alors, aide-moi à partir d'ici, le suppliai-je. Je t'en prie. »

Il fronça les sourcils.

« Qu'est-ce qui ne va pas chez toi ? Je peux le sentir d'ici. »

Je soupirai :

« Je crois que ça a un lien avec la façon dont ils m'ont fabriquée. Ça dure depuis deux semaines et ça ne fait qu'empirer. »

Nous nous regardâmes en silence. Je savais que nous pensions à la même chose, mais ni lui ni moi ne voulions le dire à voix haute. Si l'on avait évoqué mon nom, j'aurais été incapable de bouger et encore moins de fuir.

« Oui, ce serait logique », conclut-il.

Il s'était baptisé Mmuo, ce qui signifie « esprit » dans une des langues parlées au Nigeria. C'était un véritable héros pour tous ceux qui avaient été créés et modifiés dans la Tour 7. Tout comme Saeed, Mmuo venait d'Afrique. Il avait déclaré qu'il était originaire « des jungles du Nigeria », du même pays que la docteure Bumi. Je ne le croyais pas quand il disait qu'il venait de la jungle. Il s'exprimait comme un homme qui avait connu les gratte-ciel, les immeubles de bureaux et les films en streaming. Il savait comment désactiver la sécurité de plusieurs étages et était connu pour être un fauteur de troubles dans tout le bâtiment. Non pas que cela lui soit nécessaire pour se déplacer dans la tour : Mmuo pouvait passer au travers des murs. Les seuls qui lui résistaient étaient ceux qui lui auraient permis de sortir de la Tour 7. Mmuo ne pouvait pas s'échapper ; à l'évidence, ses capacités lui avaient été données par des scientifiques de la Tour 7.

C'était un homme grand et fin, à la peau de la couleur et de la brillance du pétrole brut. Il ne portait jamais de vêtements, car ces derniers ne pouvaient pas traverser les murs. Il était si fier et si affranchi de sa nudité que je n'y faisais même plus attention. Mmuo volait la nourriture dont il avait besoin aux cuisines. C'était la seule personne/créature à s'être échappée des griffes du Grand Œil.

Pourquoi est-ce que le Grand Œil de la Tour 7 tolérait son comportement, je n'en savais rien. Ma théorie était qu'ils ne parvenaient pas à lui mettre la main dessus. Et comme de toute façon il ne pouvait aller nulle part, ils acceptaient les problèmes qu'il causait parfois. La majorité des occupants de la tour étaient de toute façon bien trop isolés et endommagés pour causer le moindre souci s'ils étaient libérés.

« Ta peau donne l'impression de n'être rien d'autre qu'un voile qui recouvre quelque chose de bien plus grand », songea-t-il tout haut, après m'avoir lancé un regard critique.

C'est quelque chose que Saeed aurait pu dire, et cette idée me pinça le cœur.

« Est-ce que tu peux ouvrir la porte ? » finis-je par lui demander.

Je marquai une pause avant de me décider à formuler ma requête entière :

« Je veux voir ce qu'il y a plus loin dans le couloir, près de la chambre de Saeed. »

Mmuo soutint mon regard pendant un temps.

« Qu'est-ce que Saeed a vu, Mmuo ? »

Il secoua la tête et détourna le regard.

« Montre-le-moi, alors, dis-je, ayant soudain envie de pleurer. Et aide-moi. Aide-moi à m'échapper.

— Saeed et moi avions prévu des choses. Il disait toujours que c'était juste sous ta peau, dit-il avec un léger sourire.

— Quoi donc ?

— Ton goût pour la liberté. »

Il s'approcha très près de moi, et j'étais certaine qu'il allait me prendre dans ses bras.

« Ne me touche pas. Tu vas… »

Il leva une main et fit mine de me gifler.

« Ne bouge pas. »

Sa main traversa ma tête. Je ressentis une très légère pression suivie par un bruit de succion.

« Qu'est-ce que…

— *Est-ce que tu m'entends ?* » l'entendis-je dire fort au travers de ce qui me faisait l'effet d'un micro.

Je regardai autour de moi.

« Chut ! Ils vont t'entendre ! » soufflai-je.

Je fronçai les sourcils. Ses lèvres n'avaient pas bougé.

« *Non* », dit-il.

Il plaça son doigt contre ses lèvres pour que je me taise et il sourit, ses dents laiteuses et sa peau noire brillant dans mon aura lumineuse.

« *Ils ne se rendront compte de rien. Tu entends ces mots dans ta tête.*

« Pas même le Grand Œil n'est au courant que je peux faire ça, dit-il, de la même voix basse qu'il avait avant. Ce qu'ils m'ont fait pour augmenter mes capacités, je peux également le transmettre aux autres, et ils peuvent alors m'entendre tant que les petites nanomites n'ont pas été expulsées par la sueur de la peau.

« J'ai communiqué ainsi avec un petit garçon du quatrième étage. Il avait un cancer contagieux, ils l'ont donc gardé isolé pour leurs analyses. M'entendre lui parler lui a permis de rester sain d'esprit. Jusqu'à ce qu'il meure, du moins. »

Mais sa maladie aurait pu te tuer, me dis-je.

Il commença à traverser le sol.

« *Quinze minutes* », dit-il dans ma tête avant de disparaître.

J'arrachai mon pantalon et mon T-shirt et je passai une robe blanche faite d'un plastique fin résistant à la chaleur, qu'ils m'avaient récemment donnée. La robe était longue, mais légère, et elle me permettait d'être libre de mes mouvements. Je ne m'embêtai pas avec des chaussures. Trop lourd.

L'espace d'un instant, je me vis sortir de ce bâtiment, dans la lumière crue du soleil, au grand air, sans plafond au-dessus de la tête. Je pouvais y arriver. Mmuo allait m'aider. Lui et moi allions nous échapper *tous les deux*. Je ressentis une vague d'espoir, puis de chaleur. Le scanner sur mon mur se mit à biper. J'avais dépassé les 148 degrés.

Juste avant que la porte ne s'ouvre, j'eus la présence d'esprit de m'appliquer un peu de beurre de karité sur la peau. Puis je me précipitai en dehors de ma chambre.

« *Si tu veux voir, tourne à droite et va tout droit. Mais dépêche-toi, ils vont bientôt s'apercevoir que tu as quitté ta chambre. Je ne peux pas les retarder longtemps.* »

Je faisais de mon mieux pour ne pas regarder le sol. Je n'avais jamais quitté ma chambre sans suivre les instructions sous mes pieds. Généralement, une ligne jaune apparaissait puis m'indiquait où aller. Mais pas cette fois-ci. Sans rien pour me guider, j'avais l'impression de sauter sans parachute depuis un avion ; si je ne parvenais pas à voler, je mourrais ; il me fallait simplement découvrir comment faire.

Je courus, mes pieds venant frapper le sol de marbre froid. Le couloir était silencieux et vide, et bientôt j'atteignis une partie de mon étage que je n'avais encore jamais visitée. C'est ici qu'il gardait Saeed. *Sa prison*, pensai-je.

Je passai une embrasure de porte et le sol se transforma soudain en une moquette pelucheuse rouge. Je m'immobilisai et regardai par terre. Je n'avais jamais vu de moquette rouge. Comment est-ce qu'une « ligne de guidage » pouvait bien apparaître au travers d'une moquette ? Avant qu'ils ne la retirent, celle de mes quartiers était noire, fine et plate. Je voulais me mettre à genoux et passer ma main dans toute cette rougeur. Je savais que la sensation serait douce et moelleuse. Je savais aussi que je n'étais pas censée être là.

« *Regarde ce que tu dois voir, mais tu dois te trouver dans l'ascenseur dans deux minutes*, dit soudain la voix de Mmuo dans mon esprit. *Continue dans le couloir et tourne à gauche. Tu le verras. Dépêche-toi. N'appuie sur aucun bouton en y entrant.*

— OK », fis-je tout haut.

Mais il ne pouvait pas m'entendre, la communication était unilatérale. Je courus dans le couloir rouge. Au travers des fenêtres et des portes en verre, je pouvais voir des assistants de laboratoire et des scientifiques au travail. Chacune des grandes salles était délimitée par un mur épais. On pouvait discerner de l'équipement imposant dans la majorité d'entre elles. Si je faisais attention, personne ne me remarquerait. Après être passée devant trois laboratoires, j'arrivai devant celui que Saeed avait vu. Cela devait être lui. Je m'arrêtai pour regarder, et un gémissement sourdit du plus profond de ma gorge. Ce laboratoire était bien plus grand que les autres, et dix caméras noires pendaient de son plafond haut et blanc.

Il y avait deux grandes machines grises et lisses qui recouvraient la totalité des murs de part et d'autre de la pièce. Je pouvais entendre leur fort bourdonnement. Entre elles, l'espace laissait place à un autre monde dans lequel il faisait jour, et tout ce qu'il s'y passait était parfaitement, brutalement et violemment perceptible par quiconque. On y voyait de vieux véhicules, des camions qui dataient d'il y avait très très longtemps, carrés, inefficaces et peu puissants, mais suffisants pour transporter de très grandes quantités de marchandises pour les déposer dans une fosse. Et ces marchandises n'étaient autres que des corps humains, des centaines et des centaines. Des morts. Pas africains. Ces cadavres avaient une peau rose pâle et des cheveux relativement fins et raides, comme la majorité des personnes qui composaient le Grand Œil et la femme lionne. Quand est-ce que cela avait eu lieu ? Où ? Pourquoi est-ce que les scientifiques du Grand Œil *observaient* cela, avec leurs blocs-notes à la main et leurs yeux avides d'informations ?

Cela n'avait rien à voir avec le fait de visionner un film en 3D. Même les meilleurs d'entre eux n'étaient pas si… réalistes. Des corps. Je pouvais en *sentir* l'odeur. Le couloir entier empestait la pourriture, le sang, les déjections, la bile et la fumée des camions. Mon esprit se tourna vers mes livres et me rappela où j'avais déjà vu cela.

« L'Holocauste », soufflai-je, en combattant ce besoin de me détourner de cette scène pour vomir.

Je fermai mes yeux larmoyants pendant un temps et je respirai profondément, repoussant un haut-le-cœur résultant de la puanteur. Je rouvris les yeux.

Ce génocide avait eu lieu pendant l'une des premières guerres mondiales. Les Allemands avaient tué beaucoup de ces personnes, car ils étaient persuadés qu'elles leur étaient inférieures, ou constituaient une menace, ou les deux. Le livre que j'avais lu en parlait comme si le fait de les tuer était la bonne marche à suivre. Mais cela ne me paraissait pas juste. Est-ce que ces membres du Grand Œil regardaient à travers le temps ? Était-ce là tout ce qu'ils pouvaient faire ? Regarder ? Je poussai un gémissement. Pourquoi choisir cette période de l'histoire ? Pourquoi ce moment des plus infâmes ? Ne pouvaient-ils pas l'arrêter ? Pendant un moment, le portail disparut. Il y eut alors beaucoup de précipitation, d'ajustement de machines, de boutons pressés, de jurons. Puis le portail se rouvrit en montrant ces mêmes activités, à la même période, au même endroit. En train de se dérouler.

La vague de chaleur dans mon corps était comme un profond battement de cœur aux flammes cramoisies. Je frémis et je sentis les ondes ricocher sur la moindre surface de ma peau. Je ne pouvais pas bouger. Saeed s'était probablement tenu là, lui aussi. Une fumée âcre me piquait les yeux. Mes pieds étaient en train de brûler la moquette. Une alarme incendie se déclencha.

Je me mis finalement à courir.

La porte de l'ascenseur était ouverte, il était vide. J'y entrai et la porte se referma rapidement derrière moi. J'espérais que Mmuo dirait quelque chose. Si l'ascenseur montait, j'étais piégée. S'il ne bougeait pas, j'étais piégée aussi. S'il descendait, j'étais peut-être piégée, mais je pouvais peut-être aussi m'échapper. Je fermai les yeux et je murmurai :

« Descends, descends, *je t'en prie*, descends. Il faut que je sorte d'ici ! »

De la sueur perlait et s'évaporait aussitôt de mon corps confus. L'ascenseur devint rapidement humide.

Si je n'avais pas pris le temps de m'enduire de beurre de karité avant de sortir, j'aurais certainement ressenti une très grande douleur. Ma peau se serait asséchée et probablement craquelée. Je dégageais autant de chaleur que le soleil, mes oreilles bourdonnaient, comme si mon corps disposait d'une alarme interne qui s'était activée. Je regardai mes mains, elles émettaient une légère lueur jaune. Mon corps tout entier brillait au travers de ma robe.

L'ascenseur donna soudain un à-coup vers le haut. Je saisis la main courante, traversée par un sentiment de terreur pure. J'avais pensé pouvoir m'échapper. J'avais espéré pouvoir prendre au moins deux bouffées d'air frais avant qu'ils ne m'attrapent. Je me laissai glisser au sol. Saeed était mort et j'étais encore et toujours prisonnière. Des larmes coulaient du coin de mes yeux et sifflaient en s'évaporant le long de mes joues.

Un nouvel à-coup secoua l'ascenseur.

« *Excuse-moi* », entendis-je dire la voix de Mmuo dans mon esprit. Il semblait lointain. L'ascenseur commença à descendre. Je bondis sur mes pieds. J'avais toujours une chance. Je regardai le compte des chiffres décroître : 27, 26, 25. Une alarme encore plus forte se déclencha. Ils s'étaient aperçus que j'avais disparu.

« *Je peux atteindre le huitième.* »

Sa voix était en train de s'effacer, et je devais me concentrer pour l'entendre.

« *Tu trouveras deux cages d'escalier à cet étage. Prends celle d'urgence de l'autre côté de la serre, tout droit devant toi, dès que les portes s'ouvrent. Tu te trouveras en bordure de la serre. Fonce tout droit ! Ne t'approche surtout PAS du centre ! Il y a...* »

Sa voix s'éteignit alors.

Est-ce que ma chaleur interne avait brûlé ses nanomites ? Certainement. Alors que l'ascenseur filait vers le bas, mes pieds commencèrent à brûler le sol de la cabine. 11, 10, 9, 8. Elle s'arrêta soudain et les portes s'ouvrirent. Le vacarme de l'alarme de la Tour 7 m'agressa les oreilles, mais la plus belle de toutes les visions effleura mes yeux : une gigantesque salle remplie d'arbres, d'arbustes, de fleurs et de plantes grimpantes, en pots, sur des étagères, emmêlés les uns aux autres. Une jungle contenue qui me rappela le toit vert du bâtiment voisin. Je pouvais discerner la ville depuis les fenêtres sur ma gauche. Le ciel avait revêtu la teinte rose de la soirée. Je me mis à marcher rapidement sur le chemin étroit devant moi. De la mousse poussait sur les côtés des arbres, l'air humide avait un parfum de verdure et de terre. Je n'avais jamais rien senti de tel.

J'entendis un bruit de pas précipités provenant des plantes sur ma droite. Je pouvais les apercevoir entre les feuilles. Des gardes du Grand Œil, portant une armure noire solide, des boucliers et des armes.

« Phénix ! » cria l'un d'entre eux, en me voyant.

Sa voix me transperça, et je hoquetai de surprise, mes yeux grands ouverts. J'avais entendu cette voix tout au long de ma courte vie. Leurs canons se levèrent tous.

« Mains en l'air. On ne te fera aucun mal. »

C'était Bumi. Je pouvais désormais la voir clairement. Mes jambes ne me portaient plus.

Derrière moi, j'entendis l'ascenseur gronder. Je ne bougeais toujours pas. Saeed mort, il n'y avait plus rien pour moi ici. J'avais deux ans et j'en avais quarante. Le marbre sous mes pieds absorbait ma chaleur.

« *S'il te plaît*, lève les mains, me supplia Bumi. Tu sais ce que tu es. On peut te stabiliser. »

Elle s'interrompit, réfléchissant vraisemblablement à ce qu'elle pouvait me dire. Mais j'en savais déjà assez. Saeed était mort et je voulais ma liberté.

« Tu es une arme, admit Bumi. Si tu voulais le savoir, c'est désormais chose faite. Mon travail a toujours été de t'aider, de te maintenir en *vie*. Tout cela n'était pas censé se produire, que tu sois ainsi. Je t'en prie, laisse-nous t'aider. *Je* peux t'aider. »

Elle ment, pensai-je. Je me suis étonnée moi-même. Pourquoi est-ce que sa voix me semblait soudain si différente ? Elle avait toujours menti. J'entendis le son des portes de l'ascenseur s'ouvrir tout en sentant la lumière jaillir de mon corps. La chaleur commença par irradier de mes pieds avant de remonter jusque dans ma poitrine et de se diffuser sous forme de vagues. Mes épaules furent rejetées vers l'arrière et je vacillai sur le côté, jetant un regard derrière moi. Même en clignant des yeux, je n'aurais rien manqué de la scène. Des fourmillements parcoururent ma peau alors que je me mettais à émettre une lumière vert clair. Elle irradiait de mon corps de manière stable et baignait chacune des plantes de la pièce.

Les gardes qui se trouvaient derrière moi dans l'ascenseur et à l'extrême droite de la pièce se baissèrent d'un même élan et tout devint assez calme pour que l'on puisse l'entendre. Toutes les plantes se mirent à pousser, qui claquant, qui tirant, se déployant ou rampant. D'épaisses plantes grimpantes et même des racines d'arbres s'étirèrent à toute vitesse et se déployèrent jusqu'à bloquer la porte de l'ascenseur. Feuilles, branches et bourgeons devinrent tellement denses autour des gardes sur ma droite que je ne pouvais plus les voir. Ils ne me connaissaient pas cette capacité. Ils ne l'avaient pas créée.

L'entièreté de la serre enfla et fut envahie par les feuillages, à l'exception de quelques marches sur ma droite, formant ce que je ne pouvais uniquement décrire que comme un tunnel de plantes. Il traversait en diagonale le Grand Œil qui battait en retraite. Je me mis à courir alors que les gardes derrière moi et sur ma droite commençaient à tirer en direction de là où je me trouvais initialement.

« Phénix ! entendis-je Bumi crier. Tu ne peux pas me faire ça ! Arrête-toi !!! »

Je ne m'arrêtai pas. J'ignorais s'ils tiraient sur moi ou bien sur les plantes. À bien des égards, cela revenait au même.

Mmuo avait dit d'avancer et de trouver la porte. Mais j'avais perdu tous mes repères. Quand je parvins au grand dôme en verre, je ne savais plus quelle direction prendre. Ma première pensée se tourna vers ce livre qui parlait de cette perfide pomme du savoir, la Bible. Sauf que l'homme aux gigantesques ailes n'était pas attaché à une croix en bois. Il était suspendu dans le vide, les bras étirés et les jambes jointes. Ses yeux étaient fermés et ses ailes aux plumes brunes étaient complètement déployées.

Il était nu, avec un corps à la peau d'ébène musculeux et très très grand, tout du moins en comparaison avec mon mètre quatre-vingts. Il avait des traits profondément africains et une couronne de cheveux laineux. Il était magnifique. Derrière le dôme se trouvait un mur en bois brut. Le tronc de l'Épine dorsale.

Je les entendais arriver derrière moi. Ils découpaient les plantes et criaient mon nom. Je n'allais pas m'en sortir. Je me rapprochai du verre et je plaçai une main chaude contre la paroi. Elle était épaisse et très fraîche. Est-ce qu'il y avait au moins de l'air derrière ? Est-ce que c'est comme ça qu'il le maintenait ? Est-ce que c'était comme de se retrouver dans le vide de l'espace ? Comment était l'espace pour une créature destinée à voler ?

Ses yeux s'ouvrirent. Je criai de surprise et fis un bond en arrière. Ses yeux étaient bruns, doux et bienveillants.

« Oh, mon Dieu, Phénix ! S'il te plaît ! RECULE ! » cria un des gardes en repoussant un arbuste.

Je remarquai qu'il ne me mettait pas en joue, de même pour les autres qui le suivaient. Je reportai mon attention sur l'homme ailé. Il me regardait droit dans les yeux, le visage impassible. J'étais cernée par les gardes. Chacun d'entre eux me suppliait de m'écarter du verre, prétextant que cette créature était « unique et dangereuse ». Néanmoins, aucun ne s'approcha pour me saisir. Je ne fis pas le moindre mouvement. Bumi apparut aux côtés des gardes. Quand elle me vit, ses yeux jaillirent pratiquement de leurs orbites. Elle s'approcha de moi, une main tendue, avant de la mettre devant sa bouche. Elle craignait de parler, de faire trop de bruit. Elle se recula et se mit à l'abri derrière les gardes.

Voir le Grand Œil battre en retraite ainsi, lire leur peur et ce pur effroi, eut un drôle d'impact sur moi. Je me sentis puissante. Je me sentis mortelle. Je ressentis de l'espoir alors qu'il n'y en avait plus aucun. Je me retournai vers l'homme ailé emprisonné et mon espoir se mua en rage. Même *lui* était prisonnier ici. Je me promis que si je ne parvenais pas à sortir, au moins *lui* y parviendrait.

Cette fois, je le fis sciemment. J'irradiais déjà d'une chaleur importante, mais je fis encore augmenter ma température tandis que je me repliais sur moi-même, sur tout ce que j'étais, tout ce que j'avais été et tout ce que je deviendrais. Je me tendis, puisant à ma source. Puis je me tournai vers un arbre à proximité et je relâchai une pulsation lumineuse. Je poussai un soupir de soulagement. Les racines de l'arbre commencèrent immédiatement à se déformer et à s'avancer en direction de la cage de verre.

CRAC ! Elles pénétrèrent très facilement dans le verre, et le reste du dôme se fissura alors en plusieurs endroits. Les membres du Grand Œil firent volte-face et prirent leurs jambes à leur cou. Je ne cherchai même pas à fuir. Il n'existait pas de plus belle façon de mourir. Il passa au travers de la vitre avec fracas, brassant l'air avec une telle force qu'il me fit chuter. Dans le feuillage désormais très dense de la serre, je ne vis rien de ce qu'il se produisit ensuite, mais j'entendis et sentis tout. Des bruits de déchirements humides, des cris, des étranglements, pas un seul coup de feu. L'atmosphère sentait les feuilles écrasées et le sang. Est-ce que le sang répandu de Bumi participait à ces odeurs ?

Le massacre se poursuivait quand je remarquai les escaliers entre les plantes et m'y engouffrai. Je descendis les marches à toute allure, jusqu'à faire face à une porte lourde ouverte, et je pénétrai dans le hall.

L'espace d'un instant, même après tout ce que j'avais vu, j'oubliai ce que j'étais en train de faire. De nouveau, j'eus le souffle coupé par ce que j'avais devant moi. Le hall de la Tour 7 était encore plus spectaculaire que je ne l'avais imaginé. Aucun mot ne pouvait remplacer le fait de voir cet endroit. Cet *espace*. Le plafond était d'une hauteur impossible et les murs en marbre étaient drapés de sublimes vignes en fleur, de petits arbres et des plantes poussaient au travers de trous dans le sol remplis de terre. Je me fis violence pour rester debout et ne pas tomber à genoux. *Là* était la base de l'Épine dorsale. Son tronc devait aisément mesurer dans les neuf mètres de diamètre.

J'étais prise de vertiges, j'étais en nage, stupéfaite et éreintée. Un ange monstrueux qui venait d'être libéré massacrait ses geôliers huit étages plus haut. Je pouvais entendre des gardes du Grand Œil descendre les escaliers. L'alarme hurlait, mais le hall d'entrée était vide… à l'exception d'une seule silhouette près de la porte de sortie. Elle souriait. Cela faisait neuf années qu'il essayait de se retrouver à cet endroit précis et mon évasion le lui permettait enfin.

« Dépêche-toi, cria Mmuo. Phénix, BOUGE ! »

Je les entendais dévaler les escaliers. Je me mis à courir, évitant des arbustes, contournant des banquettes et sautant par-dessus des plantes. La porte était encore à plusieurs mètres devant moi. Mais j'allais y arriver. Les passants à l'extérieur s'arrêtaient pour regarder ce qu'il se passait à l'intérieur.

Puis je vis les gardes se précipiter sur la grande place au pied de la tour. Ils semblaient venir de partout à la fois. Ils repoussaient les badauds bouche bée, délogeaient des promeneurs qui profitaient simplement de la soirée, assis sur un banc. Ils formèrent rapidement une ligne qui bloquait la sortie et restèrent là, leurs armes contre leurs torses. Je courus en direction de Mmuo et je l'aurais pris dans mes bras si je n'avais pas été si brûlante. Nous y étions presque parvenus tous les deux.

« Va-t'en, lui intimai-je.

— Je suis désolé, répondit-il.

— Pourquoi ? »

J'éprouvais des difficultés à réfléchir correctement et je sentais l'odeur du sol en train de se consumer sous mes pieds. Je ne savais pas que le marbre pouvait brûler.

« Saeed aurait été fier. Je suis fière. J'ai libéré un ange. »

Il haussa les sourcils.

« Tu…

— Va-t'en ! » criai-je, en regardant les gardes du Grand Œil jaillir de l'escalier.

Il en arrivait d'autres portes et d'un escalator de l'autre côté du hall d'entrée.

« Ne t'avise pas de les laisser te prendre ! »

Il se coula dans le sol et disparut.

Je restai droite. Ils étaient des centaines, autant des femmes que des hommes, équipés de ces armes que je les avais vus porter tout au long de ma courte vie. Aucun garde du Grand Œil ne s'en séparait jamais dans la tour. Je savais le bruit qu'elles faisaient, il était pratiquement inexistant. J'avais entendu des coups de feu toute ma vie, pour bien des raisons différentes, mais le résultat était toujours le même. Quelque chose ou quelqu'un n'était plus contrôlable et était alors tué ou gravement blessé. « Protégez le scientifique du sujet. » « Observez et apprenez. » « Ce sera mieux pour tout le monde. » « Pour la recherche. » Je faisais enfin le lien entre toutes ces choses que j'avais lues. Le Grand Œil m'encerclait, rendu nerveux par l'attente, comme si j'incarnais le mal personnifié. Cependant, après tout ce que je leur avais fait subir, je devais effectivement être mauvaise. Ou folle.

Je levai les mains, consciente de mon éclat. La lumière s'échappa de mon corps. Cela me fit un bien fou et je poussai un gémissement de soulagement. Puis, dans un souffle, je dis :

« Je me r

— Non ! Ne tirez pas ! » s'écria quelqu'un.

Bumi. Elle était là, à quelques mètres sur ma droite. Le côté droit de sa blouse était recouvert de sang et sa joue était déchiquetée en lambeaux humides. Je pouvais discerner le blanc de ses yeux tressautants. Elle clopina dans ma direction en tirant derrière elle sa jambe gauche. Elle se plaça devant trois gardes du Grand Œil, se positionnant entre leurs armes braquées et moi. Elle toussa et commença :

« Nous ne savons pas… »

Mais quelqu'un ou quelqu'une ne sut pas retenir le doigt sur la détente. Il y eut d'abord un tir, puis plusieurs suivirent.

« Attendez ! » entendis-je Bumi crier.

Mais personne ne s'arrêta.

J'eus l'impression de recevoir des coups de poing de fer dans chacune des parties de mon corps : ma poitrine, mon cou, mes jambes, mes bras, mon abdomen, mon visage. Je fus repoussée en direction de la porte, et ma vision se teinta de rouge et de jaune. Je me retrouvai sur le dos. Tout était humide, et je sentais l'odeur de la fumée dans la dernière narine qu'il me restait. De la fumée, mais également l'effluve de l'Épine dorsale. Mes yeux étaient tournés vers elle, et j'observai comme elle grimpait, grimpait et grimpait encore au travers du haut plafond de marbre, au travers des trente-huit étages qu'il y avait au-dessus. En direction du firmament. Elle se tendait vers le ciel.

Je sentis l'éclat s'écouler de mon corps, une lumière chaude, légère et jaune, puisée directement du soleil et placée en moi comme une graine en attendant qu'elle éclose. Elle avait décidé de s'ouvrir maintenant et le hall d'entrée tout entier fut baigné dans cette aura dorée. Les membres du Grand Œil se couvrirent le visage tout en laissant échapper leurs armes. Quelques-uns prirent la fuite en direction des escaliers, d'autres partirent à l'opposé du hall. Mais la majorité d'entre eux passèrent à côté de mon corps mutilé pour sortir du bâtiment. Ceux-là devaient se douter de ce qui allait se passer ensuite.

Je le savais également. Je me consumais alors que la lumière continuait de pulser depuis mon corps qui gisait sur le sol. Il se mit à convulser, dans le même temps mes vêtements s'enflammèrent, puis ma chair. Je ne ressentis aucune douleur. Mes nerfs avaient déjà été calcinés.

Ma lumière illumina les plantes et les minuscules arbres du hall d'entrée et ils se mirent à pousser frénétiquement. Ils frémirent, comme gorgés de vie. Des plantes grimpantes se tendirent, s'allongèrent et s'épaissirent. Des fleurs se contorsionnèrent pour s'ouvrir. Du pollen se propagea dans l'atmosphère. Des feuilles se déplièrent et s'élargirent. Les pierres au sol se recouvrirent de vert, de jaune, de blanc, de brun et de noir, et les racines les plus grosses se frayèrent un chemin dans les fondations.

Ma lumière illumina également le grand arbre que l'on appelait l'Épine dorsale. Ses racines craquèrent en bougeant, elles se recroquevillèrent, s'étirèrent, se retournèrent et brisèrent la totalité du sol qui les entourait. Le tronc colossal de l'arbre s'agita de-ci, de-là, s'ébrouant pour se défaire des chaînes que le bâtiment entier représentait. Des morceaux des étages supérieurs commencèrent à s'écraser tout autour de moi. Je n'étais que de la cendre dispersée par des plantes grimpantes et des racines quand la Tour 7 s'effondra.

L'Épine dorsale était droite et fière, étendant ses branches et ouvrant ses énormes feuilles par-dessus les bâtiments et les rues qu'elle surplombait. À ses pieds, une petite jungle luxuriante s'étalait depuis les décombres de la Tour 7, comme un Central Park miniature et sauvage. Des hélicoptères la survolaient, des équipes de journalistes diffusaient des images en direct, des passants au loin assistaient à la scène, bouche bée. Quand les débris terminèrent leur chute, il y eut un moment où ma lumière brilla intensément dans ce qui était alors la nuit noire. Les caméras d'actualités enregistrèrent l'envol de l'homme ailé depuis les gravats, mais c'était à peu près le seul être encore vivant, à l'exception de celui qui pouvait passer au travers des murs. Mmuo sortit du tronc de l'Épine dorsale et se tint devant un instant.

« Voilà tout ce que vous méritez ! » cria-t-il, en agitant son poing en direction des yeux des caméras présentes.

Puis il se coula dans le sol et disparut.

Aucun habitant de la ville ne voulut s'approcher de ce qu'il restait de la Tour 7. Ainsi, les ruines restèrent intouchées pendant sept jours, sombre amas de toutes ces choses que Saeed mangeait jadis : gravats, verre, métal et… cendres. Puis je compris la signification de mon nom.

CHAPITRE 2

Phare

Vivante !

Toujours vivante.

À nouveau vivante.

J'étais allongée dans un tas de détritus au milieu d'une jungle, et des inconnus m'observaient. Quel spectacle je devais donner. Je ne bougeais pas. Il faisait nuit et l'air était chaud, je le *sentais*. Une brise légère soufflait et, malgré mon état, je fermai les yeux et la laissai me caresser le visage. Elle était aussi douce que de la soie. Au premier abord, elle exhalait des senteurs sucrées de fleurs écloses, de bourgeons et de feuilles. Puis venait cette odeur de poussière, de gravats et de marbre désintégré. Et enfin les relents de gaz brut, d'alcool isopropylique fumé, de suicide. Cela devait provenir des rejets des véhicules dans les rues. L'odeur des pots d'échappement des voitures et des camions.

Je n'avais senti ces émanations qu'une seule fois dans ma vie. Elles avaient été mêlées à celles de corps sans vie alors que je regardais dans le passé au travers d'un hublot. Je repoussai le souvenir de l'Holocauste et pris une grande inspiration de l'air du monde extérieur. J'étais libérée de la Tour 7. J'étais comme cette peau fine et soyeuse qui tapisse les coquilles de noix.

« Dépêchons-nous, intima un jeune homme habillé d'un pantalon et d'une veste noirs à un groupe d'une dizaine d'autres personnes qui semblaient tendues. Ils n'apprécient pas qu'on s'attarde trop. Alors, pour cette partie-là de la visite, pas d'appareils numériques avec des flashs ou de lumières. Utilisez la vision nocturne ou ne prenez pas de photos du tout. »

Il me tournait le dos, et je pouvais clairement discerner sur sa veste les mots : « Visites guidées hantées ». Son public pointait toutes sortes d'appareils pouvant capturer des images. Les yeux de leurs objectifs reflétaient les faibles lumières de la rue et celles des véhicules qui circulaient au loin. *Des yeux*, me dis-je. *Un Grand Œil*. Je voulais me lever. Je n'avais pas la moindre idée du temps que j'avais passé là.

« Sept jours ! lança le jeune homme, avec des yeux aussi grands que son sourire. Cela ne fait que *sept jours* que la Tour 7 de LifeGen s'est effondrée et que cette étrange jungle est venue la remplacer. Et comme vous pouvez le constater, pas le moindre camion poubelle, le moindre ouvrier, pas même une bête *tondeuse* n'est là pour dégager tout ça. C'est incroyable. Certains disent qu'il y a un dangereux vaisseau extraterrestre enseveli là-dessous que le gouvernement a une peur bleue de déranger. D'autres prétendent qu'une tête nucléaire active se cache sous cette jungle et qu'elle explosera si elle est déplacée. D'autres encore affirment que ceux qui se trouvaient dans ce bâtiment faisaient partie du Grand Œil, des agents secrets du gouvernement dirigés par les Illuminati. Toutes sortes de théories du complot circulent.

« Les bâtiments alentour ont été évacués, mais le maire n'a toujours pas dépêché une seule personne pour venir chercher des survivants ou des corps. De tous les lieux hantés qui se trouvent dans cette ville et où je peux vous emmener, vous êtes ici à l'endroit le *plus* hanté. »

Il se mit à ricaner d'un air entendu.

« Enfin, pour le moment. Qui sait ce que la Pomme pourrie peut bien nous mijoter. Soyez fiers de n'être que le troisième groupe de touristes que nous avons fait venir ici. D'ailleurs, vous serez sûrement le dernier. La ville ne peut décemment pas laisser les choses dans cet état beaucoup plus longtemps. »

Il jeta un regard autour de lui.

« Et soyez également contents d'être le second groupe à avoir réussi à se faufiler jusqu'ici sans se faire rapidement détecter. »

Tous les visiteurs commencèrent à murmurer de manière enthousiaste, en tenant leurs appareils. J'imaginais que ces objets volaient d'une façon ou d'une autre la lumière pour effectuer leurs photos ou leurs enregistrements. Une nouvelle fois, je me demandai ce qu'ils pouvaient bien voir. Personne ne me montra du doigt ou ne cria qu'il y avait une femme allongée dans les gravats.

« Des gens venaient du monde entier pour visiter ce bâtiment au centre duquel poussait un arbre géant que l'on appelait l'Épine dorsale. »

Il pencha la tête et fit un clin d'œil.

« Maintenant, il n'est pas nécessaire d'entrer dans la Tour 7 pour se rendre compte de sa magnificence. L'Épine est tout ce qu'il en reste. Levez la tête. On ne peut pas en voir le sommet. Depuis la chute de la tour, les scientifiques disent qu'elle a encore gagné cent cinquante mètres. Avant même que l'édifice ne s'écroule, on disait qu'elle poussait la nuit et qu'on pouvait même l'entendre grogner lors de sa croissance. Ces bruits secouaient la totalité de la ville de New York, comme un petit tremblement de terre. J'ai moi-même entendu ce bruit quelques fois, il n'a rien d'un mythe. On dirait un monstre gigantesque.

— Qu'est-ce qu'ils vont faire de cet endroit ?! » demanda soudain un vieil homme.

C'était le seul à ne pas avoir d'appareil à la main. Il avait un accent que je trouvais étrange. Il n'était ni africain, ni arabe, ni américain.

« Ils ne peuvent pas simplement laisser ça comme ça ! C'est un gros tas d'ordures en plein milieu d'une fichue ville ! Ça n'a rien de logique ! »

L'accompagnateur se tourna vers moi et regarda la zone. Il avait un sourire mystérieux, comme si ce vieil homme faisait partie de sa mise en scène évidente. Il se retourna vers son public captivé et dit :

« Voilà tout le mystère, mon cher monsieur. »

Il s'écarta pour laisser les autres prendre d'autres photos, regardant dans le vide dans ma direction et celle du tas de gravats qui avait été la Tour 7. Puis il demanda :

« Voulez-vous continuer ? »

Avec un air soulagé, tout le monde acquiesça en disant : « Oui », ou bien « S'il vous plaît ». Le vieil homme fronçait les sourcils. Il n'y avait aucun enfant dans le groupe. J'aurais beaucoup aimé en voir, je n'en avais jamais vu en chair et en os.

J'étais désormais seule et cela me convenait parfaitement. Chacune des parties de mon corps hurlait, pleine de vie, d'une vie nouvelle. J'étais vivante, j'étais consciente, je n'étais pas blessée, je pouvais bouger. Mes tempes m'élançaient, mais d'une douleur différente. J'avais l'impression que des morceaux de verre grinçaient les uns contre les autres dans mon crâne, et ma vision devint floue pendant un instant.

Je me roulai en boule, faisant bouger une partie des gravats qui me recouvraient, des éclats de marbre blanc, des morceaux de béton, des poutres de métal tordues, du verre brisé. Le tout était lourd mais ne m'avait pas écrasée. Je repoussai ce qui m'ensevelissait. J'arrachai les plantes qui avaient poussé par-dessus mon corps. Il n'y avait personne aux alentours pour entendre les tintements, les craquements et les raclements des débris qui chutaient et roulaient autour de moi. Je me levai. Ma vision devint une nouvelle fois floue et je trébuchai. Quelque chose clochait avec mon sens de l'équilibre. C'était comme si le monde qui m'entourait penchait d'un côté. J'avançai d'un pas et foulai de mes pieds rêches du verre et de toutes petites fleurs blanches. Je fis un autre pas et mon talon écrasa un morceau de tuyauterie, me faisant de nouveau trébucher. Puis j'eus le sentiment que tout retournait à la normale : ma vue, ma place dans le monde. *OK*, pensai-je.

Je me redressai, étirant mes bras, mon dos et mes jambes. Je me sentais un peu étrange. Comme si j'étais moi, mais qui pouvait bien être ce moi ? Je me regardai. J'étais nue et couverte de poussière ; je devais ressembler à un fantôme. Mais au moins j'étais vivante, après avoir trouvé la mort. Je me rappelais très bien avoir cessé de vivre. *Je m'appelle Phénix*, me dis-je. *Je ne sais pas qui m'a donné ce nom, mais il me correspond très bien.* Je me tins encore plus droite.

Je me léchai le poignet, et je souris. Ma peau avait encore cette couleur brune de la noix de coco mûre. J'étais moi, grande, la poitrine généreuse, des jambes puissantes, de longs pieds. Est-ce que j'avais toujours cette tache sombre sur mon œil gauche ? Cette tache de naissance sur la cuisse ? Cette cicatrice sur le ventre à l'endroit où ils avaient prélevé de l'os de ma hanche ? Cette brûlure sous l'ongle du pouce gauche ?

Je commençai à dégager avec frénésie la poussière qui me recouvrait la peau. Je m'époussetai partout, les bras, les jambes, le ventre, le dos, la poitrine. Il y avait tant de poussière qu'un nuage se forma autour de moi. Puis je restai debout sans bouger. La brise chaude me caressait la peau et dispersait la poussière.

La marque sur ma cuisse était toujours là, la brûlure du pouce avait disparu. Je ris en levant les yeux. Le ciel nocturne était indigo, avec juste une touche de rouge ; la couleur qu'il avait toujours eue pour moi. Seulement, cette fois-ci, je le voyais à l'œil nu, sans l'obstacle de la fenêtre. Je n'étais jamais sortie jusqu'à présent. Je n'avais jamais vu d'étoiles non plus. Je voulais… Je voulais sortir de la ville, m'écarter de sa pollution lumineuse.

« OK », murmurai-je.

Ma voix non plus n'avait pas changé. Je cherchais à répondre à une question des plus troublantes. Si j'étais encore moi, étais-je toujours *moi-même* ? Je me calmai, fermai les yeux et pris une grande inspiration. Je pus immédiatement la voir. Au travers de mes paupières. Cette douce lumière jaune-vert qui émanait de ma peau. *Un phare*, pensai-je. *Je suis un phare.*

Quand j'avais essayé de m'échapper de la Tour 7, ils m'avaient encerclée et transpercée de balles alors que je me réduisais en cendres. Ma puissante aura avait éveillé les plantes, l'Épine dorsale en particulier. Puis cette dernière avait fait s'écrouler la structure dans son intégralité, tuant tout le monde ou presque, et toutes les abominations à l'intérieur. Je m'étais ensuite réveillée dans des ruines. J'étais née une nouvelle fois. Je brillais toujours, j'étais toujours un phénix. Je laissai un soupir m'échapper et une larme couler le long de ma joue. Rien n'était encore terminé, c'était idiot de ma part de le penser.

Quand j'ouvris les yeux, mon regard s'arrêta sur quelque chose de blanc qui virevoltait au gré de la brise à quelques mètres devant moi. Une robe s'était accrochée à un morceau de tuyauterie qui ressortait d'épaisses pousses vertes entremêlées. Seules deux personnes étaient assez attentionnées pour me la laisser là. Seules deux personnes comprenaient ce que j'étais. Il y avait Saeed – ô comme j'avais aimé Saeed –, mais Saeed était mort. Et Mmuo, qui avait aussi été un des prisonniers de la Tour 7, mais qui avait réussi à s'échapper quand tout s'était écroulé. Mmuo qui savait traverser les murs. Mmuo qui m'avait ouvert la porte. C'était certainement lui qui m'avait laissé cette robe.

Je m'en approchai. Chaque pas me donnait l'impression d'être davantage moi-même. Elle était en coton, un peu tachée par la poussière, mais longue. Elle m'irait comme un gant. J'aimais les longues robes, mais j'espérais que le coton ne brûlerait pas. Je l'enfilai et elle me procura une drôle de sensation sur le dos. Je fronçai les sourcils. Plus j'y pensais, plus mon dos me semblait étrange. Il me lançait, comme si j'avais été blessée à cet endroit précis. Et pourtant, quand je touchais mes omoplates, je ne sentais pas autant mes doigts que je l'aurais dû. J'ajustai la robe sur mon corps et je palpai mon dos une nouvelle fois. J'y sentis un gonflement, comme une bosse.

Je me penchai vers l'avant sans rien remarquer, à l'exception de cette douleur. Une vague de chaleur me traversa le corps, puis ma température redevint normale.

« Si seulement j'avais un miroir », murmurai-je.

Il y eut un grognement profond, et je m'immobilisai, comme clouée sur place. Puis le bruit se répéta. De derrière moi, cette fois. Je me retournai, et ce que je vis me coupa le souffle. On ne pouvait pas en voir les limites. Entouré d'arbres plus petits et de buissons, son grand tronc faisait le diamètre de deux voitures et son épaisse écorce brun foncé était désormais recouverte d'épines acérées. Aucun être humain sain d'esprit ne s'aventurerait jamais à le grimper même s'il était endormi, ce qui n'était pas du tout le cas. Il était possible de le sentir même à plusieurs mètres. S'il le souhaitait, il pourrait rassembler ses racines, les extirper du sol et quitter cet endroit. Peut-être le ferait-il même un jour. Des choses bien plus étranges s'étaient produites dans les sept journées qui venaient de s'écouler.

On pouvait voir ses larges feuilles ovales danser joyeusement dans le vent, loin très haut dans le ciel, jusqu'à ne plus rien discerner du tout. Les feuilles de l'Épine dorsale étaient légèrement luminescentes, tout comme moi. De grandes fleurs rouge feu avaient éclos dans ses hauteurs. Que se passait-il à son sommet ? Il aurait fallu un hélicoptère pour le découvrir.

Le grognement se fit une nouvelle fois entendre et tous les bruits de la ville, les véhicules circulant sur les routes, la brise soufflant entre les gratte-ciel, les stridulations des criquets, les discussions des passants, se turent. Il ne régnait plus qu'un silence de mort. Le bâtiment de l'autre côté de la rue était sombre et désert, à l'exception du premier étage. Si je plissais assez fort les yeux, je pouvais apercevoir un pigeon arrêté en plein vol.

« Que… ? »

Je me surpris moi-même. Ma voix semblait venir à la fois de l'intérieur et de l'extérieur.

« Qu'est-ce que c'est ? »

Le sol recouvert d'herbe sous mes pieds se mit à vibrer puis à former un petit dôme. Je chancelai vers l'avant, où un autre dôme se dessina, et je fus forcée de me déplacer une nouvelle fois. L'Épine dorsale souhaitait que je m'approche. Et elle devait avoir un important secret à me confier, car elle avait arrêté le temps pour me le révéler. Tout du moins, c'était ma théorie. Parmi les milliers de livres que j'avais lus quand j'étais dans la Tour 7, l'un d'entre eux était consacré à un mythe africain, ou peut-être arabe, qui mentionnait un arbre tellement vieux qu'il avait appris à arrêter le temps. Cet arbre n'était-il pas lui aussi recouvert d'épines ? Ma mémoire me confirmait que c'était bien le cas. Quand je me retrouvai enfin à quelques mètres du dangereux tronc, le sol nu commença à bouillonner.

Sans la présence imposante et sagace de l'arbre, je me serais mise à courir. Je touchai la bosse que j'avais dans le dos et la massai. Elle était si douloureuse. Le sol au pied de l'arbre était constitué d'une terre d'un rouge profond, différente du reste, plutôt brune. Est-ce que c'était l'œuvre du Grand Œil ? Lui apporter une terre provenant d'un endroit particulier après l'avoir baignée dans une formule chimique étrange ? Les détails entourant sa plantation officielle à la base de la Tour 7, la véritable nature de la solution expérimentale qui avait été versée dessus et les soins qu'on lui avait prodigués par la suite étaient restés top secret. Ils avaient même été omis des livres et des dossiers classifiés qu'ils m'avaient laissée lire à propos du passé de la Tour 7.

« Qu'est-ce que c'est ? » murmurai-je tandis que quelque chose commençait à poindre sous le sol encore en mouvement.

Une racine brune, fine mais puissante, s'extirpa de la terre, suivie par d'autres. Puis une racine plus importante dut la pousser par en dessous, car une boîte en bois sortit de terre comme un présent de Dieu lui-même, tenu par un esclave agenouillé. Elle s'éleva doucement, avec prudence, et même de manière théâtrale si j'ose dire.

Elle était pour moi. Je ne l'ai jamais remis en question.

Je la saisis et l'arbre grogna avec tendresse. Puis je me crispai, ma nouvelle peau, mes nouveaux muscles et tendons se contractant pour la première fois. Mon corps émit un flash vert brillant. Je fus aveuglée pendant quelques instants, malgré mes yeux encore ouverts. Mais il ne faisait pas spécialement chaud, car ma robe n'avait pas été endommagée. Je sentis que la lumière continuait de s'accumuler dans ma poitrine. Puis elle explosa, agitant avec violence les feuilles de l'Épine dorsale, ainsi que les branches, les bourgeons, les lianes et les fleurs de toutes ces plantes qui poussaient autour de l'arbre. L'Épine frémit.

Un battement d'ailes de pigeon derrière moi. Je me retournai juste à temps pour voir l'oiseau terminer son vol en direction du bâtiment voisin. Le son de véhicules en mouvement, vomissant leurs panaches toxiques. Le bruit de voix lointaines. Le bruissement de la brise au travers de la jungle de béton.

Puis un grondement différent s'éleva. Suffisamment de lumière provenait de la rue et des bâtiments alentour pour que je voie exactement ce qu'il se passait. Cela venait de l'immeuble qui se trouvait de l'autre côté de la rue déserte, là où s'était posé le pigeon. On l'appelait « l'Axe », car selon les cartes satellite, il se trouvait très exactement au centre de la ville. Le grondement devint un rugissement terrifiant, et la structure en béton commença à s'effondrer sur elle-même. Écrasements, craquements, poutres tordues, contreforts brisés. La destruction cracha des volutes de poussière, des papiers et des gravats. Je contemplai la scène avec stupéfaction. J'avais regardé ce bâtiment d'en haut toute ma vie durant ; il se trouvait juste là, de l'autre côté de ma fenêtre. C'était l'un de ces endroits où la ville avait choisi d'installer un jardin de toit luxuriant rempli d'arbres en pots, d'arbustes et de fleurs.

J'avais souvent contemplé cette fausse jungle, en avais rêvé, l'avais espérée, mais je ne l'avais jamais touchée, sentie ou ne m'y étais jamais retrouvée. J'aimais la vue qu'elle offrait de loin, mais je pris maintenant conscience qu'une infime partie de moi-même la détestait. Elle était inatteignable, elle ne faisait pas partie de mon monde. Il y a encore huit jours, cela ne m'aurait pas paru aussi évident, mais je me trouvais maintenant à l'extérieur et ça l'était. J'éprouvai de la joie à voir le bâtiment s'écrouler. Il ne s'y trouvait certainement pas une seule âme. Il avait sûrement été évacué il y a bien longtemps, ils devaient bien savoir qu'il était instable. Mais j'aimais l'idée que c'était moi qui lui avais porté ce coup qui l'avait finalement fait chuter.

Très bien.

Je tenais la boîte. Elle ne comportait aucune serrure, aucun verrou. Le bois n'était pas lourd, mais il était solide. Une essence à la profonde couleur brune comme celle du tronc. Ses bords avaient été lissés par l'usure. *Est-ce que je dois l'ouvrir ?* Elle contenait à l'évidence quelque chose de lourd. Quand je la déplaçais dans un sens ou dans l'autre, le contenu glissait de concert, avec une certaine pesanteur. Il était d'un seul bloc.

J'avais été créée dans la Tour 7 deux années

auparavant à partir de l'ADN d'une femme africaine possiblement née à Phoenix, dans l'Arizona. Ou peut-être que ma nature était à l'origine de mon nom. Debout, regardant le bâtiment s'effondrer, je poussai ma réflexion plus loin. *Peut-être que mon ADN vient directement d'Afrique et que je n'ai rien à voir avec l'Arizona.* Je fronçai les sourcils alors que tout ce que j'avais vu ma vie durant devenait soudain plus clair. Tant de ces individus créés, manipulés, améliorés et estropiés dans la Tour 7 venaient de différentes parties d'Afrique. Je l'avais compris en regardant ces prisonniers, mais je me posais maintenant la question : *Pourquoi ?*

Je soupirai, en fixant mes pieds.

« Découvrir l'entière vérité sur mes origines est une cause perdue », murmurai-je.

Mais j'avais appris une chose, en dépit de mon ascendance et des sombres raisons qui entouraient ma création. Ma lumière donnait la vie. Même si je brûlais, j'étais une force positive. C'était ma lumière qui avait permis à cette jungle de pousser parmi les débris, c'était elle qui avait conféré à l'Épine la force nécessaire pour dégager la Tour 7 de son gigantesque corps.

Et désormais, l'Épine m'offrait un étrange cadeau. J'ouvris la boîte.

Mes mains s'engourdirent. Mes yeux s'emplirent de larmes. L'odeur des feuilles me satura le nez. Le goût de la terre envahit ma bouche, et mon corps tout entier se mit à briller. L'herbe poussa sous mes pieds et de toutes petites fleurs s'épanouirent à l'extrémité des brins d'herbe. L'Épine dorsale pivota doucement, brisant ainsi des morceaux de son écorce alors qu'elle se tendait vers les étoiles. Je l'entendis claquer et craquer, mais je fixais l'objet qui se trouvait dans la boîte.

« C'est une noix », murmurai-je.

Ronde, approximativement de la taille et de la forme d'une aubergine, elle semblait constituée d'une essence de bois plus résistante et plus lourde que celle de la boîte ou de l'arbre. Des lignes labyrinthiques avaient été comme profondément gravées à sa surface, formant des cercles, des gribouillis et des formes géométriques. Les lignes noires parcouraient l'objet et se dupliquaient les unes à proximité des autres, mais sans jamais se croiser. Les motifs se mouvaient comme une danse lente, ondulant à la manière d'étranges insectes.

La chaleur. Elle coulait dans mon corps comme de l'eau, prenant sa source dans mes pieds et se diffusant dans l'entièreté de mon corps jusqu'à ma tête. Cette chaleur, de nouveau. Sept jours auparavant, ma température corporelle avait tellement augmenté que j'avais été réduite en cendres. Et voilà que j'étais de retour. Pourtant, mes vêtements ne se consumaient toujours pas. L'éclat à travers ma peau brune s'intensifia et je saisis l'étrange noix qui se trouvait dans la boîte.

L'obscurité.

Pure. Paisible. Puis des petits points blancs, bleus

et jaunes. Je voyais les étoiles pour la première fois. Des milliards et des milliards d'étoiles, alors que je volais dans l'espace en douceur, dans un espace tellement vaste qu'il me donnait envie de pleurer. Mais je n'avais aucun œil avec lequel verser des larmes, aucun corps avec lequel frémir, aucun nez avec lequel m'épancher.

Je voyageais. Je saurais où me poser quand je le verrais. Ma direction était évidente, l'attraction était forte. Cette petite planète bleue. La Terre. J'étais l'espoir lointain. Un phare, enfoui profondément dans la terre rouge. Jusqu'au moment opportun.

« Est-ce qu'on t'a déterrée ? demandai-je à haute voix, penchée sur la noix. Ils t'ont déterrée en prélevant de la terre ocre et ils t'ont apportée jusqu'ici. »

C'est pourquoi l'Épine dorsale a conscience d'elle-même, me dis-je. *Une graine extraterrestre. Une graine extraterrestre dans la terre de la Tour 7, où des scientifiques, des assistants et des techniciens de laboratoire, des médecins, du personnel administratif, des gardes, la police, ainsi que les mutations, les monstruosités et les erreurs qu'ils ont commises, se sont retrouvés*. Je ris à gorge déployée.

Le monde devint tout blanc. Je faillis laisser échapper la boîte en voulant me protéger le visage. Cette lumière était violente pour mes yeux mal habitués. Mon cœur se serra quand je compris que j'étais tellement focalisée sur la noix que je n'avais pas entendu le bruit des pales.

« Surtout ne courez pas, hurla une voix. Ne bougez pas ! »

Le projecteur de l'hélicoptère m'avait pratiquement aveuglée. J'en avais vu très souvent en grandissant dans la Tour 7, où les fenêtres étaient en verre épais. Le son haché qu'ils émettaient était toujours assourdi. Je n'aurais jamais imaginé qu'ils étaient si assourdissants, avec leurs pales tailladant l'air comme un hachoir sur une planche à découper. Alors que ma vue s'habituait à la lumière, je pus observer sur le flanc de l'hélicoptère le logo que j'avais vu toute ma courte vie dans la Tour 7 : une main tenant des éclairs. Nous qui y vivions avions toujours appelé l'organisation représentée par ce logo le Grand Œil (les éclairs représentant les speciMen). Nous n'employions jamais son nom officiel.

Ils devaient penser que j'avais sciemment détruit l'Axe. D'une certaine façon, cela avait bien été le cas. Mais n'auraient-ils pas dû s'y attendre ? J'étais leur arme. Conçue à des fins de guerre nucléaire ou biologique, ça je ne le savais pas. Mais je n'avais pas mûri comme ils l'avaient souhaité ou comme ils s'y étaient attendus. J'étais un projet raté, une prisonnière en fuite. Pourtant, ils devaient bien savoir que je referais surface. C'est peut-être pour cette raison qu'ils n'avaient pas commencé à déblayer l'incroyable masse de débris. Peut-être. Peut-être pas.

Je refermai la boîte, la coinçai sous mon bras et m'enfuis. Dans le doute, ils ne tireraient pas.

Mes longues jambes étaient puissantes, mon dos se courbait naturellement, chacun des muscles de mon corps fonctionnait en parfaite harmonie avec les autres. J'étais taillée pour la course, comme le plus beau des chevaux. En premier lieu, ils avaient cherché à créer une arme de chair et de sang, une bombe humaine qui se régénérerait elle-même pour exploser un autre jour. Qu'elle puisse courir vite était un bonus. Je n'avais eu le droit de m'exercer que sur un tapis de course durant mon temps dans la Tour 7. Mais là, je pouvais sprinter en plein air. C'était un pur bonheur, même si le Grand Œil me poursuivait.

Un pied, puis l'autre. Ils s'enfonçaient dans le sol pour me projeter loin en avant. J'avais le sentiment de pouvoir voler, que rien ne pouvait m'atteindre. Je gonflais mes poumons tout neufs et inspirais de grandes bouffées. Je courais vite, plus vite, encore plus VITE. Je parvenais à me maintenir à la vitesse des voitures qui circulaient dans la rue tout en évitant le peu de piétons sur le trottoir.

Il faisait nuit et j'avais toujours cru que les habitants se retiraient chez eux à ces heures-là. J'avais lu beaucoup de choses sur le taux de criminalité de la ville, les fusillades, les violences liées aux gangs, les braquages, les accidents de voiture. Mais les gens déambulaient dans les rues, hommes comme femmes, en groupes et parfois seuls. Ils avaient tous de fins écrans lumineux et des portables de la taille de pièces. Certains parlaient à ces objets et d'autres y regardaient très certainement les mêmes émissions que celles qu'ils pouvaient déjà voir sur la façade des bâtiments.

Je dépassai un groupe d'individus debout devant un restaurant. Ils semblaient perplexes et confus, et montraient les ruines du doigt. Ils avaient probablement entendu le bâtiment s'écrouler. Mais me *voyaient*-ils, au moins ? Ils le pouvaient, mais pas longtemps. Au-dessus, le Grand Œil me suivait, illuminant les alentours de leur projecteur, déroutant davantage les personnes qui occupaient les trottoirs et les rues.

C'était donc cela, New York. Des palmiers poussaient le long des routes, des manguiers, des irokos, des palissandres, des acajous. Les hauts bâtiments étaient équipés de grands écrans sur lesquels passaient des émissions populaires, des publicités tape-à-l'œil ou des individus en train de danser. Tous les gratte-ciel étaient drapés de ces vignes à l'odeur doucereuse qui, comme l'avait promis le maire, garderaient l'air de la ville pur. Ces plantes étaient le fruit de la Tour 4, qui se trouvait sur les îles Vierges américaines, mais peu de personnes le savaient. Et encore moins en avaient quoi que ce soit à faire.

Certaines routes étaient lisses, et je les parcourais en restant sur le côté, mais j'en foulais aussi quelques-unes remplies de nids-de-poule. Ces articles que j'avais lus toute l'année n'exagéraient rien : la ville avait un véritable problème de drainage des eaux et l'importante saison des pluies n'avait fait que l'exacerber. Les véhicules qui sillonnaient les rues allaient vite et étaient cabossés. Je n'en avais jamais vu de près et j'avais toujours voulu en conduire un. L'odeur âcre de leurs gaz d'échappement était bien plus présente ici.

Je vis soudain de gigantesques versions de moi-même projetées sur les bâtiments. Dans certaines d'entre elles je courais, d'autres étaient de vieilles images où je ne souriais pas et me contentais de regarder droit dans l'objectif. Ces photos dataient de l'époque où j'étais autre chose que ce que j'étais désormais. Les passants détournèrent le regard de leurs portables pour le poser sur les grands écrans des bâtiments avant de revenir aux leurs. La fiction rencontrant la fiction. Comme certains devaient être perdus en me voyant ainsi filer devant eux.

Alors que je courais, la douleur qui émanait de la bosse dans mon dos s'accentua. Elle m'arrachait des gémissements, mais je ne m'arrêtai pas. Ils ne mettraient jamais la main sur la boîte. Elle était *mienne*. L'Épine dorsale me l'avait donnée, à *moi*. Elle m'avait dit où l'emporter. Et ils ne m'auraient certainement pas non plus. Plus jamais.

Je passai sous une voie ferrée et vis le faisceau du projecteur continuer sa route. Puis je me remis à courir le long du trottoir sous les rails. Je pouvais voir l'hélicoptère essayer de changer de direction, mais il était trop tard. Comment pouvaient-ils savoir de quel côté j'étais partie ? Ou même si je courais tout court ? J'aurais très bien pu m'arrêter là-bas pour attendre. Ils choisirent d'aller dans la direction opposée. Je les avais semés, au moins pour l'instant. Mais mon visage était partout. Quelqu'un allait obligatoirement me reconnaître d'un moment à l'autre et signaler ma position. Je ralentis le pas afin de réfléchir à la suite. Je passai devant une bijouterie et un bureau de change, tous deux fermés.

En continuant dans la rue, une odeur épicée me titilla les narines. Tomate, oignon, ail, citron. Un arôme parfumé, familier. Quand je parvins devant la porte ouverte, je levai les yeux. Ethiopian Sunrise. J'entrai dans le restaurant.

« C'est fermé ! » lança un homme à la peau brune et aux cheveux bouclés de la couleur du granite.

Son accent me rappelait un peu mon amour perdu, Saeed. Je pensai à lui, lui qui était mort. Ils lui avaient donné envie de mourir et c'est ce qui m'avait donné l'impulsion de vivre.

« Excusez-moi, répondis-je. Je m'en vais.

— Vous ! fit-il en me montrant du doigt et en s'avançant à grands pas. Ils disent que vous êtes la terroriste qui vient de détruire l'Axe ! »

Ses yeux s'agrandirent.

« Est-ce que… »

Il leva les mains avant de les laisser retomber.

« Est-ce que vous… V-v-vous *brillez* ! Mais pourquoi, au nom d'Allah, est-ce que vous brillez ?! Je pensais que la photo qu'ils diffusaient était juste mauvaise. »

Je me reculai vers la porte.

« Non, attendez ! dit-il, en me montrant ses

mains. Regardez ! Regardez mes mains ! Je n'ai pas de portable, rien. »

Mon regard se porta derrière lui. Il devait certainement y avoir quelqu'un d'autre en cuisine. Je me trouvais idiote d'être venue ici. Cela n'avait rien de rationnel, j'avais suivi mon nez, attirée par l'odeur familière.

« J'ai juste besoin d'un moment, pour me reposer. Je m'en irai après. »

Les plantes d'intérieur posées près de la fenêtre du restaurant commencèrent à grandir et à faire pousser de nouvelles feuilles. Il observa la scène avant de reporter doucement son regard sur moi.

« Et où irez-vous ?

— Pourquoi est-ce que je *vous* le dirais ? Qui êtes-vous ? »

Il se mit à rire.

« Pardon, je suis mal élevé. »

Je fronçai les sourcils.

« Je m'appelle Berihun. Je viens d'Éthiopie et je suis aussi le propriétaire de ce restaurant. Ma femme Makeda est à l'arrière, il n'y a qu'elle. »

C'est alors que je compris ce qui m'avait attirée vers cet endroit. L'odeur, la nourriture. À la Tour 7, la majorité de la cuisine que nous consommions était africaine, que l'on vienne d'Afrique ou non. Je me rappelle très bien : la femme lionne adorait le couscous et les ignames bouillies avec de l'huile de palme épicée. Personne ne s'était jamais plaint de la nourriture, à la Tour 7. Mon plat préféré venait d'Éthiopie : du poulet dans une pâte de piment rouge. Comme j'aimais le *doro wat*. Mon estomac vide grogna à sa seule pensée. Je n'avais rien mangé depuis ma seconde naissance. Je décidai de m'en remettre à celui que Saeed appelait l'Auteur de toute chose, car Saeed avait cessé de croire en Allah longtemps auparavant, et moi je n'avais jamais cru en un quelconque dieu ou une quelconque religion.

« S'il vous plaît, Berihun, j'aimerais manger un peu de *doro wat*, demandai-je. C'est mon plat préféré et je n'ai pas mangé depuis... Eh bien, un certain temps. »

Berihun cligna des yeux et fit un grand sourire. « Vous connaissez notre cuisine ! »

Je lui rendis son sourire et opinai de la tête.

« Asseyez-vous, lança-t-il, en faisant un signe en direction de la table près du comptoir. Je reviens tout de suite ! Makeda va être tellement contente. Comment vous appelez-vous ? »

Je marquai une pause. Les noms sont quelque chose de tellement puissant. Ils ont cette tendance à façonner votre destin. Ils ne devraient pas être partagés avec le premier venu, mais cet homme m'avait confié son nom sans l'ombre d'une hésitation.

« Je m'appelle Phénix », répondis-je en m'asseyant à une table pouvant accueillir six convives.

Il esquissa un autre grand sourire et fit mine de se diriger vers la cuisine. Il se retourna.

« On dit que la Tour 7 était un centre de recherche où Leroy Jackson et son équipe de scientifiques ont découvert un remède contre le sida, mais personne ne l'a jamais vu, lui ou qui que ce soit de sa fameuse équipe, s'approcher de cet endroit. Ma femme est persuadée que ce qu'il faisait vraiment dans cette tour était cruel et malveillant. Elle est intelligente et observatrice, et j'ai pour habitude de croire ses paroles quand elle parle de ce genre de sujet. Est-ce qu'elle a raison ? »

J'acquiesçai.

« Leroy et son équipe travaillaient à la Tour 3 à La Nouvelle-Orléans, en Louisiane.

— Vous n'êtes pas une terroriste.

— Non, en effet. »

Il opina à son tour et se remit à marcher avant de revenir une nouvelle fois.

« Est-ce que vous avez une scoliose ? »

Je savais de quoi il parlait. La femme à la tête de chouette de la Tour 7 en avait une. Intriguée par cette maladie, j'avais lu des choses à ce sujet dans un des livres de médecine qu'ils m'avaient donnés. La courbure de la colonne vertébrale. Il s'agissait d'une déformation génétique qui pouvait parfois provenir d'une croissance trop rapide.

« Non, répondis-je.

— Ma femme en a une et votre dos me fait penser que vous pourriez bien en avoir une, vous aussi. »

Il s'approcha.

« Eh bien, je ne sais pas vraiment. Est-ce que la sienne lui fait mal ?

— Non, répondit-il. Pas du tout.

— Est-ce que vous voulez bien examiner mon dos ? lui demandai-je. Je ne peux pas vraiment le voir. »

Il hésita un instant et me contourna.

« Très bien, fit-il en tirant doucement sur le col de ma robe. Oh, dites donc ! Votre peau est brûlante. Est-ce que vous avez de la fièvre ?

— Non, pas au sens habituel. Je brille et ma peau a tendance à s'échauffer. »

C'est alors que je remarquai le comptoir qui se trouvait derrière lui. Il y avait plusieurs articles en vente. Mon regard s'arrêta sur le grand pot rempli d'une substance jaune et épaisse, du beurre de karité.

« Est-ce que je peux utiliser un peu de ça ? Je suis désolée, je n'ai pas d'argent mais…

— Utiliser quoi ? »

Il regarda en direction du comptoir.

« Oh, lequel ?

— Le beurre de karité.

— Bien sûr, dit-il en prenant le contenant.

— Merci. À part la chaleur, est-ce que vous avez remarqué quoi que ce soit concernant mon dos ? Je n'ai normalement pas de bosse ou de boursouflure à cet endroit. »

Il pinça ses lèvres en me tendant le beurre de karité. Je soulevai le couvercle et l'odeur de noisette m'assura que c'était un beurre pur et non raffiné. Parfait.

« Mais qu'est-ce qu'ils vous ont fait ? » demanda-t-il soudain.

Je pris mon temps pour répondre, touchant la surface lisse et dure du beurre. Elle se ramollit sous mes doigts chauds. Je soupirai, le regardai dans les yeux et lui dis enfin :

« Je pense que c'est plutôt une question de qui je suis, Berihun.

— Peut-être.

— Alors, qu'est-ce que vous avez vu ? » demandai-je une nouvelle fois en m'enduisant les bras de cette pâte.

C'était comme de l'eau fraîche. La sensation était agréable, même si elle n'était pas tout à fait aussi divine que celle procurée par le beurre de karité de la Tour 7.

« Votre peau, commença-t-il. Elle est comme plissée et gonflée. Est-ce que c'est un muscle ? »

Je fronçai les sourcils sans rien dire, m'enduisant les jambes de beurre de karité.

Il haussa les épaules, en essayant de montrer que cela n'avait rien d'inquiétant, et partit rapidement en cuisine.

Deux minutes plus tard, une grande femme ronde couronnée d'une multitude de longues tresses noires sortit de la cuisine. *Pourquoi est-ce qu'ils n'ont pas coiffé mes cheveux comme ça ?* Je touchai le haut de mon crâne.

« Oh », laissai-je échapper.

J'avais une belle coiffure afro de cinq centimètres d'épaisseur. Je la tâtai alors que la femme me dévisageait, puis je la secouai. De petits graviers et de la poussière en tombèrent.

« C'est donc vrai ? demanda-t-elle.

— Oui, lui répondis-je.

— Des Africains ? Comme moi ? Comme mon mari ?

— Oui, la plupart d'entre nous étaient originaires d'Afrique.

— Des Éthiopiens ?

— Pas que je sache.

— Mais ils vous servaient notre cuisine ?

— Oui. »

Elle s'approcha de moi et me caressa la joue. Il n'y avait jamais eu que Saeed pour me toucher avec tendresse. Mes yeux commencèrent à larmoyer, et je n'étais pas entièrement certaine de bien savoir pourquoi.

« Si chaude, nota-t-elle. Ma sœur, tu es en sécurité ici. »

Je pus voir ce dont m'avait parlé son mari quand elle retourna dans la cuisine. Son dos était légèrement tordu et il avait une petite bosse, comme moi. Mais je ne crois pas qu'il était brûlant au toucher.

Sa femme m'apporta la nourriture quelques minutes plus tard. À ce stade, mon dos tout entier me faisait si mal que je commençais à me demander si ma lumière n'était pas en train de me consumer de l'intérieur. Mais si c'était effectivement le cas, l'intégralité de mon corps aurait dû me faire mal, et non pas uniquement la zone avoisinant mes omoplates. Chaque mouvement occasionnait une profonde douleur qui me donnait envie de m'arracher la peau.

« Mon mari et moi allions dîner, c'est ma recette

spéciale, expliqua Makeda, en plaçant avec cérémonie un grand plat rond en métal sur la table. Je ne la prépare que pour la famille. »

L'assiette était recouverte d'*injera*, un pain plat, spongieux et délicieux. À la Tour 7, ils ne me servaient pas souvent le *doro wat* accompagné de son *injera* traditionnel. Sur la couche de pain au centre du plat se trouvaient les pilons et les œufs durs mijotés dans la sauce rouge épicée. Sur la couche d'*injera* la plus proche, sur ma gauche, un petit monticule de chou bouilli et de carottes avait été dressé et, sur la droite, un dôme de lentilles jaunes au curry. De l'autre côté de l'assiette, on retrouvait la même disposition.

Berihun s'assit face à moi.

« Vous devriez profiter d'un peu de compagnie avec votre repas », lança-t-il.

Je sentis les émotions gonfler dans ma poitrine. Être en bonne compagnie : une petite chose, certes, mais merveilleuse. C'était exactement ce dont j'avais besoin, en plus d'un bon repas. J'avais l'impression de ne pas avoir été si bien entourée depuis longtemps. Makeda posa également sur la table une assiette contenant quatre *injera* pliés et s'assit sur la chaise à côté de moi.

« Je n'ai pas faim de nourriture, mais de ton histoire, affirma-t-elle, en me regardant avec des yeux pleins d'émerveillement. Est-ce que tu veux bien nous la raconter ?

— Laisse-la manger un peu avant, mon épouse », commenta Berihun en riant.

Makeda hocha la tête, mais regarda en direction de la porte. Je compris parfaitement ce qu'elle ne formulait pas à voix haute. Je n'avais pas beaucoup de temps. Le Grand Œil se trouvait là-dehors. Ils me cherchaient. Combien de temps leur faudrait-il avant qu'ils ne dévalent cette rue et en fouillent le moindre bâtiment ?

Je saisis un des petits pains plats moelleux, en déroulai une partie et en coupai un bout. Je pêchai un peu de poulet et de sauce avec, et mis le tout dans ma bouche. C'était ce qu'il y avait de plus merveilleux avec le pain *injera* : c'était autant un accompagnement qu'un couvert et qu'une assiette. Mes yeux s'arrondirent tandis que mes toutes nouvelles papilles se régalaient.

« Oh ! C'est délicieux ! »

Makeda rayonnait. Berihun était quant à lui trop occupé à enfourner de la nourriture dans sa bouche.

Je me resservis en *injera*. L'équilibre de la viande, de l'œuf, du piment et de la tomate était divin. Le *doro wat* de la Tour 7 n'avait jamais eu ce goût-là ! L'*injera* avait une saveur délicatement aigre et était aussi léger qu'un nuage. La sauce était puissante et d'un rouge captivant. Le poulet était savoureux. Je dévorai tout. Makeda remplit de nouveau le plat et je n'en fis qu'une bouchée. Aucun d'eux n'émit de commentaires sur le fait que je mange autant que deux hommes de grande carrure, et j'en fus reconnaissante.

Tout ce que j'avais enduré durant la dernière heure fut effacé par la perfection de cette nourriture. Mon être tout entier se détendit. J'avais l'esprit apaisé et vif, tandis que les goûts qui se trouvaient dans ma bouche titillaient mes autres sens.

« Je m'appelle Phénix », lançai-je finalement.

Cela faisait dix minutes que nous mangions en silence. Berihun et Makeda me regardaient tous deux avec anticipation.

« Mon ADN provient certainement d'Afrique. C'est ce qui me paraît le plus logique, quand j'y pense. J'ai été créée il y a deux ans et j'ai grandi dans la Tour 7, même si je donne l'impression d'avoir quarante ans et que j'ai la connaissance d'une centenaire. Je suis ce qu'ils appellent un OBA, un "organisme biologiquement accéléré". »

Je soupirai.

« Parmi tant d'autres choses. Je crois que j'étais censée être l'une des plus formidables armes de ce pays. »

Je leur racontai tout.

« Maintenant, j'en suis libérée », conclus-je, après quelques minutes.

Je me rappuyai contre le dossier de ma chaise. J'avais terminé de manger. Nous continuions tous les trois à jeter des regards anxieux en direction de la porte et de la fenêtre de la devanture. Les rues semblaient bien trop calmes. Mais que pouvais-je bien savoir de l'état normal des rues ?

« Non, ce n'est pas vrai », répondit Makeda.

Son mari et elle se tenaient les mains. Comme si l'histoire de ma vie et de mon parcours allait les projeter dans l'espace s'ils ne se cramponnaient pas fermement.

« C'est ce que tu es. »

Mais qui suis-je ? pensai-je.

Berihun hocha la tête avec vigueur.

« Je ne voulais pas t'en parler tant que tu profitais de ton repas, mais ton visage apparaît sur tous les réseaux, dans tous les bulletins d'information, même dans les publicités. C'est ce qui est en train de se produire, Phénix. Quiconque utilisera une télévision, un ordinateur, une tablette, un portable, quiconque passera devant un bâtiment et lèvera les yeux pour regarder les écrans connaîtra ton visage d'ici demain matin. Peu importe ce que tu transportes, une graine, une noix, quoi que ce soit, emporte-la où elle exige d'aller. »

Makeda me prit la main, et j'oubliai tout l'espace d'un instant. Sa poigne était chaude, forte, comme son regard. De la même manière que la nourriture m'avait apaisée, Berihun et elle me donnaient de la force. Mes yeux me piquèrent soudain, je sentis les larmes monter. Contrairement à mes sanglots précédents, ceux que j'avais versés en cherchant à m'échapper de la Tour 7, elles ne grésillaient pas avant de s'évaporer. Elles coulaient le long de mes joues et gouttaient depuis mon menton pour terminer leur course sur mes genoux.

« Tu ne peux pas cesser maintenant, ma fille, souffla Makeda. Tu ne dois pas t'arrêter de courir. »

Elle m'attira près d'elle et me chuchota à l'oreille :

« Il y a une sortie à l'arrière, file tout de suite ! »

La cloche de la porte principale tinta pour marquer l'entrée d'un jeune homme en uniforme noir.

« *Assalamu Alaykum* », le salua Berihun, en sursautant et en se précipitant vers l'avant du restaurant.

Il se mit à rire avec ferveur, forçant son accent et appauvrissant délibérément son anglais.

« Nous fermé. Ouvert demain. »

Je me remis à courir. Je ne savais pas où j'allais, mais je courais. Il était arrivé quelque chose aux rues. Il n'y avait aucune voiture, aucun passant, elles avaient été vidées. Le ciel donnait l'impression d'être rempli d'hélicoptères, je voyais les faisceaux de leurs projecteurs devant moi et sur ma droite. Il me fallait quitter la ville, mais comment y arriverais-je à pied ?

Je sentis quelque chose céder dans mon dos, je trébuchai, mais ne pris pas le temps de m'arrêter. Il y eut comme une rupture douloureuse et un écoulement. Du sang ? C'était une sensation nouvelle. La partie supérieure de ma robe se tendit, puis j'entendis le tissu au niveau du dos se déchirer. Mais qu'est-ce qu'il m'arrivait ? Je m'abritai dans une allée et me contorsionnai pour toucher mon dos désormais exposé. Je sentis… Je n'avais pas la moindre idée de ce que je sentais… Quelque chose ressortait. Humide, mais dur comme de l'os ? Je tapotai la partie que je pouvais toucher. Léger, creux. Je passai ma main dessus. Doux, également. Je fis bouger mes omoplates alors que les démangeaisons s'intensifiaient. Ce qui me semblait être la peau au milieu et au bas de mon dos sembla se déchirer encore plus. Cette fois-ci, je pouvais même entendre le bruit. Mais je ne ressentais pas de douleur, plutôt un soulagement. Un soulagement qui me démangeait. Je regardai ma main et je vis qu'elle était rouge de sang.

« Mon Dieu. »

Je me mis à pleurer, dégoûtée.

« Qu'est-ce qu'il m'arrive ? »

Mon corps fut parcouru de tremblements, alors que je combattais mon besoin de me gratter.

J'appuyai ma tête contre le mur. Le béton était une présence fraîche contre ma joue. Une porte s'ouvrit à proximité, laissant échapper une chaude lumière jaune. Peut-être la porte arrière d'un magasin ou d'un restaurant. Un homme sortit en riant. Il me jeta un bref regard et cria de surprise tout en trébuchant.

J'essayai d'appuyer mon dos contre le mur. J'étais mortifiée. Je ne pouvais rien faire, la chose qui dépassait de mon dos était bien trop imposante. Puis, quoi que ce soit, cela fit tomber une poubelle à environ deux mètres de moi sur ma droite. Je sentis l'impact avec le conteneur.

L'homme continuait de me fixer, la mâchoire grande ouverte. Un autre homme sortit avec un paquet de cigarettes à la main.

« Bordel de merde », lâcha-t-il en me dévisageant tout en les laissant s'échapper au sol.

Il fit un signe de croix et tomba à genoux.

CHAPITRE 3

Déclic

Nous nous dévisageâmes. Le vent faisait voler un sachet de chips et un morceau de papier au travers de l'allée sale. Moi, essoufflée, debout dans une robe blanche tachée de sueur et de sang. Et les deux hommes, l'un africain, l'autre asiatique, près de la porte ouverte et habillés de jeans. Je passai une main par-dessus mes épaules et je ressentis cette chose à la fois dure et douce qui était rattachée à mon corps. Je regardai derrière moi. Mon mouvement fit se fléchir ce que j'avais dans le dos, je pus l'entendre se déployer et s'étirer, avec un son qui rappelait celui du vent quand il traverse les branches d'un arbre feuillu. J'éprouvai un grand soulagement.

Ma vision périphérique me permit de discerner du marron. Je tournai la tête aussi loin que je pus. Des plumes. Des plumes brunes et humides. J'avais des *ailes*.

Aucun des deux hommes ne broncha alors que je reculais. Ils ne me suivirent pas ni ne battirent en retraite. Mais l'un des deux avait son portable, ouvert. Son regard allait de l'appareil à moi.

Courir avec des ailes était difficile. Je devais avoir une envergure d'environ neuf mètres. J'étais en état de stress et ne pouvais m'empêcher de les déployer, les envoyant cogner douloureusement contre les murs de l'allée. Ma tête me lançait alors que j'essayais de me concentrer sur elles. Je pouvais les voir s'ouvrir. Puis il y eut comme un déclic en plein milieu de mon front. Tout se mit en place. Peut-être que ça n'avait pas été le cas avant que je meure, mais maintenant, après être née une nouvelle fois, ça l'était. Ces ailes étaient les miennes. Je les reconnaissais, elles faisaient partie de moi. Mes pieds cherchaient en permanence à quitter la terre ferme.

Quand je perçus le bruit d'un hélicoptère et vis le projecteur s'approcher de moi, j'essayai de battre des ailes. Rien n'avait jamais été plus simple. Les plumes avaient eu le temps de sécher et il ne me restait plus qu'à imaginer que j'avais une nouvelle paire de bras puissants. Des bras forts dont je pouvais contrôler la moindre courbe, le moindre pli, le moindre muscle. Je pouvais les fléchir, les rétracter, n'en bouger que des sections bien spécifiques. Je me suis mise à courir.

Puis je pris mes ailes à mon cou.

L'air m'enveloppa et me happa. Le vent m'enlaça. Mes pieds quittèrent le sol. Mon corps refaçonné était fait pour voler.

Huit jours plus tôt, je n'étais encore jamais sortie de la Tour 7. Je n'avais vu le monde qu'au travers d'un verre très épais et je n'avais jamais senti la brise. Mon meilleur ami et l'homme que j'aimais s'était donné la mort après avoir perdu tout espoir. Sept jours plus tôt, j'avais trouvé la mort en encourageant les arbres et les plantes qui m'entouraient à vivre. Deux heures plus tôt, à peine, je naissais une seconde fois. J'avais désormais des ailes et m'en servais pour voler.

Je me trouvais juste au-dessus des bâtiments les plus bas, contemplant tout ce que je n'avais vu que de ma fenêtre. Des personnes sur les trottoirs, sur des balcons d'appartement, sortant de véhicules et de maisons, dans des parkings. Elles avaient toutes la tête levée et me montraient du doigt, les écrans de leurs appareils brillant d'une telle intensité qu'ils me permettaient de les voir de si haut. Ils envoyaient des SMS, ils s'appelaient, s'écrivaient, utilisaient leur flash. Le monde entier allait bientôt faire la connaissance avec le nouveau moi.

Je les entendis bien avant qu'ils ne me voient. Mais l'hélicoptère était beaucoup trop rapide pour que je puisse avoir une chance de m'échapper. Le projecteur me retrouva rapidement, m'inondant de lumière blanche. L'appareil se porta à ma hauteur, ses pales tranchant l'air m'obligeant à me concentrer pour garder le contrôle.

« Pose-toi sur le toit du bâtiment le plus proche, lança une voix de femme. On ne te fera aucun mal. »

Cette voix, cet accent, je les connaissais. Bumi ! La femme qui s'était occupée de moi et m'avait tout appris, d'aussi loin que je me souvenais. Cette Nigériane qui, j'en prenais alors conscience, se servait des bénéfices de ses expériences sur moi pour assurer sa citoyenneté américaine. Elle profitait de ma souffrance. Elle avait donc survécu dans le but de continuer à me poursuivre, et une nouvelle fois elle affirmait qu'ils ne me feraient aucun mal. Je me rappelais encore ce que cela faisait de ne plus avoir de visage et de sentir les balles se repaître de mes jambes, de mon ventre, de mes bras et de ma poitrine.

J'accélérai l'allure. Ils firent de même.

Je vis Bumi ordonner aux soldats présents dans l'hélicoptère de sortir leurs armes… une nouvelle fois. Je l'entendis leur crier dessus, mais j'étais incapable de comprendre ce qu'elle leur disait. Je regardai droit devant moi, déterminée à mourir en essayant de leur échapper, comme je l'avais déjà fait. Quelqu'un cria et les armes ouvrirent le feu. Je préparai mon corps à la souffrance, mais rien ne vint. Les tirs s'intensifièrent. De même que les cris. Puis le son de l'hélicoptère changea, le bruit des pales fut remplacé par des craquements. Des hurlements. J'osai regarder.

Il était l'incarnation de la puissance pure. Il avait des ailes brunes pareilles à celles des albatros, identiques aux miennes, ce qui impliquait qu'elles étaient chacune constituées de trois articulations. Déployées, elles étaient bien droites et élancées.

Mais les siennes faisaient deux fois la taille des miennes. Il me semblait que sa peau était plus foncée que lorsque je l'avais libéré de la Tour 7 sept jours plus tôt. S'était-il repu de soleil ? Néanmoins, il n'avait rien perdu de sa létalité. Quelques jours auparavant, il avait tué de nombreux soldats dès sa liberté retrouvée. À cet instant, il projetait l'hélicoptère tout entier dans un bâtiment. Il lâcha l'appareil en écartant les doigts devant lui. L'engin partit en chute libre en direction de la rue.

Juste avant qu'il ne s'écrase dans un immeuble, je croisai le regard de Bumi. Elle m'avait promis qu'ils ne me feraient aucun mal. Elle n'avait fait que prouver une nouvelle fois qu'elle mentait. Elle criait et se tendait dans ma direction. Elle m'avait raconté des histoires alors même qu'elle me faisait souffrir ; elle était l'essence même du mensonge, malgré la véracité de ce qu'elle me racontait. Ma main droite se mit à trembler alors que je l'observais en train de me regarder. Un côté de son visage était pansé d'un bandage bleu serré. Je ne pouvais pas l'atteindre. Je ne pouvais pas la sauver.

Il y eut des flammes, du verre brisé et du métal tordu, le bruit d'alarmes incendie, le chaos. Je continuai à voler. L'homme ailé était derrière moi. Aucun autre hélicoptère ne nous suivit après cet événement. Rien ne nous suivit.

CHAPITRE 4

L'espace

Après avoir détruit l'hélicoptère, l'homme ailé m'accompagna sur une très longue distance. J'étais heureuse qu'il fasse nuit et qu'il soit là, silencieux. En plus d'éprouver des difficultés à réfléchir, mes épaules et les muscles de mon dos étaient endoloris à force d'agiter mes ailes. Pourtant, je ne souhaitais pas atterrir. Je jetais régulièrement un regard dans sa direction. Il semblait voler sans le moindre effort, battant à peine de ses grandes ailes. Il était un peu devant moi. Il ouvrait la voie.

Néanmoins, dès que l'obscurité de l'océan fut en vue, il tourna la tête vers moi. Je lui rendis son regard avant de me détourner de lui, incapable de soutenir son œil perçant. Mon cœur se mit soudain à battre très fort. Il semblait humain, mais comment pouvait-il l'être ? Il y avait quelque chose de si stable en lui, d'égal. Une nouvelle fois, je me demandai comment la Tour 7 avait pu le capturer et l'emprisonner, et pourquoi. Quelques instants plus tard, je regardai de nouveau dans sa direction. Il me fixait toujours.

« Quoi ? dis-je finalement. Qu'est-ce qu'il y a ? »

Il reporta son regard devant lui. L'obscurité de l'océan s'ouvrait à quelques kilomètres de nous. Je distinguais les lumières d'un grand bateau au milieu de l'eau. Un paquebot de luxe ? Il pointa un de ses longs doigts droit devant. Je n'étais pas certaine de comprendre s'il montrait le bateau, l'océan ou peut-être les bâtiments.

Il accéléra soudain et effectua un virage à cent quatre-vingts degrés. Puis il repartit en direction de la ville. À une telle vitesse, il m'était impossible de le suivre. Et je n'étais pas capable de faire ce type de manœuvre, pas encore. Pas d'au revoir, pas de dernière parole empreinte de sagesse. Je me retrouvais une nouvelle fois seule. Je poursuivis ma route.

Quelques minutes plus tard, je survolais la partie submergée de la ville. Les sommets des gratte-ciel, jadis majestueux et désormais branlants, dépassaient de la masse d'eau étale comme des arbres dans un marais. J'avais lu qu'une espèce de rats nocturnes de la taille d'un chien vivait dans les sections d'immeubles juste au-dessus de la surface de l'eau et qu'ils se nourrissaient de poisson. Ils étaient probablement de sortie à cette heure-ci, occupés à pêcher dans les bas-fonds.

J'avais également lu que ces bâtiments étaient peuplés par les pauvres et les sans-papiers. Des travailleurs qui ralliaient tous les jours la ville grâce à un service de bateaux mis en place par la municipalité de New York. Je me posai sur l'un des plus hauts édifices, sous la lumière faible d'un lampadaire. Les pleurs d'un bébé me parvinrent, ainsi qu'un rire et les effluves épicés de quelqu'un cuisinant avec beaucoup de curry. Il y avait une piscine mais elle était vide et sale. À côté, des chaises en plastique étaient disposées autour d'une table en métal rouillée. J'y imaginai des hommes assis à fumer des cigares, à jouer à des jeux de cartes, à jurer et à rire, des amis se comportant en amis, même dans la pauvreté. Pas de Grand Œil avec des armes, des scalpels ou des portables.

Plusieurs pigeons posés aux environs de la table et des chaises me regardèrent, leurs têtes inclinées sur le côté. Puis ils retournèrent à leur occupation, picorant des graines à même le sol. Je souris. Je n'avais jamais vu ces oiseaux de près. Je les observai un moment. Ils se pavanaient aux alentours, mais ne s'écartaient jamais vraiment les uns des autres, un comportement pratiquement inconscient. J'aimais cette façon qu'ils avaient de roucouler, et il était évident que quelqu'un d'autre appréciait ces animaux. Pourquoi y aurait-il eu des graines, sinon ?

Cela faisait des heures que j'avais mangé le *doro wat*, j'avais volé sur une longue distance, et pourtant mon estomac me semblait toujours rempli. Je m'assis sur le béton, profitant de la brise sur mon dos nu et mes plumes repliées. Mon dos était sec ; je ne saignais plus et le sang avait séché. Je regardai mes mains légèrement luminescentes et la boîte qu'elles tenaient. Un pigeon noir aux ailes mouchetées de gris s'approcha de moi, inclinant la tête avec curiosité.

« Je ne sais pas ce que c'est », lui expliquai-je.

Le pigeon se dirigea prudemment vers ma gauche. J'aurais pu jurer qu'il fixait mes ailes de ses petits yeux ronds marron. Je ris.

« Moi non plus, je ne sais pas très bien ce que *je* suis. Qu'est-ce que tu en penses ? »

L'oiseau ne faisait que m'observer. Puis une image envahit mon esprit, celle d'un endroit entièrement ensoleillé. Le pigeon hulula de peur et prit la fuite pour retrouver ses congénères.

Je pressai mon front. Je ne ressentais aucune douleur. Mais ma tête semblait vaste.

« Des mondes ! » murmurai-je.

Le chaos bruyant dans mon esprit qui angoissait, s'inquiétait et se lamentait de ce qu'il s'était produit depuis que j'avais quitté ma chambre de la Tour 7, tout disparut. Il était toujours présent, mais pour le moment, ce tumulte était comme suspendu. Je compris rapidement que la graine extraterrestre me *parlait* d'une façon qui me rappelait celle de Mmuo. Toutefois, contrairement à la communication par nanomites qu'il utilisait, elle n'employait pas de mots. Elle parlait directement à mon esprit ; elle entrait en contact avec ma psyché, et ce contact était magnifique.

Je regardai par-dessus le bord du toit, en direction de l'océan. Au-delà du bateau, dans l'obscurité. Je voyais les images d'un autre endroit.

Un endroit chaud comme New York, avec des palmiers et des inondations semblables à ici. Un endroit envahi par la nouvelle malaria comme New York, mais où les habitants me ressemblaient. Ce n'était pas New York, ce n'était même pas aux États-Unis. C'était loin. Comment pouvais-je m'y rendre ? En avion ? En bateau ? Par moi-même ? Phénix, la speciMen renégate ailée à qui l'on attribuait la destruction de l'Axe ainsi que celle de la Tour 7, certainement ? Comment pouvais-je y parvenir ?

Je restai immobile. Les pigeons derrière moi ne faisaient également plus aucun bruit.

Je me décidai comme je m'étais décidée à fuir la Tour 7, sur un coup de tête.

J'ouvris mes ailes. Je courus et m'envolai, me laissant porter par un coup de vent qui me fit prendre de l'altitude avec une facilité que je n'avais pas ressentie la première fois. Plusieurs pigeons me suivirent, mais ils firent demi-tour quand j'arrivai au niveau de l'eau. Et c'est ainsi que je commençai à traverser l'océan. Peut-être qu'une partie de moi-même était comme Saeed et voulait mourir. Peut-être. Mais c'était plus profond que cela.

Les premiers jours ne furent que souffrance. Je n'avais pas besoin de manger, d'uriner, de déféquer ou de dormir. Plusieurs heures après que mon périple eut débuté, la boîte entre mes mains se mit à chauffer, puis mon corps tout entier s'illumina, avant de s'échauffer à son tour. Mon estomac gargouilla, puis je le sentis faire quelque chose de très étrange. Il se contracta, devenant dur comme de la pierre.

Je crus d'abord que la graine extraterrestre avait fait quelque chose à mon corps. Mais à mesure que le temps passait, je compris que j'avais certainement opéré ce changement moi-même, car la graine m'avait montré comment faire. Tout en volant, et par la seule force de ma volonté, je dénouai mon estomac, mais la douleur fut telle que je le renouai aussitôt.

Donc la douleur ne provenait pas de mon estomac, de mes intestins, de ma vessie ou du manque de sommeil, elle émanait de mes épaules et de mon dos. Il me fallait renforcer mes muscles, et je devais le faire tout en traversant un océan. Chuter dans les flots équivalait à une mort par noyade ou pire encore. Je n'avais pas le temps de mettre mes plumes à l'épreuve de l'eau.

Je volai malgré la douleur, et des jours durant je ne pensai à rien d'autre qu'à voler vers le sud-est et à ne pas tomber. Je plaçai la graine extraterrestre dans ma robe, où elle reposait contre mon cœur. C'était comme un outil de navigation mystérieux, qui me montrait la voie dans mon esprit. Mes seuls moments de répit advenaient quand le vent me portait. Mes ailes étaient puissantes, j'étais faite pour les très longs voyages. Qui sait, j'avais peut-être même de l'ADN d'albatros. Et tout comme ces créatures, j'appris rapidement à voler sans réellement voler. Quand les vents étaient favorables, je pouvais parcourir des kilomètres et des kilomètres sans rien faire.

Quand la douleur se tut enfin, je pus observer l'océan. Sa grandeur. Sa teinte bleutée le jour, sa noirceur la nuit. Tout ce qui m'était arrivé avant me semblait tellement lointain. Le monde était différent ici.

Quelques heures avant d'apercevoir les côtes africaines, je constatai à quel point le monde était singulier au-dessus de l'océan. Je contemplais une tempête s'agiter à plusieurs kilomètres de moi, me laissant porter par certains des vents qui en résultaient, quand je jetai un regard sous moi. Où je me trouvais, le soleil était levé, l'eau était claire et je volais à haute altitude, ce qui me permit de voir la scène dans son intégralité. Son gigantesque corps rouge était bulbeux comme l'ombrelle d'une méduse, mais sa peau semblait épaisse et dure, comme celle d'un éléphant. Elle avait trois énormes tentacules qu'elle employait pour se propulser vers l'avant et une tête ronde tout aussi gigantesque surmontée d'yeux jaunes, spongieux et mouvants, pareils à ceux d'un insecte. Cette créature faisait la taille de trente maisons. De grandes maisons. Ce n'était pas une pieuvre géante ou une sorte de céphalopode. Je dirais même qu'elle ressemblait à un mammifère.

Elle leva la tête vers moi et me regarda très longtemps. Ses yeux étaient tellement grands que je pouvais clairement discerner ses pupilles noires rivées sur moi. Ne sachant pas si cette chose pouvait bondir hors de l'eau, je décidai de prendre de l'altitude. Elle me fixa pendant un certain temps avec intérêt, puis elle replongea vers les profondeurs.

Je n'aurais pu être plus heureuse d'arriver enfin en vue des côtes africaines. Mon premier repas en deux semaines me fut offert par une adorable femme âgée de Sierra Leone qui s'exprimait dans un anglais parfait et ne craignait pas les femmes ailées. Il était composé de poisson frit, de pain au manioc frais et d'une soupe d'okra épaisse et goûteuse. Tandis que je mangeais, elle me dit : « Je pense que vous aurez besoin de ça », en me tendant un vêtement fabriqué dans un tissu noir et rêche.

Ce qu'elle appelait « burqa » s'enfilait par la tête. Elle me recouvrait de la tête aux pieds sans oublier mes ailes. Je savais ce que c'était, car j'avais lu des choses concernant les traditions islamiques.

« Je respecte la religion, commençai-je doucement. Mais je ne…

— Prenez-la, insista-t-elle. Il vous faudra choisir qui vous verra telle que vous êtes. La burqa est la liberté. »

Elle la plia étroitement, la mit dans une sacoche et je la pris. Je savais qu'elle avait raison. Je dormis deux jours et, après avoir rencontré toute sa famille, je repartis.

L'arbre était large, haut et tordu, comme s'il exécutait très lentement des pas de danse. Il avait de longues feuilles étroites et ses branches étaient alourdies par des grappes de karité. Je n'aurais pas su ce que c'était si je n'avais pas croisé une jeune femme qui parlait anglais. C'était une ferme dans laquelle les amandes du karité étaient transformées en beurre.

La graine m'avait menée à une ville appelée Wulugu, au nord du Ghana, puis à une ferme de karité qui se trouvait à proximité d'un petit village jusqu'à, enfin, ce grand arbre. Des individus travaillaient dans ces fermes. Comme je devais paraître étrange à leurs yeux, seule avec une burqa intégrale, alors qu'il n'y avait pas beaucoup de musulmans dans la région. Mes ailes repliées, que j'avais collées le plus possible contre mon dos, donnaient l'impression que j'étais une bossue estropiée. Sous la burqa, je portais ma robe résistante à la chaleur, autrefois blanche et désormais brunie et raide à cause de la poussière, du sable et du sel de l'océan.

Je me laissai tomber à genoux et commençai à creuser le sol à mains nues. Je n'avais rien mangé de la journée, à part quelques bananes que j'avais trouvées à même un arbre des heures plus tôt. Mon estomac était vide, et je n'avais pas d'argent. Je ne savais pas ce que je ferais après en avoir terminé ici. Je brillais toujours, même si mon corps restait frais. Mais rien de tout cela n'avait d'importance. Cette noix, cette graine extraterrestre était le centre de toute mon attention.

La terre ici était rougeâtre et humide, comme celle au pied de l'Épine dorsale. Il était facile de la travailler. Je creusai un trou d'environ un mètre de profondeur et fus rejointe par quelques curieux. Je décidai de leur donner un spectacle. J'augmentai mon éclat au travers de ma burqa et éclatai de rire alors que les plantes et les arbres qui m'entouraient, dont celui juste devant moi, se mirent à grandir, leurs feuilles à se dérouler et leurs tiges à s'allonger. Certaines personnes crièrent de peur, mais la plupart soupirèrent et murmurèrent d'émerveillement. D'autres sortirent des portables et prirent des photos. Alors qu'ils observaient la croissance des plantes, je sortis enfin la boîte contenant la graine et la plaçai doucement dans le trou.

Une fois ce geste effectué, je la sentis se tarir. La lumière en moi s'éteignit. Les plantes qui m'entouraient arrêtèrent de pousser à une vitesse folle. Juste comme ça. C'était un tel soulagement que je soupirai, tout en me penchant vers l'avant. Je pouvais ressentir la graine s'imprégner de cette énergie brillante et pleine de vie. J'aurais même pu jurer avoir entendu la boîte se fermer d'un *clop*. Je me redressai en regardant mes mains. Elles ne scintillaient plus de cette couleur jaune-vert. Je me palpai le dos. Mes ailes étaient toujours là, plus puissantes que jamais. Elles réclamaient le ciel comme quelque chose en moi réclamait justice. Justice pour ce qu'on m'avait fait subir et pour les autres prisonniers de la Tour 7, de *toutes* les tours. Est-ce que je me consumerais de nouveau pour reprendre vie ? Je le découvrirais.

Je me levai et me tournai vers la foule réunie autour de moi. Une femme s'avança en disant d'une voix riante quelque chose que je ne compris pas. Elle passa à l'anglais :

« Bienvenue. »

Puis elle m'enlaça. Un homme se joignit à elle. Ils me prirent tous dans leurs bras et je leur rendis leur étreinte.

CHAPITRE 5

Faucheuse

Il est nécessaire d'arrêter le temps pour écouter une histoire. C'est la conteuse qui le laisse reprendre son cours.

Elle le laisse s'écouler depuis l'endroit qu'elle choisit, quand elle le choisit, et selon son point de vue. Tant que vous l'écoutez, elle contrôle votre destinée. La conteuse et vous partagez tout, jusqu'à votre propre existence.

Écoutez…

Je commençai à m'exprimer avec l'accent local. Je n'aurais jamais pu m'intégrer, ce n'était pas le but. J'en aimais juste la sonorité. Mon amour Saeed me manquait, tout comme mon ami Mmuo et les autres prisonniers de la Tour 7, qui, eux, n'avaient pas été particulièrement gentils avec moi. Parler comme les Ghanéens me faisait penser à eux. De plus, après tout ce qui m'était arrivé, il était agréable d'être différente de ce que j'avais été, tout en restant la même. Ce que j'étais ne changerait jamais, ce que j'étais pouvait survivre à la mort. Encore et encore.

J'étais Phénix.

Ils m'appelèrent Okore, ce qui signifie « aigle » en twi, même si j'avais le sentiment que mes ailes ressemblaient plus à celles d'un albatros. Mais il n'existait aucun mot traduisant « albatros » en twi, alors je me contentai d'Okore. Je maîtrisai rapidement les rudiments de la langue et la parlai mieux que la plupart des gens en seulement quelques mois. C'était un des avantages de mon accélération et c'était une bonne chose, car sinon j'aurais eu des problèmes. La langue d'un peuple est sacrée, elle fait partie de leur identité. Et même si la majorité des Ghanéens parlait anglais, c'était important que je puisse également m'exprimer dans leur langue natale. L'incapacité à communiquer sur plusieurs niveaux équivaut toujours à des problèmes. Alors, pour une fois, je fus chanceuse.

Cependant, j'étais arrivée dans ce village avec le soutien de ses habitants. Quand j'avais enterré la graine extraterrestre à la base de l'un de leurs plus vieux karités, juste avant que son étrange lumière ne me quitte, la mienne avait fortifié tous les arbres de leurs fermes. Je n'aurais pas pu espérer de meilleur timing, car nous étions en pleine saison des récoltes et tous les arbres étaient lourds de fruits. Ainsi, l'arrivée d'« Okore » marqua une grande abondance pour Wulugu. Même après que ma lumière donneuse de vie eut été réabsorbée par la graine et que je l'eus enterrée, les fruits des arbres avaient continué de se multiplier et de grossir, avec force et constance. Avec moi était arrivée l'abondance. À la fin de la saison des marchés, les habitants de Wulugu avaient acquis beaucoup de richesses.

Ils me construisirent une petite maison sur deux niveaux et l'équipèrent même d'un panneau solaire, me permettant d'avoir assez d'électricité pour de petites lumières. Quelques femmes m'aidèrent à cultiver un jardin. Les autres habitants m'invitèrent à leurs réunions, à leurs mariages, à leurs fêtes et à leurs enterrements. Pour la première fois de ma vie, je faisais partie intégrante d'une communauté. Je commençai à me détendre, laissant l'Amérique derrière moi. Comme ce pays pesait sur mes épaules ; une femme ailée ne devrait jamais porter un tel fardeau.

C'est grâce aux habitants de Wulugu que j'appris ce qu'étaient des « télés en gelée ». À la Tour 7, personne ne nous en avait jamais montré. Nos chambres, non, pardon, nos cellules étaient trop exiguës, il n'y avait donc nul besoin de ce genre d'équipement. Nous regardions toujours de petits écrans encastrés dans les murs ou simplement nos tablettes. Néanmoins, cela faisait des années que les télés en gelée existaient.

Ces appareils étaient constitués de blocs rectangulaires d'une gélatine optique à haute élasticité qui pouvaient être étirés jusqu'à recouvrir un mur entier. Il suffisait ensuite de cliquer sur le petit bouton doré au milieu de sa minicommande ronde. Un léger tintement se faisait alors entendre et une image des plus réalistes se matérialisait. Le village possédait deux de ces télés en gelée et, les week-ends, tous les habitants se retrouvaient à la maison communautaire pour regarder l'un de ces bruyants films en 3D d'Afrique de l'Ouest. Parfois, ils en passaient aussi un américain.

Personne ne me demanda jamais d'où je venais, ni même ce que j'étais. Je portais les vêtements d'une femme musulmane, il n'y en avait pas beaucoup à Wulugu mais c'était suffisant. Personne ne m'importunait. Les habitants pensaient que j'étais bossue et cela m'allait très bien également. Cela ne maintenait pas les hommes à distance pour autant. En moins de deux mois, trois hommes que je croisais régulièrement au marché ou à la maison communautaire me demandèrent en mariage, car, disaient-ils, ils étaient tombés amoureux de mon visage. Mon *visage*, est-ce que vous pouvez y croire, vous ? J'étais bien plus qu'un visage. Un seul homme l'avait réellement compris. Kofi Atta Annan. Son père lui avait donné le nom du diplomate des Nations unies à la tête des révolutions au Nigeria et au Ghana près de cent ans auparavant. Pour Kofi, j'étais prête à enlever ma burqa quand le moment viendrait. Et ce moment était venu.

Il vivait à un peu plus d'un kilomètre de chez moi et habitait une petite maison dans laquelle il y avait l'eau courante. C'était également l'un des rares à pouvoir se permettre de mettre du pétrole dans son générateur. Il était difficile d'en dire autant pour les autres habitants du village. Même moi, je me rendais au puits tous les matins pour puiser de l'eau avec les autres femmes.

Le jour se levait et les routes étaient désertes. Je m'étais réveillée en sachant ce que je voulais faire. Je me lavai donc avec mon dernier seau d'eau, m'habillai d'une robe d'été dos nu jaune, que je recouvris de ma burqa noire. Je grignotai un peu de pain beurré avec des sardines, et rendis visite à Kofi avant qu'il ne parte travailler. Kofi était le médecin du village, le *seul*. Ses journées étaient toujours longues.

J'étais excitée. Kofi allait enfin connaître la vérité. Que dirait-il quand il verrait que ma bosse était en fait des ailes ? L'idée a fait battre mon cœur plus fort. Je n'aimais pas Kofi comme j'avais aimé Saeed. Je ne pensais pas pouvoir aimer un jour de nouveau de cette manière. Mais Kofi était un homme charmant. Le regarder, même de loin, me faisait sourire. Il était grand comme un arbre et il avait une voix forte et claire. Si le grand homme ailé que j'avais libéré de la Tour 7 se mettait un jour à parler, je l'imaginais avoir une voix comme celle de Kofi. Et c'était un homme bon. Quand il s'occupait de ses patients, il leur demandait comment ils allaient et la permission de les toucher. Il s'inquiétait réellement de leur bien-être. Tout l'opposé du Grand Œil qui s'était occupé de moi lors de ma première vie comme on s'occuperait d'une vache qui finirait à l'abattoir à la fin de l'année.

Avec Saeed, nous ne pouvions être ensemble que lorsque nous mangions ou quand nous avions droit à du temps de socialisation. Saeed m'avait un jour avoué que, pendant des heures, il faisait semblant de me parler alors qu'il était seul dans sa chambre. Je ne lui avais jamais dit, mais souvent, je rêvais la nuit qu'il me parlait pendant des heures. J'aurais aimé le lui avoir dit. Nous avions eu si peu de temps ensemble.

Avec Kofi, c'était différent, plus libre. Il était présent le premier jour où j'étais arrivée. C'était le seul à *m'avoir vue* enterrer la graine extraterrestre. Tout le monde était émerveillé par les plantes et les arbres qui poussaient devant leurs yeux, mais lui était fasciné par *moi*. Plusieurs jours après, une fois que j'eus été installée dans la maison qu'ils m'avaient donnée, il m'avait abordée au marché et s'était présenté. Puis il m'avait demandé :

« Qu'est-ce qu'il y avait dedans ?

— Pardon ? avais-je répondu.

— Dans la boîte que vous avez enterrée. »

Il avait marqué une pause pour se frotter le menton.

« Je ne sais pas ce que j'ai vu. C'était vert et brillant. J'y pense encore.

— Si je vous dis ce que c'était, est-ce que vous allez la déterrer ?

— Non, avait-il dit en riant. Peu importe ce que c'est, il est évident que sa place est effectivement là-bas.

— C'est le cas », avais-je confirmé.

Je le regardai dans les yeux pendant un moment. Je portais ma burqa noire, de sorte que seul mon visage était visible. Mes ailes me faisaient mal à force d'être repliées contre mon corps depuis trop longtemps. J'avais besoin de rentrer rapidement chez moi.

« Et c'est tout ce qui compte, en vérité. »

Son sourire s'était agrandi et il avait opiné de la tête.

« OK. Eh bien, soyez la bienvenue.

— Merci, Kofi. »

C'est moi qui l'avais approché la première. Je m'ennuyais, et j'avais décidé que j'appréciais le son de sa voix. Il s'occupait de patients quand je suis entrée. Il y avait plus de vingt personnes à l'attendre, lui était en nage et semblait éreinté. Mais, quand il me vit, il fit un grand sourire. C'est là que je craquai. Quand je le vis sourire malgré toute l'anxiété et le travail qui reposaient sur ses épaules. Il me sourit sans même réellement *me* voir.

« Même un médecin doit manger, dit-il. Attendez-moi. »

Je ris et j'opinai. J'allai rapidement au marché, je trouvai la dame qui vendait de la nourriture déjà préparée et je nous achetai du riz *jollof*, deux oranges et deux boissons maltées. Je retournai chez lui, je m'assis et je l'attendis deux heures alors qu'il s'occupait de la santé de chacun de ses patients. À chaque fois, il leur demandait la permission avant de les toucher.

Quand un vieil homme avec des problèmes

cardiaques insista sur le fait qu'il continuerait à réclamer à sa femme de lui préparer de la soupe à l'huile de palme, Kofi lui demanda des nouvelles de son petit-fils. Le visage de l'homme s'illumina et il comprit rapidement ce que Kofi voulait lui dire : s'il n'arrêtait pas de manger des plats riches en graisses saturées, il n'aurait plus beaucoup de temps pour profiter de son petit-fils.

Je le vis chanter une chanson à un garçon alors qu'il lui faisait douze points de suture sur la jambe, et je le vis aussi diagnostiquer la nouvelle malaria à une femme en moins d'une minute. Il était doux, gentil tout en étant ferme. Tout ce que les docteurs du Grand Œil n'étaient pas. Quand le dernier patient de la matinée fut finalement parti, il me regarda et dit :

« Vous savoir assise là m'a rendu la tâche tellement plus simple. »

Après ce jour, nous déjeunâmes tous les midis ou presque ensemble. Nous commençâmes à nous retrouver le soir pour aller marcher et regarder les étoiles ensemble. Kofi ne me demanda jamais rien concernant ma « bosse ». Et quand je l'embrassai, il garda ses mains pour lui. Il m'embrassait avec ses lèvres et uniquement ses lèvres. Saeed et moi nous étions embrassés plusieurs fois, mais c'était toujours dans la précipitation. Le Grand Œil nous observait en permanence ; ils ne nous laissaient jamais être réellement proches. Avec Kofi, j'étais libre, mais pas seulement. J'en voulais davantage.

Je passai devant le magasin de vélos. Deux jeunes

hommes étaient assis près des bicyclettes. Ils portaient tous les deux des armes, mais ne les montraient jamais. C'est Kofi, qui les connaissait bien, qui me l'avait confié. L'un d'entre eux avait une peau tellement noire qu'on ne pouvait voir de lui que ses yeux brillants dans la chaude obscurité. Je levai une main et il me rendit paresseusement mon salut. Son partenaire était endormi. Les routes étaient bosselées à la suite de dégâts des eaux, mais cela n'avait rien à voir avec l'état déplorable des rues aux États-Unis.

Je passai aussi devant la mosquée, un grand édifice en grès qui ressemblait plus à un château de sable qu'à un lieu de culte. Ce bâtiment sur deux niveaux avait plus de deux cents ans. Toutefois, comme il y avait très peu de musulmans à Wulugu, les prières du matin attiraient plus de fantômes que de fidèles au lever du jour. On disait de l'imam qui vivait là que c'était un descendant du cheik qui l'avait construite. L'imam m'avait un jour expliqué que ce cheik était persuadé que ce village avait été bâti sur une terre sacrée et que c'est pour cela qu'il avait construit cette étrange mosquée ici, malgré la faible communauté musulmane.

Je pense que l'ancêtre de l'imam devait savoir ce qu'il y avait enterré à la base de cet arbre. Ou peut-être que l'arbre n'était pas encore là quand la graine extraterrestre arriva ici. Peu importe, je pense qu'il savait quelque chose. Je pense que ce savoir l'honorait bien plus qu'il ne l'effrayait.

Je passai devant l'endroit où des hommes

vendaient des cartes d'appel et d'e-port, des portables et de vieux téléphones mobiles aussi énormes que laids. Je passai devant des maisons endormies, puis devant un petit champ. Au loin, je pouvais voir l'antenne-relais gris et vert, qui abritait les nids de plusieurs vautours. Les villageois étaient aussi reconnaissants qu'irrités par cette tour. Ils adoraient leurs téléphones et leurs portables, mais ils trouvaient que la tour était une horreur et qu'elle leur envoyait certainement toutes sortes d'« idioties ». Ils n'étaient pas non plus surpris qu'elle soit occupée par des vautours.

Enfin, je vis l'hôpital au bout de la rue. Juste après le seul et unique hôtel du coin. Je pris une grande inspiration. Et s'il criait et fuyait en voyant mes ailes ? Et si elles le dégoûtaient ? J'espérais qu'il ne se mettrait pas à genoux en faisant des signes de croix, comme les hommes dans l'allée, aux États-Unis. Je n'avais rien d'un ange. Je repoussai ces pensées et continuai mon chemin. Un oiseau hulula à proximité. L'atmosphère se réchauffait désormais plus rapidement. J'aimais le temps ici, la brise était toujours lourde et humide, et portait l'odeur de millions de feuilles vertes. La terre était rouge et riche. Les arbres prospéraient bien, quand les inondations ne les emportaient pas.

Je m'immobilisai soudain. Tout se figea, mon excitation mâtinée d'angoisse, ma matinée agréable, mes jambes. Je restai plantée debout, au milieu d'une route déserte détruite par l'eau. J'eus envie de vomir. Mes ailes tressaillirent sous ma burqa. Dans le parking de l'hôtel se trouvaient trois SUV, noirs et rutilants, à l'exception des éclaboussures de boue rouge sur leurs roues. De larges Toyota flambant neufs, l'un équipé d'une très longue antenne. Ils arboraient tous les trois ce même emblème sur leurs portières : une main tenant des éclairs.

Tout me revint. Je me souvins de tout avec clarté. Même la mort ne pouvait pas me faire oublier. Je comprenais désormais que, durant mes deux années chez eux, avant que je ne m'échappe, ils m'avaient fait des choses terribles. Avant que je ne puisse contrôler ma température moi-même, ils avaient pour habitude de me mettre dans une pièce chauffée et de me regarder suer et respirer avec difficulté pendant des heures. Dans ma deuxième année, ils avaient commencé à me brûler, avec des aiguilles chauffées à blanc, puis avec des instruments toujours plus grands. Ils m'avaient brûlé le visage, le ventre, les jambes, les bras, la moindre partie de mon corps. Je connaissais l'odeur, le bruit et l'aspect de ma chair en train de griller.

Pourtant, je finissais toujours par guérir. Rapidement et sans cicatrices. Mais jamais sans douleur. Malgré tous les livres que je consommais à l'époque, je pensais que ce traitement était normal. Aucune histoire ne s'intéressait à quelqu'un comme moi, et je n'étais jamais sortie de la tour. Je n'avais aucun moyen de penser autrement avant de rencontrer Saeed. Ou peut-être que mon esprit s'était ouvert quand j'avais commencé à l'aimer.

Je me demandais toujours ce qu'ils avaient fait à Saeed. Je sais qu'ils lui avaient fait des choses bien pires. Mmuo m'en avait un peu parlé. Des décharges électriques, des empoisonnements, des éviscérations suivies de reconstructions. Et ils n'avaient pas employé de médicaments engourdissant ou d'anesthésiques pour lui. Cela aurait nui aux « résultats des analyses ». J'avais parfois posé la question à Saeed mais il refusait de me donner des détails. « Tu ne mérites pas ça. Tu es trop jeune », répondait-il. Il avait raison sur ces deux points. Mais je voulais tout de même savoir. Connaître la douleur de quelqu'un, c'est la partager, et ce partage permet d'en soulager un peu l'autre. Mais il ne faisait que répéter : « Je survis. Je survis toujours. » Oui, il survivait, jusqu'à ce qu'il décide d'y mettre un terme.

Je reculai d'un pas, les yeux rivés sur les véhicules dans le parking de l'hôtel. Puis je fis un second pas en arrière, pour rejoindre l'autre côté de la route. Je me cachai derrière un pick-up sale, dont le plateau de chargement était rempli de noix de karité. Je posai une main sur le flanc du camion et me penchai pour mieux voir. Le Grand Œil, l'organisme qui m'avait conçue, torturée, puis tuée, était à Wulugu, au Ghana.

CHAPITRE 6

Œil-très-rouge

Je me trouvais toujours derrière le camion quand un groupe de jeunes hommes blancs et extravertis sortit de l'hôtel. Même de là où je me tenais, je pouvais voir qu'ils étaient américains : leur langage corporel, leur façon de s'habiller, le timbre de leurs voix fortes qui heurtaient la tranquillité matinale, leur confiance en eux, cette attitude qui hurlait que tout leur était permis. Kofi me confierait plus tard que ce comportement était quelque chose qu'adoptait chaque homme blanc, quelle que soit son origine, quand il se trouvait en Afrique rurale, mais cette précision est hors sujet.

Ils grimpèrent dans leurs voitures et partirent dans la direction d'où je venais. Le Grand Œil se dirigeait vers ma maison. Ou bien se rendait-il à l'arbre où j'avais planté la graine extraterrestre ? Pourquoi étaient-ils ici ?

Mes jambes tremblaient à cause de toute cette adrénaline inutilisée. Je continuai ma route pour voir Kofi. Alors que je passais devant l'hôtel, je pris une décision. Celle de rester couverte, pour le moment. *C'est ce qu'il y a de mieux à faire*, me dis-je.

Pendant les semaines qui suivirent, leur présence changea le village.

Kofi m'apprit qu'ils étaient déjà venus. L'année précédente, également à la période des récoltes. Personne ne connaissait ces hommes blancs ni même l'entreprise pour laquelle ils travaillaient. Les gens d'ici les appelaient les « Œil-très-rouge », un nom qu'ils avaient tendance à donner à tous les Blancs. « Œil-rouge » était le signal du danger, des démons, de l'envie et de la jalousie. À la Tour 7, nous les appelions le « Grand Œil », car ils nous observaient et expérimentaient. Cette similarité dans les noms était intéressante.

« D'aussi loin que je me souvienne, ils viennent ici, dit Kofi. Ils achètent toujours nos produits en grande quantité. Nous faisons affaire avec eux, mais les plus sages d'entre nous s'en tiennent à cela. »

Mais la sagesse n'est pas une qualité qu'on retrouve chez tout le monde. Surtout pas chez les familles désespérées ou chez les filles qui ont des rêves plus grands que leurs moyens. Il y avait au moins quarante hommes blancs cette fois-ci, aucune femme. Pendant les semaines qui suivirent, je les regardai parader dans le village, acheter des produits, acquérir les meilleurs vélos, parler à qui voulait bien leur adresser la parole, généralement les hommes de la taverne. Puis il y avait les filles.

Un jour que je longeais le champ à l'arrière de l'hôtel, j'en fus moi-même témoin. Un homme était allongé dans un hamac, un chapeau de paille sur le visage, tandis qu'une fille le balançait lentement. Une autre était debout à côté de lui et lui faisait doucement de l'air avec un grand éventail. Il y avait de l'électricité à l'hôtel, l'homme aurait très bien pu brancher un ventilateur ou rester à l'intérieur pour profiter de la climatisation. Vraisemblablement, il s'agissait plutôt d'exercer une forme bien différente et très ancienne de pouvoir.

Les deux filles semblaient aussi désespérées que satisfaites. Il devait les payer cher. À quelques mètres de là, une autre fille pendait des vêtements fraîchement lavés. Alors qu'elle accrochait un pantalon au fil, un homme blanc rondelet avec du gris dans les cheveux et du désir dans les yeux la saisit par-derrière. La fille ne se défendit ni ne bougea alors que l'homme lui empoignait les seins et se collait à elle. L'homme dans son hamac lorgnait la scène, hilare. Je pouvais voir d'autres filles dans les chambres de l'hôtel, à travailler, à se laisser utiliser, payées trois fois rien.

À Wulugu, les familles avaient peu d'argent, mais beaucoup de fierté. On n'appréciait déjà pas qu'un couple promis l'un à l'autre depuis longtemps se tienne la main. Mais là, ces adolescentes étaient publiquement considérées par ces hommes comme des prostituées. Tout le monde le savait. Certains parents se disputaient pour cette raison avec leurs enfants, ce qui ne les empêchait pas de fuir pour rester aux côtés des étrangers. Tout du moins, jusqu'à ce qu'une nouvelle fille plus jolie se présente.

Parfois, les hommes de Wulugu se réunissaient dans les églises pour aborder la question. J'aurais aimé entendre ce qu'il y était dit, mais je dus me contenter des rapports de Kofi.

« Ce sont les hommes blancs et leur désir pour nos femmes, oui, mais aussi les filles, dit-il. Beaucoup s'enfuient quand leurs parents leur interdisent d'y aller. »

J'en avais observé le résultat quand une mère avait tiré sa fille à demi nue de la chambre de l'un des hommes du Grand Œil. La mère avait menacé l'homme en twi, langue qu'il ne parlait probablement pas. Le rouge aux joues, il se tenait là, les yeux plissés, à l'évidence effrayé, mais refusant également d'être chassé comme un vulgaire adolescent. La mère s'était retournée et avait battu sa fille au beau milieu de la rue. Je connaissais bien la mère, c'est elle qui m'avait montré de quel puits tirer la meilleure eau. Elle s'appelait Mansa, et sa fille Sarah était douée en maths et aimait porter des vêtements colorés.

« Tu ne veux donc pas te marier ?! répétait Mansa en twi. Est-ce que tu vas épouser un Œil-très-rouge ? Des broussards d'une brousse momifiée ? Qui sont-ils ? Qui sont-ils ! ? »

Sa fille Sarah s'était recouvert la tête de ses bras et s'était mise à crier, alors que des passants s'approchaient pour voir le spectacle. Puis la fille avait commis l'impensable. Elle était parvenue à se relever, avait évité sa mère, s'était précipitée vers l'homme puis jetée à ses pieds.

« Je vous en prie ! S'il vous plaît ! » avait-elle supplié.

Elle avait continué en anglais :

« Emmenez-moi ! »

L'homme n'avait fait que la toiser avec dégoût, même si lui aussi semblait légèrement secoué. Il avait de la sueur sur les sourcils, et son regard faisait des allers-retours entre la mère de Sarah et les autres habitants du village qui s'étaient rassemblés là. Peut-être ressentait-il un peu de culpabilité, peut-être avait-il aussi honte. Certains des autres hommes du Grand Œil étaient sortis de l'hôtel pour regarder la scène. Peut-être n'aimait-il pas non plus l'idée d'être tenu pour responsable de cette fille à genoux face à ses pieds sales.

Il avait doucement repoussé Sarah du pied et s'en était allé en la laissant là. Il allait trouver une « nettoyeuse » plus facile à utiliser. Pourtant, plusieurs jours après, j'avais entendu dire que Sarah était retournée à l'hôtel auprès d'un autre Grand Œil, et qu'elle marchait désormais avec de nouvelles chaussures.

On pouvait pratiquement voir toute la tension accumulée dans l'atmosphère de ce village, habituellement calme. Quand les membres du Grand Œil passaient devant des groupes d'hommes du village, l'aura de violence entre eux brillait comme ma peau l'avait fait le jour où je m'étais échappée de la Tour 7. Les esprits s'échauffaient singulièrement à Wulugu. De manière générale, je restais loin des hommes du Grand Œil, ou tout du moins me cachais quand ils étaient à proximité. Jusqu'à cette nuit-là.

J'étais en train de voler. Le ciel était sombre, le genre de nuit que j'appréciais particulièrement. Alors que je survolais à basse altitude Wulugu, j'eus un terrible pressentiment. Il était tellement prégnant que je me posai derrière l'hôtel, dans l'herbe. J'entendis d'abord de la musique. Je connaissais cette chanson, elle n'était pas ghanéenne.

C'était une très vieille chanson qui avait été ajoutée à ma tablette dans la Tour 7, en plus de milliers d'autres classiques. Elle s'appelait « Don't Fear (The Reaper)[1] » et, même si j'aimais ce morceau, il m'avait toujours effrayée. L'entendre au beau milieu d'un champ dans la campagne ghanéenne était encore plus effrayant. Puis j'entendis un cri.

Il était étouffé, très loin d'être fort, à peine audible. Mais cela restait un cri. C'était la plainte contrainte d'une fille. Puis je la vis. Elle avait la peau noire, parlait un twi rapide, mangeait du *kenkey* et du poisson, une fille des terres. L'homme blanc du Grand Œil lui écrasait le visage dans l'herbe et

1. « Don't Fear (The Reaper) » est une chanson du groupe de rock Blue Öyster Cult, présente dans l'album *Agents of Fortune* paru en 1976. [NdT]

la poussière, à côté d'un petit lecteur multimédia. Il essayait d'abuser d'elle. C'était un viol. Il était désespéré, pressé. Je n'avais pas besoin d'imaginer la confusion de ses pensées, concentrées sur l'herbe, la chair et la chaleur. La situation était évidente. Elle n'essayait pas de l'arrêter, là à quelques mètres de moi. Cela s'était déjà produit plusieurs fois. C'était quelque chose à laquelle on s'attendait. À laquelle il s'attendait. Mais elle n'aimait pas cela, elle ne le voulait pas. Un gémissement s'échappa de mes lèvres. J'étais trop perturbée pour bouger.

Puis je battis des ailes et en quelques secondes je fus à côté d'eux. Je l'écartai d'elle et le jetai sur le côté. Il roula dans l'herbe. J'étais puissante. Oui, je portais d'énormes jerricans d'eau depuis le puits, je n'avais besoin de l'aide de personne. Mes voisins n'avaient peut-être pas vu mes ailes, mais ils me connaissaient. Personne ne posait de questions, à Wulugu.

Se mettant à genoux, l'homme blanc me regarda avec des yeux ronds. Il était à l'évidence saoul.

Mes ailes brunes étaient entièrement ouvertes. Je me tenais les bras levés, les poings serrés.

« Okore ! Merci ! » dit la fille en twi, alors qu'elle ramassait ses vêtements.

Elle se mit à pleurer. Je ne savais pas si c'était le fait de me voir ou en raison de ce qu'elle venait de vivre. C'était une fille ronde avec des tresses très serrées. Les avait-elle faites spécialement pour ce soir ? Je clignai des yeux. Je connaissais cette fille. Sarah.

« Je suis désolé, lança l'homme. Excusez-moi. Je… J'ai perdu le contrôle. Je vous en prie. Je vous en supplie. »

Il rit nerveusement, se releva et referma la braguette de son pantalon kaki.

« Je perds toujours le contrôle. Je suis vraiment un idiot. C'est cet endroit et ces habitants. »

Je me contentai de lui lancer un regard noir.

« Vous êtes quoi exactement ? demanda-t-il, en essuyant la sueur sur son visage. Un ange ? »

Je pouvais presque voir les rouages de son esprit tournoyer alors qu'il observait mon visage africain, ma peau sombre, mes ailes brunes comme celles d'un albatros. Il devint méfiant.

« Non, vous n'êtes pas un ange. Vous êtes une connerie que mon cerveau a décidé d'éjaculer parce que cette salope refuse que je la baise.

— Allez-vous-en.

— Je l'ai *payée*. Elle vient avec moi.

— Payée pour quoi ? demandai-je. C'est ça pour vous "nettoyer des vêtements" et "faire la cuisine" ?

— Écoutez, je ne sais pas ce que vous êtes et je m'en fiche. Rien dans cet endroit n'est putain de normal. Vous avez probablement pris un bain de boue et je ne sais quelle merde étrange qui s'y trouvait vous a fait ça. Bon sang, vous êtes vraiment un peuple dégueulasse. Mais je vais me taper cette fille ce soir. Sarah, viens là. »

Sarah secoua la tête et se plaça derrière moi.

« Tu veux que ta mère meure de faim ? » grogna-t-il.

Sarah poussa un gémissement.

« Ou même mieux, je lui dirai à quel point tu es une pute.

— Toutes les filles qui viennent à vous sont des putes, répliquai-je. Tout le monde le sait. Mais nous ne les rejetons jamais. Elles sont les nôtres, elles sont nous. »

Je me donnais envie de rire, à m'exprimer comme si ma place était à Wulugu. Était-ce le cas ? Peut-être. Pour Kofi, cela ne faisait aucun doute.

Je surveillais les mains de l'homme alors que nous parlions. Au début, elles pendaient dans le vide, mais petit à petit elles formèrent des poings. Je ne fus donc pas surprise quand il se tut et se jeta sur moi. Je lui donnai une puissante gifle sur le haut du crâne. J'entendis un craquement. Il tomba et ne bougea plus.

Je regardai le lecteur multimédia ; la chanson venait de se terminer. J'écrasai l'appareil, et la nuit redevint calme. Pour la première fois de ma vie, j'avais froid. *Est-ce qu'il est mort ?* Je tremblais, le coin de mes yeux me piquait. *Non*, pensai-je. *Il est simplement inconscient.* Je me tournai rapidement vers Sarah, qui s'était écartée de quelques mètres et observait désormais l'homme étendu par terre.

« Va-t'en », lui intimai-je.

Et Sarah disparut.

CHAPITRE 7

Boum !

Boum, boum, boum !

Quelqu'un était à ma porte. Mes ailes s'ouvrirent avec violence, faisant tomber le verre d'eau posé sur ma table de nuit. C'est pour cette raison que je ne laissais rien d'autre dans ma chambre. J'étais allée me coucher éreintée et perturbée. D'ordinaire, je n'oubliais pas de mettre le verre par terre.

Le son haché venait de l'extérieur. Mon esprit se rappela immédiatement cette nuit au-dessus de la ville quand ils avaient essayé de me tirer dessus en plein vol. Il n'y avait pas de grand homme ailé pour me sauver, ici, au Ghana. Cette pensée me fit me lever d'un bond, un cri coincé dans la gorge. Sans enlever ma chemise de nuit, je passai ma burqa et accourus à la porte. Je l'ouvris avec fracas, prête pour la pluie de balles qui allait me déchirer la poitrine, me déchiqueter les jambes, me ronger le visage. Comme la dernière fois. Anticipant la douleur, mes yeux se brouillèrent de larmes. Alors que rien ne se produisait, elles coulèrent le long de mes joues et je me retrouvai face à Sarah. Elle portait un jean et un T-shirt. Elle saignait du nez et le côté de son visage était griffé et enflé. Pour une fois, elle n'était pas maquillée, et elle faisait moins que ses seize ans, même avec ses blessures.

« Sarah !? Qu'est-ce... ?

— Je suis désolée ! » s'écria-t-elle avant de me prendre dans ses bras.

La moindre partie de mon corps se tendit. Depuis mon arrivée, le premier jour où j'avais planté la graine extraterrestre, je n'avais enlacé personne. Cela aurait signifié autoriser quelqu'un à toucher ma bosse et prendre le risque qu'on comprenne que ça n'en était peut-être pas une. Mais Sarah le savait déjà. Elle me serra fort contre elle, en pressant mes ailes contre mon dos. Elle était si frêle dans mes bras, rien qu'une enfant.

Je regardai par-dessus son épaule. Un hélicoptère était en train de disparaître derrière la cime des palmiers. Son son haché diminuait. Était-il en train de se poser à proximité ? Est-ce qu'il s'éloignait ? Où allait-il ? Quoi qu'il en soit, je savais qu'il n'était pas encore parti. Le Grand Œil ne s'en allait jamais.

Sarah prit ma main, les larmes inondant ses joues alors qu'elle me regardait.

« Je n'ai pas pu m'en empêcher !

— T'empêcher de quoi faire ?

— Ils m'ont battue, Okore ! Ma mère m'a battue. »

Elle inspira profondément pour se calmer.

« Ils l'ont trouvé hier. Il est mort. Je suis la dernière personne qui a été vue avec lui, donc ils sont venus chez moi. Ma mère était tellement en colère que j'aie été en compagnie d'un de ces hommes qu'elle m'a frappée jusqu'à ce que je dise ce qu'il s'était passé. »

Une expression d'horreur traversa son visage.

« Je t'ai trahie ! Mon Dieu, j'ai trahi le messager de Dieu ! »

Elle éclata en sanglots, et je la serrai une nouvelle fois contre moi. La majeure partie de moi avait su que c'était la dernière nuit que je passerais dans le confort de ma maison.

« Je ne suis pas le messager de Dieu », répondis-je.

Je me sentais si fatiguée. Le Grand Œil savait qui j'étais, ce que j'étais, et j'avais tué un autre des siens. Peut-être aurais-je dû m'asseoir dans l'encadrement de la porte à attendre qu'ils viennent prendre ma vie. J'avais parcouru la moitié de la planète, et pourtant, je me retrouvais dans la même situation.

« Mais *tu es* l'un des messagers de Dieu », affirma-t-elle, sa voix étouffée contre ma poitrine.

Elle se recula et me prit la main.

« S'il te plaît, continua-t-elle. Ils viennent te chercher. Suis-moi ! »

Elle montra du doigt la voiture qu'elle avait conduite jusqu'ici. Elle semblait avoir plus de trente ans, du moins en apparence. Aucune des portes n'avait la même couleur et chacune provenait d'un véhicule différent.

« Allez, viens ! cria-t-elle, en me tirant vers la voiture. On a pas le temps. Ils sont en chemin en ce moment même ! »

Pas de chaussures, pas d'argent, rien. J'étais seulement vêtue de ma chemise de nuit blanche et de ma burqa. J'aurais pu résister à Sarah, j'étais certainement plus forte qu'elle. Mais au fond de moi, quel que soit mon degré de désespoir, existait cet instinct de survie.

Je me glissai sur la banquette arrière, mes ailes douloureusement pressées contre les coussins. Le cuir s'était usé et avait cédé la place à une couche de mousse et de fils. Un extincteur avait été accroché à la portière côté passager. Pire encore, le sol du véhicule n'était plus qu'un souvenir, rongé par la rouille et le temps. C'était la première fois que je montais dans une voiture, mais je n'eus pas réellement le loisir d'y réfléchir.

« Baisse-toi ! » lança-t-elle.

Alors que je m'allongeais sur le flanc sur la banquette, resserrant davantage mes ailes contre mon dos, j'entendis des véhicules s'arrêter.

« Elle n'est pas chez elle ! » cria Sarah à quelqu'un alors qu'elle démarrait.

Des portières s'ouvrirent quand même puis se fermèrent. Puis nous démarrâmes. Alors que j'étais allongée, je pouvais voir la route défiler sous la voiture. Les gaz d'échappement remplirent l'habitacle. Je détestais cette odeur ; pour moi, c'était celle du suicide.

« Bien, fit Sarah, en regardant dans le rétroviseur.

Ils ne nous suivent pas. Pas encore. Mon Dieu, c'était effrayant. Qu'est-ce qu'il... »

BOUM !

« Oh ! mon Dieu », gémit-elle, contemplant toujours derrière elle.

Nous nous éloignions, mais la voiture n'allait pas très vite. Et, en l'absence de fenêtres et d'une partie du sol, le bruit était fort et très distinct.

Aucune de nous ne parla. Je ne voulais pas me redresser pour voir ce qu'ils avaient fait à la seule maison que j'avais jamais eue. Je n'avais pas de famille, j'avais été créée dans un laboratoire. J'étais un OBA, un « organisme biologiquement accéléré ». Mon corps avait arrêté d'accélérer quand j'avais eu l'air d'avoir quarante ans, alors que je n'en avais que trois. Je n'avais pas de passé, cette maison était tout ce que je possédais. Je poussai un gémissement, me roulai en boule et gardai les yeux fermement clos.

« Conduis-moi à la maison de Kofi », soufflai-je.

Sa maison était la dernière du village. Nous nous dirigions déjà dans cette direction.

Kofi était debout à l'extérieur de sa maison quand nous arrivâmes. Lui aussi avait entendu l'explosion, comme tout le monde aux alentours. Une foule de personnes se dirigeait là où s'était érigée mon habitation.

« Okore ! Sarah ! » lança-t-il en courant vers la voiture en nous voyant arriver.

Il parlait twi, ce qui n'était généralement pas le cas.

« Qu'est-ce qu'il se passe ? J'étais sur le point d'aller… »

Il me regarda dans les yeux. Il me regardait toujours dans les yeux en premier.

« Je t'expliquerai quand nous serons à l'intérieur, répondis-je également en twi.

— Très bien, dit-il en fronçant les sourcils et en fixant mes pieds nus.

— Dis à tout le monde de quitter la ville pendant quelques jours, enjoignis-je à Sarah. Il va y avoir du grabuge. »

Elle opina de la tête. Je lui pris la main par la fenêtre.

« Rien de tout ça n'est ta faute. Sois heureuse que j'aie été là hier soir pour te sauver. Mais fais de meilleurs choix à partir de maintenant.

— Oui, c'est promis », répondit-elle, des larmes dans les yeux.

Nous restâmes ainsi quelques secondes. Sarah dans sa voiture, moi à côté du véhicule, et Kofi derrière moi. Nous étions suspendus dans le temps, dans cet instant d'intense tension. De puissants événements nous attendaient, nous en avions tous conscience. Je serrai sa main encore plus fort et me penchai pour prendre son visage entre mes mains :

« Ce. N'est. Pas. Ta. Faute. Tu m'entends ? »

Elle se mit à pleurer.

« Vas-y, Sarah », dis-je.

Elle m'obéit de nouveau. Alors qu'elle s'éloignait doucement, je restai avec Kofi.

« Entrons, lui dis-je. J'ai quelque chose à te montrer. »

Je le conduisis au centre de sa petite maison, dans le salon. C'est là que le plafond était le plus haut.

« Assieds-toi », dis-je.

Il s'exécuta. À l'extérieur, je pouvais une nouvelle fois entendre l'hélicoptère.

« Hier, j'ai tué un homme, commençai-je.

— Pardon ?

— L'un des hommes blancs, un Œil-très-rouge. Il était en train de *violer* Sarah. Je l'ai écarté d'elle. »

Je fermai les yeux. Je pouvais sentir le regard de Kofi sur moi, ne sachant pas quoi dire. Je rouvris les yeux.

« Puis il a voulu s'en prendre à moi quand il m'a vue. Je l'ai giflé. »

Je croisai le regard de Kofi avant de m'en détourner.

« Je suis plus forte que je n'y parais. Et j'étais en colère.

— Comment ça : "Quand il t'a vue ?", murmura-t-il.

— Je ne portais pas ma burqa. »

Je rejetai le vêtement en arrière.

Il faut savoir une chose au sujet de Kofi. Il était né et avait grandi à Wulugu. Comme tout le monde, il se servait du beurre de karité, appelé *nkutu*, pour l'appliquer sur sa peau durant la saison sèche de l'harmattan. Et il savait qu'il y avait quelque chose dans le sol que les arbres absorbaient. Il savait que cet élément se trouvait en lui. Il savait que parfois, la nuit, certains arbres émettaient une douce lumière verte. Il avait vu des plantes pousser plus vite que la normale, avant même que je n'arrive dans ce village. Il avait vu les mystères de la nature et les avait acceptés. En outre, Kofi était un docteur en médecine. Il comprenait donc que ces mystères étaient complexes.

J'étendis mes ailes, remplissant ainsi la pièce.

« Okore », murmura-t-il.

Puis il répéta le mot en anglais :

« Aigle.

— Je m'appelle Phénix. C'est ainsi que le Grand Œil m'a baptisée dans la Tour 7, expliquai-je alors qu'il s'approchait en regardant mes ailes.

— En Amérique ?

— Oui.

— C'est ce que tu cachais ?

— Oui. »

Il cligna des yeux et sortit son portable de sa poche.

« Je peux ? » demanda-t-il.

Une histoire n'est pas une histoire tant qu'elle n'est pas racontée. J'ai toujours pensé que la meilleure façon de raconter une histoire est multiple.

« Tu vas le diffuser en direct ?

— C'est ce que tu souhaites ?

— Oui. »

Il appuya sur le bouton « on », puis il y eut un petit sifflement, le haut de l'appareil s'ouvrit et un objectif de caméra sortit. L'œil électronique était fixé sur moi.

« Je m'appelle Phénix Okore, commençai-je. Je me trouve à Wulugu, au Ghana. »

Je ne savais pas en quelle année ou à quelle date. Quelque chose en moi avait cessé de compter depuis ma réincarnation.

Il retourna l'objectif vers lui.

« Je m'appelle Kofi Atta Annan, docteur en médecine. Nous sommes chez moi et tout ce que vous voyez est en train de se produire maintenant. Tout est réel, elle est réelle. »

Kofi me contourna.

« Est-ce que je peux les toucher ? »

J'hésitai.

« Phénix, je ne…

— Oui, répondis-je enfin. Tu peux les toucher. »

Je sentis le tranchant de sa main parcourir l'espace entre mes omoplates. Il appuya sur les puissants muscles qui s'y trouvaient. Il les pétrit du bout des doigts avant de doucement passer sa main sur les plumes des os les plus longs. Il était doux. Les mains d'un bon médecin.

« Mais alors, quel âge *as-tu* ? » demanda-t-il tandis que ses doigts continuaient de parcourir les longues plumes de mon aile gauche.

Elles étaient sensibles, et je commençais à sentir le sang affluer dans leurs canaux. Je me mis à transpirer. Il toucha l'extrémité de mon aile gauche et je frémis.

« Est-ce que je te fais mal ? demanda-t-il en riant. Est-ce que tu veux que je m'arrête ?

— Non. »

Il s'intéressa ensuite à l'aile droite.

« Elles sont si naturelles. Elles sont clairement à leur place sur ton dos. Tu es une vraie œuvre d'art.

— Je n'ai rien de naturel.

— D'où tu viens et la façon dont tu as été fabriquée n'ont aucune importance. Tu es la créature de Dieu.

— Je suis un OBA de la Tour 7, un organisme biologiquement accéléré, expliquai-je. Je n'ai que trois ans. J'étais censée devenir une arme. Mon nom me correspond, Kofi.

— Mais tu t'es échappée. Tu es morte et as retrouvé la vie, alors ?

— Oui. »

Il écarta mes plumes des doigts pour voir la peau en dessous. C'était une sensation divine.

« Même sous tes ailes tu es brune. Est-ce que ton sang…

— Oui, il est rouge, ris-je.

— Est-ce que tu peux avoir des enfants ? Est-ce que tu as un utérus ? Est-ce qu'une immortelle peut porter la vie ? »

Il posait cette question davantage pour son portable que pour moi.

« Je pense que je suis trop âgée. »

Il rit pour lui-même.

« Il t'a vue et attaquée parce qu'en aucun cas tu ne pouvais être un ange de Dieu. Tu es africaine. »

Il rit encore plus fort.

Revenant face à moi, il éteignit son portable et le replaça dans sa poche. De la sueur perlait sur mon front, et mon cœur battait plus vite que celui d'un petit oiseau. Je sais ce que vous vous dites. Oui, nous devions partir, mais ce moment-là semblait bien plus important. Jamais on ne m'avait inspectée de la sorte. Pas avec amour. Il avait dit que j'étais la créature de Dieu. Je ne croyais pas en Dieu, mais ces mots étaient emplis de magie. Ils me disaient que, moi aussi, j'étais terrienne. Que j'avais une place ici. Que j'avais trouvé ma place.

Chaque partie de mon corps rayonnait de chaleur, et ma chemise de nuit fine n'en cachait rien. Mes tétons pointaient au travers du tissu. Et je brillais. Mais je n'émettais pas de vert cette fois-ci. Sous ma peau à la riche couleur brune, j'émettais une teinte rouge-orange comme celle d'un soleil levant ou de la chair d'une mangue sucrée.

« *Chali*, fit-il. Tu es belle. »

La porte d'entrée s'ouvrit violemment. Au travers de l'encadrement de celle du salon, je pouvais voir que les membres du Grand Œil portaient un uniforme noir et étaient armés. Ils fouillaient partout, se dispersant dans chaque pièce en criant :

« Si vous êtes dans la maison, À TERRE, METTEZ-VOUS À TERRE TOUT DE SUITE !!! »

Ils ne nous avaient pas encore vus. Maintenant que la porte était ouverte, nous pouvions clairement distinguer le bruit de l'hélicoptère. Nous l'entendions depuis que j'étais arrivée, mais nous l'avions tous les deux ignoré.

Kofi me prit la main en même temps que je cherchais la sienne. Nous nous retournâmes alors que la porte arrière de la cuisine s'ouvrait elle aussi avec fracas.

« Écarte-toi, intimai-je à Kofi. C'est moi qu'ils veulent, pas toi.

— Non. »

Il plongea son regard dans le mien. Nous gravîmes les marches deux par deux jusqu'à sa chambre. Il ferma la porte et la verrouilla juste au moment où quelqu'un se mit à frapper dessus. Je jetai un œil par la fenêtre. Je pouvais le porter. Nous aurions pu nous échapper par les airs, mais un hélicoptère était en vol stationnaire au-dessus de la maison. Ils m'avaient encore piégée. Nous poussâmes le lit contre la porte.

« Kofi, tu ne sais pas de quoi ces gens sont capables.

— SI, je le sais bien ! » me coupa-t-il d'un ton sec.

Un choc heurta la porte tandis qu'ils essayaient de la faire céder. Il me regarda avec de grands yeux.

« Ils ont pris ma famille ! Mes parents, ma sœur ! Ils les ont peut-être emmenés dans l'une de ces tours, peut-être même ta Tour 7. »

Boum !

« Ils étaient comme toi, je pense, différents. Plein de possibilités. Moi, je n'étais rien de tout ça, donc ils m'ont laissé. »

Il se précipita vers son placard et l'ouvrit furieusement. Il en sortit un fusil.

« Non, protestai-je. Ils te tueront s'ils voient que tu es armé. »

La vitre de la fenêtre explosa, projetant des morceaux de verre au sol. Des soldats du Grand Œil commencèrent à grimper dans la chambre.

« À terre ! » cria l'un d'eux.

Je m'interposai devant Kofi alors qu'il armait son fusil.

« Laissez-le tranquille ! implorai-je. JE VOUS EN SUPPLIE ! Prenez-moi ! PRENEZ-MOI !

— ALLONGEZ-VOUS SUR CE FICHU SOL !

— Non ! Sortez de ma MAISON ! cria Kofi. Vous m'avez déjà pris assez de choses ! Vous ne l'aurez JAMAIS, elle ! »

Des larmes jaillissaient de ses yeux, de la salive giclait de sa bouche. Il se tourna vers moi, son œil frémissait et fulminait du sang et de la rage du guerrier.

« Je ne les laisserai pas te prendre, Okore. »

J'aimais Kofi. C'était l'homme le plus doux que j'avais rencontré. Wulugu avait besoin de lui bien plus que n'importe qui. Qui d'autre était né et avait grandi là, avait été éduqué et formé ailleurs, puis était *revenu* pour payer sa dette ? Qui d'autre ?

Kofi se mit devant moi tout en levant son arme. Nous faisions la même taille. Je me demandais ce que les membres de sa famille étaient capables de faire. Je les avais peut-être même connus. La majorité des autres prisonniers de la Tour 7 venait d'Afrique : des Égyptiens, des Camerounais, des Kenyans, des Sénégalais, des Nigérians, et en effet, aussi des Ghanéens. Oui, peut-être que je connaissais sa famille. Je l'attrapai et nous protégeai tous les deux de mes ailes. Mais seulement après avoir entendu ce qui me semblait être le gazouillement d'un petit oiseau. Le sang de Kofi m'éclaboussa le visage, tandis que mes ailes nous enveloppaient. Tout devint noir.

Il laissa échapper son arme. Il commença à s'étouffer. Je rouvris mes ailes pour faire entrer un peu de lumière. Il saignait du cou, ses yeux étaient rivés sur moi, choqués. Mais ce n'était pas le fait que le Grand Œil lui ait tiré dessus, je le savais. J'ignore ce qu'ils avaient fait à sa famille, mais Kofi ne s'attendait pas à ce que tout se termine ainsi. Pas pour lui. Son corps fut pris de convulsions alors que son sang inondait mes bras et rougissait mes vêtements blancs. Tout ce qu'il avait à faire était de se mettre derrière moi. À la place, il avait choisi de se placer devant.

Je l'aimais.

Et maintenant les membres du Grand Œil me l'avaient pris, lui aussi. Tout comme ils m'avaient enlevé Saeed. Ils passaient leur temps à me dépouiller, ils s'emparaient toujours de ce que j'avais de mieux. Mes proches. Mon monde. Prendre, prendre, PRENDRE ! *Sssss*. J'étais désormais brûlante, irradiant une vive lumière orange. Kofi s'étouffait et gargouillait fébrilement. Il était en train de partir. Il souffrait.

Les larmes s'évaporèrent sur mon visage alors que j'étais encerclée. Je baissai les yeux vers Kofi ; il regardait encore dans ma direction, sa bouche ouverte alors qu'il essayait de parler. Je fermai mes ailes, bloquant ainsi les Œil-très-rouge.

« SORTEZ D'ICI ! leur criai-je. SORTEZ D'ICI ! »

Je n'attendis pas.

Je mis un terme aux souffrances de Kofi.

C'est pour cela que je me consumais. J'étais brûlante. Mon corps atteignait des températures encore plus hautes que la première fois. Je pouvais le faire, pour que ce soit plus rapide pour lui.

Tout devint brillant autour de moi. Des nuances de rouge, d'orange et de fumée. Kofi pesait de moins en moins lourd dans mes bras. Je relevai la tête. Je voulais me souvenir de lui tel qu'il était. Ma chair me faisait souffrir. Mais je restai consciente. Je tenais Kofi dans mes bras. Dans ma tête, la chanson de la veille sur la Faucheuse retentit…

… Baby, take my hand… don't fear the reaper

We'll be able to fly… don't fear the reaper…

Autour de moi, la maison se dissipa comme des volutes de cendres dispersées par le vent. La vie entière de Kofi avait été désintégrée. Tandis que je mourais dans le même temps, je remarquai quelque chose dans l'espace devant moi. Je me trouvais au beau milieu d'un chaos ardent, à l'exception de cette étrange faille noire. Je soulevai la main. Puis je m'interrompis pour observer mes doigts, qui étaient désormais brûlés jusqu'à l'os. Mais des *os* qui n'en étaient pas. Ils étaient constitués de *métal*, rougeoyant sous l'effet de la chaleur.

Je glissai les os de métal au travers de cette poche d'obscurité devant moi, et cette partie de moi-même s'effaça. Je retirai ma main et elle réapparut.

Étrange, pensai-je.

Puis je disparus.

CHAPITRE 8

Sans combat ni fuite

Je suis vivante, encore.

Je suis la méchante de cette histoire. Vous n'avez pas encore compris ? Rien de bon ne peut venir de créations et de liens contre nature. Seulement la violence. J'annonce la violence. Regardez ce qu'il se passe partout où je vais.

Le Grand Œil n'en a pas conscience. Au-dessous, ils voyagent sur un tanker plein de pétrole brut, direction les États-Unis ; moi, je me laisse porter par les vents turbulents derrière eux. Quelle arrogance de s'imaginer que je suis conciliante. Quelle naïveté. Moi qui croyais que les scientifiques apprenaient par l'expérience.

Pour cette deuxième réincarnation, je me réveillai avec l'odeur et la vision d'une riche terre rouge. Puis la puanteur du sol calciné. *D'abord mon Saeed*, pensai-je, en lançant un regard vide au sol humide. *Maintenant mon Kofi*. Je gémis tandis que le deuil de leur mort me submergeait. Je continuais de revenir à la vie, mais je ne pouvais pas les faire revenir avec moi. Pas même une fois. Ils étaient morts avant l'heure. Je ne croyais pas en Dieu. Comment l'aurais-je pu ? Cela voulait donc dire qu'ils avaient disparu. Tous les deux et à jamais.

De la chaleur. Le sol sous moi siffla et craqua alors qu'il se consumait. De la chaleur ; à l'intérieur et à l'extérieur de mon corps. Je ramassai de pleines poignées de terre et je serrai les poings, recroquevillant mon corps sur lui-même. De la chaleur. Rien n'apaisait la douleur.

J'étais au Ghana. C'était un jour chaud et ensoleillé, et j'étais moi-même. J'avais la peau brune mais, juste en dessous, je discernais une légère brillance qui était désormais rouge. Je n'avais pas besoin de m'inspecter cette fois-ci, je savais. Et je me souvenais de tout. Saeed, puis Kofi. J'essayai de me recroqueviller davantage mais c'était impossible.

Clic clic.

Encore ces gens.

« Ne bouge pas », dit la voix de la femme avec fermeté.

Elle n'avait pas un accent américain. Bumi. La femme yoruba de la Tour 7. Comment pouvait-elle être encore vivante ? Elle pressa le canon de son arme contre l'arrière de mon crâne et attendit que j'obéisse. Comme si la perspective de mourir pouvait m'effrayer. Pourquoi continuaient-ils de penser que j'avais peur de la mort ?

« Lève-toi », dit-elle d'une voix plate.

Je me tournai pour lui faire face tout en m'asseyant. Sa joue arborait un réseau de petites cicatrices marron et ses cheveux courts étaient désormais striés de gris. Elle portait l'uniforme noir et il y avait un poing tenant des éclairs sur la poche de son sein gauche. Le symbole du Grand Œil était toujours cousu par-dessus le cœur de leurs soldats, comme un bandeau. Elle était incapable de me voir, de voir la vraie moi. Même si elle me connaissait depuis mon enfance.

Je relevai les yeux. J'étais entourée de cette terre rouge. Puis le ciel bleu et le soleil jaune. Je me trouvais dans un cratère de la taille de la maison de Kofi, où elle s'était dressée. Là où au premier étage son corps avait péri. Une trentaine de membres du Grand Œil m'encerclaient, certains juste à la bordure de la fosse. Ils me tenaient tous en joue. Je me relevai doucement. Grande, nue, baignant dans la lumière du soleil. Ceux qui étaient les plus proches de moi s'écartèrent. J'étirai mon dos, puis mes ailes. Du coin de l'œil, j'aperçus une teinte rouge doré brillante. Mes plumes avaient changé de couleur. Je déployai une nouvelle fois mes ailes, effectuant quelques battements qui envoyèrent une partie du Grand Œil se mettre à couvert. Je ris en les repliant contre mon dos. Ceux qui ne s'étaient pas écartés voulaient très certainement me tirer dessus. Mais ils n'en firent rien.

« Tout cela est inutile », lançai-je.

Mais dans mon esprit, je me répétais : *Ce sont les*

eaux étales et silencieuses qui noient un homme. Une vieille femme ashanti m'avait un jour dit cela alors que nous regardions avec colère un des hommes du Grand Œil conduire une jeune fille du village vers sa chambre d'hôtel.

Je me rendis. Sans combat ni fuite. Ils me donnèrent une robe blanche résistante à la chaleur. Le dos avait été découpé pour laisser de la place à mes grandes ailes. Je m'habillai là, dans cette fosse qui était auparavant la maison de Kofi.

Sept jours et sept nuits s'étaient écoulés. Et durant tout ce temps, des soldats du Grand Œil étaient restés à surveiller le cratère, à m'attendre. Je ne sais pas ce qu'ils virent quand je revins à la vie. Est-ce que je renaquis simplement de mes cendres au fond de ce trou ? Est-ce que je me reconstituai cellule après cellule ? Ou est-ce que j'apparus simplement ? Je n'en sais rien. Je n'ai jamais posé la question. Je m'en fichais.

Une insurrection faillit éclater quand ils m'escortèrent jusqu'au SUV du Grand Œil. Dans bon nombre des films américains que j'avais regardés à la Tour 7, quand des événements terribles avaient lieu dans les villes d'Afrique, les Africains s'enfuyaient comme une meute de bêtes primitives sans cervelle. Ils hululaient et filaient, leur peau noire recouverte de poussière, courant sans réfléchir se percher sur des rochers protubérants ou se suspendre à des branches coupantes de leurs pieds nus et rugueux.

Durant la première année de ma vie à la Tour 7,

je m'étais demandé si j'étais constituée d'un ADN inférieur. Puis j'avais commencé à incorporer dans mes lectures des livres sur des Africains écrits par des Africains. Ces nouvelles histoires étaient différentes. Mais le temps que j'avais passé au Ghana m'en avait appris encore davantage à ce sujet. Ainsi, quand ils me firent sortir de la fosse sous la menace d'une arme et que nous passâmes devant l'hôpital, désormais un tas de gravats, devant le marché désert, devant la mosquée qui tenait toujours debout et devant le magasin de vélos calciné, en direction de leur SUV qui nous attendait, je ne pus que sourire face à cette foule armée.

Le Grand Œil m'avait observée des jours durant, mais il ne s'était pas rendu compte qu'il était lui aussi observé. Les habitants de Wulugu m'aimaient et je les aimais en retour. Nous avions tous aimé Kofi. J'avais ordonné à Sarah de dire à tout le monde de s'enfuir, mais ils n'en avaient rien fait. Même Sarah était restée. Ils m'avaient donné un nouveau nom quand j'étais arrivée à Wulugu. Ils m'avaient baptisée Okore, ce qui signifiait « aigle », mais ils connaissaient également mon nom de naissance. Ils en comprenaient la signification et ils savaient qu'il fallait attendre. Les habitants du village avaient probablement commencé à se retrouver près du véhicule blindé dès que des guetteurs m'avaient vue sortir de la fosse. Tout le monde avait dû recevoir un flash ou un message.

Alors que j'arrivais sur la route, la foule

commença à crier et le Grand Œil pointa ses armes dans leur direction.

« Okore ! Ils nous ont pris le docteur Kofi Annan, on ne les laissera pas te prendre, toi aussi ! » cria Sarah en twi.

Oui, parmi tout ce brouhaha, je l'entendis distinctement.

« Phénix Okore est vivante ! » crièrent plusieurs hommes.

Certaines femmes entonnèrent un chant jubilatoire à la gloire de Jésus.

« Laissez-la ! » s'écria un jeune homme, une matraque à la main.

C'était l'un des vendeurs de vélos. Il portait un T-shirt en piteux état, un vieux short et des claquettes, mais il semblait fin prêt à occire un dragon.

« Laissez-la ! » rugit un homme musclé à la peau noire habillé d'un vieux jean et d'un *dashiki*, tout en agitant une machette dans les airs.

C'était un cultivateur de karité et il était propriétaire de certains des arbres en meilleure santé de Wulugu, dont celui au pied duquel j'avais enterré la graine extraterrestre. Plusieurs autres hommes en colère se tenaient derrière lui dans une posture menaçante. Eux aussi étaient armés de machettes, de couteaux et peut-être même d'armes à feu.

Leurs protestations avaient toutes été exprimées en twi. Comment pouvaient-ils s'attendre à ce que le Grand Œil les comprenne ? Ou peut-être qu'ils se fichaient d'être compris ou n'en avaient pas envie.

Quelqu'un jeta une pierre sur l'un des soldats,

qui se baissa. Il regarda le groupe le plus important d'hommes, montra les dents et commença à lever son arme. Soudain, je me rappelai ce qu'il m'était arrivé à la Tour 7. Si le Grand Œil commençait à tirer, je savais qu'ils ne pourraient pas s'arrêter. Je regardai droit dans les yeux de Bumi. Elle me souriait comme pour me dire : *Donne-moi juste une raison*.

« Je vous en prie ! » criai-je en anglais, déployant mes ailes.

Leur reflet rouge doré profond eut l'effet escompté. Tout le monde se calma et regarda dans ma direction, aussi bien les membres du Grand Œil que les villageois de Wulugu. Une douce brise souffla au travers des arbres luxuriants qui se trouvaient derrière les vieilles maisons le long de la route. *Shhhhh*. Je me dépêchai de parler à tout le monde, m'exprimant en twi :

« Je ne veux pas qu'un autre de vous meure ! Wulugu doit se relever de tout ça ! »

J'espérais qu'ils comprendraient *exactement* ce que je sous-entendais. Il était bien trop risqué d'exprimer *exactement* ce que je voulais dire, même en twi. Que ce soit directement ou indirectement lié, le Grand Œil se trouvait à Wulugu à cause de la graine extraterrestre. Cela m'avait toujours paru évident. Peut-être savaient-ils qu'elle était là et la cherchaient-ils encore. Ou peut-être désiraient-ils des personnes uniques (comme la famille de Kofi) qui avaient été affectées par la graine ; des personnes qu'ils pourraient alors emmener à l'une de leurs tours américaines pour les « améliorer ». Ou peut-être avaient-ils simplement ressenti qu'il y avait quelque chose d'exceptionnel dans les produits issus du karité de ce village, dans les noix, les fruits, le beurre non traité. Cette « spécialité » était entièrement due à la graine extraterrestre. Les villageois de Wulugu ne savaient peut-être pas tous que je l'avais replantée, mais ils savaient que j'avais fait quelque chose. Ils devaient survivre pour la *garder*.

« Vous serez certes un défi de taille, mais ils finiront par vous décimer, continuai-je en twi. Gardez vos forces pour un autre jour. Je m'en sortirai. »

Il y eut un moment où ils s'avancèrent, portés par la rage, mais heureusement le Grand Œil n'ouvrit pas le feu. Puis les habitants de Wulugu qui étaient présents et prêts à risquer leur vie pour me défendre – surtout des hommes, quelques femmes mais aucun enfant – se reculèrent avec réticence. Ils laissèrent le Grand Œil me pousser dans leur SUV, mes ailes douloureusement repliées dans cet espace confiné. Bumi entra et s'assit à côté de moi.

« Jolies ailes », observa-t-elle.

Je regardai par la fenêtre ces personnes qui constituaient ma seule famille.

Le SUV démarra avant que je puisse leur dire au revoir.

J'acceptai donc de retourner aux États-Unis avec le Grand Œil, de l'autre côté de l'océan. Toutefois, ils ne pouvaient pas me ramener en avion. C'était trop dangereux pour eux et il n'y avait pas assez de place pour mes ailes. C'est ainsi qu'ils passèrent un marché secret avec un pétrolier qui devait quitter Lagos deux jours plus tard. La route dans le véhicule exigu entre Wulugu et Lagos prit vingt-huit heures. Même quand nous nous arrêtions pour faire des pauses, je n'avais le droit de sortir que pour me soulager. Mes ailes me lançaient, leurs muscles se contractant sous les spasmes. Le Grand Œil ne voulait pas qu'on me voie et qu'on se mette à parler de moi. Les Africains aiment raconter des histoires, des histoires qui se transmettent et se multiplient. Et parfois, ces mêmes histoires peuvent se transformer en problèmes.

Bumi rejeta ma suggestion de porter une burqa quand j'étais dehors.

« Je t'ai pourchassée jusqu'à l'autre bout du monde, jusque sur le continent qui m'a vue naître, tu me crois vraiment aussi stupide que ça ? demanda-t-elle, en me regardant avec des yeux froids. Je te connais. Reste dans la voiture, tout va bien se passer. »

Avant cela, elle avait demandé à trois ou quatre membres du Grand Œil de me tenir en joue, mais elle m'avait autorisée à respirer un peu d'air frais pendant quelques minutes. Bumi était toujours la jolie petite femme yoruba que j'avais rencontrée à la Tour 7. Mais elle avait désormais de profondes cicatrices sur la joue, elle boitait légèrement et était équipée d'un bras cybernétique dernier cri qu'on lui avait donné après le crash de l'hélicoptère. Elle aurait pu me briser les os des jambes en deux avec et elle n'aurait pas hésité une seule seconde si je lui avais donné la moindre raison de le faire. Elle s'était endurcie. Nous avions toutes les deux tant changé depuis la Tour 7. Je me demandai si on lui avait finalement donné la citoyenneté américaine. Je ne posai pas la question.

Une fois, cependant, ils me laissèrent sortir pour plus que simplement me soulager. C'était dans une ville non loin de Lagos appelée Ikare. Nous nous étions arrêtés à une mosquée construite par le frère d'un des rois yoruba locaux. Nous nous garâmes derrière l'édifice, et Bumi sortit pour parler à un vieil homme âgé, vigoureux malgré sa minceur, qui portait un *sokoto* et un *buba* blancs et fluides. L'homme l'ignora et rejoignit le véhicule, me regardant.

Il s'adressa d'abord à moi dans une langue que je ne comprenais pas. Tout en parlant avec douceur, il me fit signe de sortir. Je cherchai l'approbation de Bumi du regard.

« Sors, dit-elle. Il veut te voir.

— Qui est-ce ? demandai-je.

— Mon père. »

Je fronçai les sourcils mais sortis doucement. Je jetai un regard en direction de la mosquée. Elle était ouverte, et je pouvais voir les pièces à l'intérieur. Elle était vide, tout comme ses alentours.

« Allah est grand, souffla-t-il en détaillant mes ailes.

— Allah n'a rien à voir avec tout ça, maugréa Bumi.

— Elle est la volonté d'Allah. Venez, mes femmes ont préparé un repas pour vous tous. Vous *tous*. »

Ses femmes refusèrent de m'approcher et de me servir, même si elles s'occupèrent des quatre soldats du Grand Œil comme si elles étaient leurs servantes. Bumi semblait trouver cela hilarant.

« Maman, héla-t-elle une d'entre elles, en riant et en plaçant un bol de soupe et du *fufu* devant moi. Elle ne mord pas. »

Sa mère secoua simplement la tête avant de se dépêcher de quitter la pièce comme les autres femmes. Je me restaurai rapidement et demandai si je pouvais aller attendre dehors près de la voiture. Bumi m'accompagna alors que les autres terminaient leur repas et discutaient de tout et de rien avec son père.

« On peut te soigner », dit-elle, alors que nous nous avancions vers le SUV.

Je ricanai. J'avais trouvé la mort, la résurrection, j'avais traversé l'océan pour rejoindre l'Afrique, j'étais tombée amoureuse et j'avais regardé cet amour mourir. Je n'étais plus aussi naïve que cela.

« Me guérir de quoi ? »

Elle me toisa, puis son visage se durcit.

« Ne nous cause aucun problème en chemin.

— Je te donne ma parole. »

Elle s'adossa au véhicule et prit une gorgée d'eau.

« Tes promesses ne valent rien, lança-t-elle. Quand je t'aurai amenée à la Tour 6, nous pourrons enfin terminer ce que nous avons commencé.

— Et qu'est-ce que vous avez commencé, exactement ?

— Ne t'en préoccupe pas », dit Bumi.

Et je ne m'inquiétai de rien. Il faisait bon à l'extérieur et la cour était vaste. Je ne volais pas, mais j'avais le sentiment d'être libre, au moins pour un temps. J'inspirai l'air frais les yeux fermés, et ouvris mes ailes en grand. Le muezzin appela à la prière de l'après-midi, il y avait donc au moins une autre personne dans l'enceinte de la mosquée. Je laissai l'appel m'envelopper en même temps que la brise qui soufflait. En cet instant, je me sentis apaisée, malgré l'horrible présence de Bumi. Je ressentis au fond de moi-même que tout irait bien, en temps voulu. La vie était tellement simple.

Puis Bumi annonça qu'il était l'heure de repartir, et je dus me faufiler une nouvelle fois à l'intérieur du SUV, en repliant mes ailes contre moi.

« Priez pour qu'Allah vous garde saine et sauve », dit le père de Bumi.

Il ouvrit la porte, me saisit la main et la tapota.

« Ou peut-être pouvez-vous prier pour moi. Je n'ai jamais eu le temps d'apprendre.

— Je n'y manquerai pas. Vous êtes un ange tombé du ciel, mais vous pouvez encore voler. Rien n'est perdu. »

Puis Bumi claqua la portière et nous partîmes.

Quand nous arrivâmes à Lagos, le représentant d'Exxon qui avait participé au marché me jeta un seul regard et décida qu'il ne voulait pas de moi sur le pétrolier, malgré l'accord passé au téléphone.

Ce qui rendit ce que j'avais à dire beaucoup plus simple.

« Je vais voler, indiquai-je d'un ton neutre. Pas de bateau, je ne mettrai jamais un pied sur un bateau. »

Je ne me rebellai pas contre le Grand Œil, mais je n'avais jamais eu l'intention de monter à bord. J'avais prévu de voler par mes propres moyens.

Le tanker était en partance pour Miami, là où la Tour 6 avait été établie. Bumi ne me faisait pas confiance pour les suivre, alors, après avoir consulté ses supérieurs par portable, elle m'injecta elle-même des nanobots dans le sang. Ils se glissèrent dans mes globules et s'y multiplièrent à chaque mitose. Ces minuscules appareils devinrent essentiellement une partie intégrante de mon corps. Le Grand Œil saurait où je me trouvais, quelle était ma température et ce que j'avais mangé. À l'évidence, c'était une amélioration qu'ils avaient élaborée juste pour moi. Contrairement aux nanobots que Mmuo avait employés pour communiquer avec moi dans la Tour 7, ceux-là ne fondraient pas à moins que j'atteigne les six mille degrés Celsius, la température approximative du noyau de la Terre. Je retrouvais le réseau ; je retrouvais la Tour 7.

Dès qu'ils firent pénétrer l'aiguille dans ma chair et appuyèrent sur la seringue, je me sentis mise à nu. Mais au moins, je pouvais encore voler.

CHAPITRE 9

La méchante de l'histoire

Toutes les histoires doivent être racontées.

Je vous raconte celle-ci alors que je traverse de nouveau l'Atlantique. Au-dessous de moi, ses eaux roulent et ondulent. Il y a beaucoup de vent ici, un vent colérique. Mais il souffle dans la bonne direction, ce qui signifie qu'il me suffit de garder les ailes déployées. Le vent me porte vers mes fausses racines, l'Amérique. Pour passer le temps, je vous raconte *Le Livre de Phénix*. Mes souvenirs tumultueux et précis. Mon récit oral incomplet. Incomplet, car il se terminera quand j'en aurai terminé.

Si je m'écarte trop du bateau en dessous, il ne fait aucun doute qu'ils me pourchasseront avec leurs hélicoptères, leurs armes et leur volonté guidée par la peur. Cependant, ils n'ont pas de quoi s'inquiéter. Pour le moment, je me conforme à leurs désirs.

Depuis combien de temps est-ce que je vous

raconte cette histoire ? Depuis combien de temps est-ce que je vole ? Des jours entiers. J'ai remis mon système en veille. Pas de muscle douloureux cette fois-ci. Voler me vient naturellement, et je suis plus forte que je ne l'étais quand j'ai quitté les États-Unis. Mes os en alliage de titane ne sont pas légers, mais mon corps est fait pour voler. Le Grand Œil m'a bien conçue. J'aurais fait une bonne arme si je n'étais pas humaine, si je n'avais pas un cerveau qui se souvenait de mes morts, encore et encore.

Mais ce n'est pas tout. La nuit dernière, il est venu à moi. Je filais à basse altitude, bercée par le calme de l'eau et rêvassant à l'idée de me laisser tomber dans les vagues. Si je mouillais mes ailes, je ne pourrais plus voler. L'eau m'attirerait au fond de son grand estomac, comme elle avait attiré tant d'autres Africains lors de voyages non désirés. *Est-ce que le Grand Œil pourra me suivre ?* me demandai-je. J'avais presque envie de le découvrir. *Est-ce qu'ils ont de l'équipement de plongée à disposition ? Est-ce qu'ils pourront me rattraper ? Je peux voler, mais je ne suis pas légère, je coulerai vite.*

L'odeur de l'océan ici, loin de tout, à environ un kilomètre du bateau dont je suivais les lumières, était celle du sel fin et de la chair de corps petits et grands, de plantes et d'animaux. Je me sentais bien. J'inspirai l'air frais, ressentant mon cerveau et mon esprit vibrer car je comprenais maintenant, sans l'ombre d'un doute, que j'étais bien plus que je ne l'avais été. La Tour 7 ne m'aurait jamais retenue prisonnière bien longtemps. J'aurais voulu que Saeed me voie désormais.

« Saeed, soufflai-je. Tant de choses ont été perdues, mais rien ne l'est jamais entièrement. »

Il faisait bien trop sombre pour que je distingue quoi que ce soit d'autre que la lune argentée dans le ciel, les lumières du bateau et le doux halo projeté par mes ailes rouge doré. Le vent s'exprimait par rafales, je ne pouvais donc pas l'entendre. Le musc de l'océan avait envahi mes narines, je ne pouvais donc pas le sentir non plus. Mais je l'avais deviné du bout de mes plumes les plus longues.

Il était là, à voler au-dessous de moi, légèrement sur ma droite. Ses gigantesques ailes dépassaient mon envergure sur ma gauche. Il se laissait porter à quelques centimètres au-dessus de la surface de l'eau. Quelque chose me soufflait que lui ne risquait pas la mort si ses ailes se retrouvaient mouillées. Il était difficile de croire que *je* l'avais libéré, *lui*, de la Tour 7. Je déployais déjà des efforts minimes pour voler, mais sa présence rendait cette activité encore PLUS aisée. Il me portait, pour le moment. Je le regardai d'en haut. Sa peau était tellement noire que je ne discernais que ses ailes brunes. J'entendis sa voix aussi clairement que si l'océan ne rugissait pas, et qu'il se trouvait juste à côté de moi. Il s'exprimait en twi.

« Phénix l'Okore revient aux États-Unis d'Amérique, son lieu de naissance, la fille prodigue. »

Sa voix était chaleureuse, et il donnait l'impression de sourire.

Je fronçai les sourcils et parlai à haute voix, malgré tout le bruit causé par le vent :

« Pour le moment, j'ai eu un second "lieu de naissance". Et il y en aura probablement d'autres.

— Oui, mais la Tour 7 est le lieu de ta *création*. Il n'y a rien à aimer ou à détester à ce propos, c'est un fait.

— La Tour 7 n'existe plus.

— Phénix l'Okore, répéta-t-il, cette fois-ci en riant, d'une voix grave et profonde. Une enfant imprudente et impulsive.

— Comment es-tu arrivé ici ? Qui es-tu ? »

Sa voix devint encore plus grave :

« *Je* suis ton père. »

Je marquai une pause. Puis je m'écroulai de rire, heureuse qu'il soit en train de me porter. J'avais eu le temps, l'équipement et les accès dans la Tour 7 pour regarder des milliers de films, récents et plus anciens. Mais comment avait-il réussi, tout en étant enfermé dans son dôme de verre, à voir le cinquième épisode de *Star Wars* ?

« Toutes les questions n'ont pas de réponses, reprit-il d'un petit rire.

— Je le sais.

— J'ai compris ce que tu comptes faire. Tu n'as pas la moindre envie de les laisser t'emmener à la Tour 6. Tu veux retourner à New York. Mais, Phénix, tu ne peux pas simplement retourner à l'Épine dorsale. »

Je réfléchis. Comment pouvait-il savoir ça ?

« Je ferai de mon mieux », conclus-je finalement,

en appuyant mes lèvres l'une contre l'autre et en fronçant les sourcils.

Je ne voulais pas encore penser au *comment* de la question.

« Ton "mieux" te fera capturer rapidement. Ton sang est corrompu. »

Je ris.

« Mon sang n'a jamais été pur.

— Ils peuvent suivre le moindre de tes déplacements. »

Il avait raison. Mais j'aurais peut-être au moins le temps d'atteindre la ville. Il me suffisait de rallier l'Épine.

« Je suis là pour te montrer comment je suis arrivé ici. Car toi aussi tu peux le faire. Et tu pourrais bien t'amuser un peu comme ça.

— Faire quoi ?

— Tu n'es pas comme moi, expliqua-t-il. Je suis immortel, je ne peux pas mourir. Toi, tu es supermortelle. Tu peux vivre, mourir pour revivre et mourir encore. Tu es une speciMen, un phare, une Faucheuse, la vie et la mort, l'espoir et la rédemption. »

Je suis aussi une méchante, pensai-je. *Et j'ai des projets*. Mais j'espérais qu'il ne pouvait pas lire mon esprit. Personne n'avait besoin de le savoir, pas même lui.

Il rit une nouvelle fois.

« Cela sera déterminé par tes actions, Phénix. Non pas par tes pensées. Je veux que tu te rappelles les fins et les commencements, la naissance et la mort. Souviens-t'en.

— Je ne me rappelle pas ma naissance.

— Non. Mais les autres ? »

La première bouffée d'air que j'avais prise dans les gravats de la Tour 7 avait réchauffé mon corps revenant à la vie. Je me rappelle avoir remarqué la brise en premier, son parfum de fleurs puis de pots d'échappement. La seconde fois était dans cette fosse où s'était trouvée la maison de Kofi. Une onde de chaleur s'était diffusée de mes orteils au haut de mon crâne. J'avais pensé à Saeed, puis à Kofi. Je me rappelais que les deux fois où j'étais morte, il y avait aussi de la chaleur. Je fronçai les sourcils, me souvenant également d'un autre détail.

« Il y avait quelque chose. »

Je fermai les yeux pendant un instant, essayant de faire revenir ce souvenir au-devant de ma mémoire, puis je les rouvris.

« Quand je suis morte dans la maison de Kofi.

— C'est bien. Tu as trouvé. »

Mais ce n'était pas le cas, pas encore. C'était juste là, je l'avais sur le bout de mon esprit, mais je ne parvenais pas à le saisir. *Il s'est passé quelque chose quand je suis morte. Alors que Kofi brûlait dans mes bras. Que je brûlais moi-même.* Pendant une minute entière, nous volâmes sans échanger un mot. Je n'arrivais toujours pas à m'en souvenir.

« Je vis en dehors du cycle de la vie et de la mort, fit-il. Je peux donc parcourir l'espace et le temps. Toi, tu vis *au sein* de ce même cycle. Tu peux donc en faire autant. »

Je levai les yeux vers la lune. Elle était pareille

à un éclat argenté, comme une ouverture, une fissure vers un autre endroit. C'est alors que ça me revint. Quelque chose d'argenté, la lune. Comme cette tranche d'autre chose que j'avais vue en me consumant, quand j'avais essayé de me détourner du corps de Kofi qui se désintégrait. Mon cœur me fit mal pendant un moment, alors que je repensais à son visage en train de se consumer, découvrant ses os, puis les os se transformant en cendres.

Avec difficulté, je me concentrai sur cette ouverture vers le vide que j'avais vue.

« Il y avait quelque chose au sein d'autre chose », murmurai-je.

C'était noir. Une fente noire. Non pas noire, du vide. J'avais observé les « os » de ma main, découvrant qu'ils étaient faits d'une sorte de métal. Puis j'avais glissé ma main dans cette fissure et elle avait disparu. Je l'avais ressortie juste avant de mourir. Mes os étaient intacts, rougeoyants sous l'effet des flammes.

« Est-ce que ce sera douloureux ? » demandai-je. Je n'y avais introduit que le squelette de ma main, jusque-là.

« Non.

— Je peux en contrôler les effets ?

— Oh, oui ! »

Je sentis mon cœur s'emballer en saisissant ce que cela signifiait, ce que je pouvais faire. Je souris dans l'obscurité au-dessus de l'océan. Je portai mon regard sur le pétrolier qui transportait le Grand Œil, et l'équipage du bateau, et je fis le souhait que le monstre des mers que j'avais vu lors de ma traversée précédente émerge et les avale tous.

Le Grand Œil n'avait pas la moindre idée de ce qui arrivait dans leur pays tant convoité, dans leur ville adorée. Je me rappelai ce chant vociféré par les femmes de marchés africains plus d'une centaine d'années auparavant alors qu'elles combattaient les colons blancs étrangers. Une femme criait : « Quelle est cette odeur ?! » et les autres femmes répondaient : « Cette odeur est celle de la mort ! »

Quelque chose de plus inquiétant encore que le monstre des mers se profile.

Mais ça, c'était hier. Nous sommes aujourd'hui, dans l'après-midi. Le littoral américain est en vue et le Grand Œil me signale de me poser. Je leur ai pourtant dit que je ne voulais pas mettre un pied sur ce fichu bateau, sur *n'importe* quel bateau. Cela aurait dû être leur premier indice. Jamais je n'arriverais dans ce pays en bateau. Jamais.

Je regarde une dernière fois la côte de Miami. Puis je mets en pratique ce que l'homme ailé m'a appris hier au-dessus de l'océan. Je regarde au plus profond de mon être, alors que j'entends les hélicoptères du Grand Œil se rapprocher. Je compte jusqu'à cinq tout en me concentrant sur moi-même. Ma température augmente. Mes ailes sont probablement en train de briller. Puis je m'élance et je disparais. Un « faufilement », c'est ainsi que je vais l'appeler. Ce n'est pas compliqué, car je suis quelqu'un qui sait « se faufiler ». Ce n'est également pas douloureux. Je suis faite pour ça.

Et je sais exactement où et quand je me rends.

La Tour 1 est un grand bâtiment au beau milieu d'une des banlieues nord de Chicago, Naperville. Elle est entourée de palmiers feuillus et mal entretenus, mais reste facile à trouver. Je peux pratiquement deviner l'odeur de ce qu'ils fabriquent là-dedans. Une fois que vous avez senti la puanteur de la captivité, de l'avidité et de l'abomination, vous en reconnaissez l'odeur grise et piquante partout où vous allez. Je n'ai pas besoin de passer par le hall d'entrée. Le niveau de sécurité est très élevé, afin de s'assurer que seul le personnel autorisé a le droit d'entrer et qu'aucune de leurs créations ne puisse sortir. Cet endroit n'a rien à voir avec la Tour 7, où les gardes et la sécurité du bâtiment dépendaient beaucoup trop de la technologie. Ici, les membres du Grand Œil sont des durs, surtout après le sort que j'ai réservé à la Tour 7. De plus, la sécurité y est plus stricte, car c'est ici que tout a commencé. La Tour 1 est le centre du réseau.

J'avais lu des choses concernant la Tour 1 pendant mon temps à la Tour 7. C'est là que le Grand Œil avait créé sa première abomination. Ils avaient « adopté » une fillette éthiopienne de dix ans. Ils pensaient qu'elle était une descendante directe identifiable de l'« Ève mitochondriale » et qu'ainsi elle portait en elle le schéma génétique de la race humaine dans sa totalité. De plus, cette fille était touchée par un syndrome extrêmement rare, l'hyperthymésie, qui lui faisait se rappeler sa vie dans sa totalité. Ils lui avaient donné pour nom de code « Lucy ». Les passages des archives dans lesquels figurait son vrai nom ont été supprimés.

Aux yeux du Grand Œil, cette fille constituait la version complète du *Grand Livre de l'Humanité*. Ils avaient fait deux choses avec elle. 1 : Ils en avaient fait un clone parfait (quand vous avez le *Grand Livre*, vous en faites une copie de sauvegarde). 2 : Ils avaient essayé de rendre Lucy immortelle en modifiant son ADN afin qu'elle ne vieillisse pas. Pendant onze années, Lucy s'est retrouvée dans le corps d'une fille de dix ans. Quand elle a eu vingt et un ans, elle a réussi à s'échapper et s'est jetée du toit de la Tour 1. Elle n'a laissé aucune note derrière elle expliquant son suicide. Néanmoins, son cas était toujours considéré comme un succès retentissant. Et ils avaient toujours Lucy numéro 2.

Après cet événement, les programmes de la Tour 1 ont reçu de gros financements. Ils ont construit la Tour 2 à Boston, où ils se sont principalement concentrés sur la création de méthodes de gestion du changement climatique et de technologies de flottaison pour les villes. Peu de temps après, ils ont édifié la Tour 3 à La Nouvelle-Orléans, où Leroy Jackson est devenu célèbre pour avoir trouvé un remède au sida et où plusieurs de ses étudiants ont commencé à étudier la nouvelle malaria. Et ainsi de suite. Mais derrière les bonnes intentions et les prouesses scientifiques se cachaient des abominations, des armes, la quête de l'immortalité, les limites de l'homme… Les fondations de chacune de ces tours reposaient toujours et à chaque fois sur la corruption, menée par une puissante avidité.

Pour tuer un serpent, il faut lui couper la tête.

Personne n'a la moindre idée de ce qu'il va se passer ici en pleine nuit. Cela n'a aucune importance que quelqu'un patrouille dans les couloirs, les rues et les parkings à l'extérieur. Cela n'a aucune importance que quelqu'un soit perché dans un arbre, l'arme prête. Rien de tout cela n'a d'importance.

Quelque part, le récepteur d'un appareil de surveillance se met à sonner. D'abord, il affirme que l'hôte des nanobots se trouve dans un centre commercial. Puis qu'il se trouve à l'extérieur de la Tour 1, puis à l'intérieur. Mais cela n'a aucune importance non plus. Ils ignoreront ces informations et les considéreront comme une défaillance, parce que personne ne m'a encore injecté les nanobots. Pas à leur connaissance en tout cas. Cela n'arrivera que dans deux jours. Je suis dans un continuum espace-temps différent. À Naperville, dans l'Illinois, aux États-Unis, à la Tour 1, au niveau 4 sur neuf. Les recherches les plus extrêmes sont généralement effectuées dans les étages du milieu.

Les murs sont blancs et bas. Le sol est gris, brillant et frais sous mes pieds nus. Il y a des rails en métal qui courent le long des deux murs du couloir. Ce n'était pas comme ça à la Tour 7. Le couloir n'est pas large, alors je replie étroitement mes ailes contre mon dos. C'est douloureux, mais je n'ai pas le choix. Je me suis enveloppée d'un drap noir, de sorte que seul mon visage est visible. Je l'ai épinglé juste sous ma tête afin qu'il ne tombe pas. J'ai utilisé du maquillage pour donner à mon visage brun sombre une couleur pêche clair. J'ai pris toutes ces choses dans le centre commercial. Ils ne pourront pas savoir que c'est moi, même si les caméras me voient.

Je remonte le couloir, et le clapotement doux de mes pieds sur le sol est le seul bruit que j'entends.

« Comme dans un hôpital », je souffle.

Mais je sais que ce n'est pas cas. Ce n'est pas un endroit où l'on soigne. On y crée des pathologies. Il y a une forte odeur d'alcool isopropylique. Je tourne à un angle et je m'engage dans un couloir dont les murs sont ponctués de portes en verre. Je tire le drap noir par-dessus mon front afin de cacher la partie supérieure de mon visage et je jette un regard au travers de la première porte. Je veux crier, mais je parviens à me retenir. Ce n'est pas sa faute. Alors que je l'observe, mes yeux comprennent ce qu'ils voient. Il n'est pas si différent de moi.

C'est un homme avec une peau brun foncé et une large couronne de cheveux noirs touffus. Il pourrait être le frère de Kofi, pour ce que j'en sais. Une télé en gelée est étirée de sorte qu'elle recouvre la totalité du mur face à lui. Il regarde un vieux western que je reconnais immédiatement, car le thème musical m'a terriblement effrayée quand je l'ai regardé il y a deux ans : *Le Bon, la Brute et le Truand.* Comme si quelque chose se moquait ouvertement de moi, ce thème effroyable commence et je frémis. Cela ressemble à un chœur de coyotes affamés.

Les deux bras de l'homme et les parties inférieures de ses jambes sont des masses complexes de fils rouges, noirs et verts par-dessus des tiges en métal articulées. Ses mains me rappellent les os de mes propres mains. Des pièces informatiques sont éparpillées dans sa chambre, et il se tient à une table alourdie par encore davantage de pièces. Ses doigts en métal sont doués d'une grande habileté tandis qu'il tisse des fils sur ce qui semble être un circuit imprimé. Une étincelle jaillit, il rit pour lui-même et opine de la tête. Je ne saurais dire ce qu'il est en train de construire.

Il relève la tête et ses yeux s'ouvrent grand de surprise. Je lève une main et lui fais signe, il me répond. Il détourne légèrement la tête et toute émotion quitte son visage. Sa chambre est surveillée. Je jette un coup d'œil rapide au plafond et dans le couloir. Dès que mes yeux trouvent la caméra, une alarme retentit.

L'homme ouvre la bouche de surprise et pointe frénétiquement un doigt dans ma direction.

« Hey ! » crie-t-il.

Non, pas dans ma direction.

« Derrière toi ! » ajoute-t-il.

Je me retourne juste à temps pour voir le garde sur le point de me saisir. Il a une arme à la hanche. J'inspire, puis je laisse la place à l'instinct et à la rapidité. Je replie davantage mes ailes et je me retourne pour le repousser contre le mur d'un bras, tout en attrapant son visage de l'autre. C'est un homme imposant, mais il ne dépasse pas mon mètre quatre-vingts. Et je suis plus puissante. Quand est-ce que je suis devenue si forte ? Était-ce le vol au-dessus de l'océan ? Ou peut-être la mort et la réincarnation.

Le garde a les yeux bleus, une boucle qui scintille à l'oreille gauche et une barbe touffue et noire que je sens rugueuse sous ma main.

Mon corps est envahi par cette rage qui veut s'exprimer depuis que j'ai quitté le Ghana. Je la laisse s'emparer du garde ; je le laisse s'y noyer. Je frappe sa tête contre le mur et entends un petit craquement. Il devient tout mou et glisse à terre. Maintenant, il y a du sang. Je lui ai brisé le crâne. Son arme est toujours dans son étui. Il ne voulait pas me tuer, mais moi, je n'ai pas hésité. Je frémis et fronce les sourcils, les narines grandes ouvertes. Mon estomac s'agite. Que suis-je en train de devenir ?

Je baisse les yeux vers le garde. Mon esprit est embrumé. *Je suis une méchante*, me dis-je.

Boum, boum, boum ! L'homme dans la chambre frappe sa porte du pied aussi fort qu'il le peut.

« *Oublie*-le, oh », dit-il.

Son accent prononcé semble ghanéen ou nigérian.

« C'est un tas d'ordures. Et il a canné d'tout'façon. Va dans l'couloir ! Cherche l'carré, casse-le. »

Je cligne des yeux.

« Un carré ?

— Oui ! T'peux pas l'rater ! Bouge ! Maintenant ! »

J'entends à peine ce qu'il me dit, avec l'alarme. Je regarde la porte en verre qui le retient prisonnier. Il n'y a pas de poignée. Je la pousse, mais rien ne bouge.

L'homme me regarde, il donne l'impression de devenir fou.

« Tu peux pas me libérer, oh ! »

Il a des larmes dans les yeux.

« *Biko*, fais que'que chose ! On meurt tous les jours. Ils te tueront bientôt ! »

Il appuie son visage contre la porte et regarde en direction du bout du couloir.

« Cours ! »

J'opine de la tête. Je ne cours pas. Je disparais. Je me faufile.

La troisième fois se révèle plus simple. C'est un exercice qui m'est naturel. J'ai été conçue pour cela, que le Grand Œil l'ait voulu ou non. Je suis comme un cheval qui vient de découvrir ce que ça fait de courir.

Je me suis faufilée au même endroit, mais une heure plus tôt et quelques mètres plus loin dans le couloir, en dehors du champ de vision des caméras. Je n'ai pas encore tué le garde ; je m'accroche à ce fait et ne pousse pas plus loin la réflexion. Je cours dans la direction opposée, en restant cette fois-ci dans l'angle mort des systèmes de surveillance. Quand c'est impossible, je me faufile et réapparais là où j'ai besoin d'être. Ce que je vois derrière toutes ces portes en verre ? Davantage d'humains cybernétiques, les plus sophistiqués que j'ai jamais vus. Cela doit désormais être la spécialisation de la Tour 1. La plupart d'entre eux ont reçu des membres mécaniques, certains plus que d'autres. Une femme, par exemple, possède un abdomen mécanique mais des jambes humaines. Dans une seule pièce, je vois trois personnes dont la peau émet une douce lueur verte. Tout d'abord, je pense qu'elles sont ce que j'ai été, mais en y regardant de plus près, je constate que des millions d'écrans minuscules ont été implantés dans leur épiderme.

« Comment est-ce que je peux vous libérer ? je leur demande.

— Va jusqu'à la boîte en verre, crie l'une d'elles. Brise-la ! »

Je suis soulagée d'entendre cette même suggestion.

« Continue dans le couloir ! » dit un jeune homme avec un seul bras cybernétique.

Il semblait s'attendre à ce que je passe devant lui.

Quand je franchis la porte suivante, quelques mètres plus loin, je finis d'être convaincue qu'ils sont tous capables de communiquer électroniquement. La vieille femme qui se trouve dans cette pièce est la première captive caucasienne que je vois. Son corps tout entier est robotique, à l'exception de sa tête et de son bras gauche.

« Ne les laisse pas te voir ! me dit-elle.

— Non », je promets.

Mon cœur bat à tout rompre, la chaleur me consume et j'espère que mon drap noir ne va pas s'enflammer. Pour la seconde fois de ma courte existence, j'ai l'impression que si Dieu existe, alors oui, je suis en train d'exécuter sa volonté. Je ne pense pas au garde que je vais violemment exécuter dans une heure. Tous ceux qui me voient comprennent ce que je suis. Toutes les créatures du monde veulent être libres, même si elles n'ont jamais goûté à la liberté. C'est la raison pour laquelle toutes ces personnes enfermées sont heureuses de me voir.

Une minute plus tard, je me retrouve devant une grande pièce, à contempler un mammouth laineux endormi sur un lit de paille aussi massif que lui. Je me demande pourquoi cette créature gigantesque ne se libère pas elle-même. Puis j'aperçois enfin le carré. Il fait la hauteur et la largeur d'un réfrigérateur posé sur le flanc et il est constitué de verre. Il renferme quelque chose de brumeux et de vaguement rouge. Je vois des écrans et d'autres équipements le long du mur opposé, mais je me concentre sur deux points : la bête endormie et le carré en verre.

Je repense au dôme de la Tour 7 ; j'avais poussé les plantes à le faire exploser. Cela me fait sourire. Me revoilà, ignorante des conséquences, mais certaine de devoir briser le verre. Mais qu'en sera-t-il de la bête ?

Mon désir prend le pas sur ma peur.

Je me faufile.

Obscurité.

Je ressors.

Je regarde vers le haut. Sa tête fait pratiquement la taille de la totalité de ma chambre dans la Tour 7. Il respire, profondément, calmement. En paix dans son élément non naturel. Il sent les plantes fraîchement coupées avec un soupçon de fumier. Cette bête façonnée par l'homme est elle aussi un des miens. Sa tête repose sur ses grosses pattes croisées recouvertes de fourrure. Ses yeux sont fermés et ses épais cils marron font près de trois centimètres de long. Ses longues défenses jaunes et acérées s'étendent et se courbent à plusieurs mètres devant moi. Sans même réfléchir, je m'avance et touche son front gigantesque. Ses poils longs et marron-rouge sont plus rêches qu'il n'y paraît. La respiration du mammouth ne change pas, elle reste profonde et entière.

Je m'avance en direction du boîtier en verre. En y regardant de plus près, la chose qui se trouve à l'intérieur semble être une boule de poussière rouge en constante formation et désintégration. Elle émet une douce vibration que je ressens à l'extrémité de mes ailes et à l'arrière de mon crâne. C'est une sensation agréable, apaisante. Est-ce que c'est cette chose qui oblige le mammouth à dormir ? Est-ce à cause de cela qu'il ne se libère pas ? À côté du boîtier se trouve un cube en verre plus petit, de la taille d'une boîte à chaussures. Lui aussi contient quelque chose de rouge, mais plus solide.

Une alarme encore plus sonore se déclenche par-dessus celle qui hurlait déjà. Il doit y avoir des caméras dans cette grande pièce. Je me décide, et lance mon poing au travers du verre. Alors que celui-ci se brise, la chose qu'il renferme émet une vibration telle que le reste du boîtier s'effondre. *Pouf !* Pendant un instant, il y a de la poussière rouge partout, puis les particules se rassemblent sur les éclats de verre en une balle de sable ocre solide.

Je suis en train d'écraser de mon talon le plus petit boîtier en verre quand j'entends un grognement derrière moi. Je me retourne pour voir le mammouth laineux se lever doucement. Il secoue la tête et pousse un terrible rugissement rappelant une trompette. Pendant ce temps, quelque chose de haut et de rouge se forme derrière moi. Je me tourne vers cette présence tandis que le mammouth charge en direction du verre. La créature écarlate est grande et ressemble un peu à une mante religieuse, son corps est constitué d'une matière rappelant le verre épais et comme remplie d'une fumée rouge. Alors même que je l'observe, la carapace qui compose son visage forme un deuxième œil. La matière que contenait le plus petit boîtier en verre était son exosquelette.

« Je dois libérer les autres », lui dis-je en twi.

Pourquoi pas en anglais ? Je n'en sais rien. Face

à la peur, on fait ce qu'on peut, que ce soit logique ou non.

Le mammouth lance son corps contre le mur solide qui se trouve à l'extérieur dans le couloir. Le bras avec lequel j'ai brisé la vitre saigne des coupures causées par le verre. Des individus crient, il y a des tirs. Quand est-ce que les renforts du Grand Œil sont arrivés ? Je me concentre sur cette chose face à moi. Est-ce qu'ils l'ont créée ? QU'EST-ce que c'est ?

L'air qui m'entoure se met à vibrer et je recule en trébuchant. La créature lève la tête vers le haut plafond puis, comme une sauterelle géante, elle bondit. Elle disparaît dans le système de ventilation. Le mammouth se jette une nouvelle fois contre le mur, et un craquement sonore se fait entendre tandis qu'un énorme bloc de béton cède, laissant apparaître le ciel nocturne. Des membres du Grand Œil sont agglutinés dans le couloir bouché, occupés à tirer sur le mammouth. Mais à l'évidence son cuir est trop épais pour que leurs projectiles lui fassent du mal. Ce clone est trop bien réalisé. Ou peut-être l'ont-ils cloné, puis amélioré ensuite, ces idiots.

Ils semblent m'avoir oubliée. Je me faufile.

Il fait toujours nuit. Je me trouve à l'extérieur de la Tour 1, dans le parking, recouverte d'un drap noir. Je me suis faufilée quinze minutes dans l'avenir. Le mammouth a laissé derrière lui un sillage de destruction. Il y a la gigantesque ouverture dans la façade de la Tour 1. Au-dessous, cinq véhicules écrasés, incrustés de gravats et de l'empreinte du corps du mammouth consécutive à sa chute. Les portails éventrés ; les accidents causés sur la route alors qu'il la dévalait à toute vitesse. Au loin, je peux entendre son rugissement sauvage.

Tandis que je me tiens là, des hommes et des femmes me passent devant en courant. Certains balancent des bras cybernétiques, d'autres se précipitent sur des membres cybernétiques. La femme au torse mécanique trottine fièrement vers moi.

« *Daalu* », me dit-elle.

Puis elle sourit et ajoute :

« D'où je viens, c'est ainsi qu'on dit "merci".

— Je vous en prie », je réponds.

Alors que je me demande ce qu'il est arrivé aux gardes du Grand Œil, j'aperçois le jeune homme aux bras et aux membres inférieurs cybernétiques qui m'a demandé le premier de trouver la boîte en verre. Il se tient dans le parking, tourné vers le bâtiment. Ses deux mains sont levées et des jets de feu liquide jaune-orange en sortent. L'odeur fétide du propane atteint mon nez. Quand la façade du bâtiment se met à brûler, il baisse les bras et arpente doucement le parking. Il se déplace pour mettre le feu à l'autre côté de l'immeuble, puis au suivant, et enfin au dernier. La Tour 1 ne comprend pas autant de niveaux que la Tour 7. Toutefois, ce qu'il lui manque en hauteur est compensé par sa largeur. Pourtant, je suis persuadée que cette créature mi-homme, mi-machine, ce speciMen, cette abomination – l'un des miens –, parviendra à lui seul à détruire la Tour 1. Oh que oui, la Tour 1 finira en flammes, comme je l'ai décidé.

Avant de me faufiler une nouvelle fois, je vois une étoile filer à l'envers. La lumière rouge-orange bondit du haut de la Tour 1 en direction de l'obscurité de la nuit. Mais je doute que cette « étoile filante » ne s'arrête de briller un jour, je doute même que ce soit une étoile filante. Je pense qu'elle voyage à travers la nuit, traverse la ligne de Kármán et continue son périple. Elle retourne là d'où elle venait avant que les gens de la Tour 1 ne la capturent.

L'Épine dorsale est aussi haute que dans mes souvenirs. Je regarde son tronc épineux et ses feuilles qui émettent une douce lueur dans le ciel qui se réchauffe. Je le suis des yeux jusqu'à ce qu'il se perde dans l'obscurité. Il a tellement poussé depuis la dernière fois que je l'ai vu. Je serre la mâchoire, en repoussant tous ces souvenirs.

C'est le matin, très tôt, avant que je ne disparaisse des yeux du Grand Œil au large des côtes de Miami. Juste avant que le soleil ne se lève. L'air est chaud et humide, et j'entends le trafic des heures de pointe ; je sens l'odeur des pots d'échappement. Je pleure et mes larmes se transforment en vapeur avant même d'atteindre mes joues. Mon drap noir se consume, le maquillage blanc sur mon visage se transforme en cendres. Ma robe blanche résistante à la chaleur se met à craquer. J'augmente l'intensité de ma chaleur, tout en fixant l'Épine. Je suis la méchante. Je vais briser l'Épine dorsale. Je vais brûler la ville tout entière en choisissant son cœur arboricole comme épicentre de l'incendie.

L'arbre frémit et certaines de ses feuilles chutent. Un grognement provient de ses racines ; elles s'agitent profondément sous mes pieds, et ce bruit se transmet à la ville. J'entends des personnes aux alentours s'exclamer de surprise, mais je ne me retourne pas. De toute façon, elles vont bientôt mourir. Très bien. Ce sont les mêmes que celles qui ont continué de vivre leur vie, passant chaque jour devant la Tour 7, quand elle existait encore. Ce que nous subissions à quelques étages au-dessus d'elles ne leur faisait ni chaud ni froid.

Et même si je désirais voir ces personnes pétries d'indifférence, ça m'est impossible. La zone d'environ un kilomètre de large où s'élevait la Tour 7 est désormais envahie par une véritable jungle sauvage au beau milieu de la ville. Ils ont bien essayé de contenir les plantes et les arbres en érigeant une haute clôture en béton, ce qui m'arrache une grimace de dégoût. Ces gens n'ont rien appris de leurs nombreuses erreurs. L'Épine ne peut être contrainte, mais je peux la réduire en cendres, tout comme le reste de cette ville sans remords. Ils m'ont créée ici. Je vais devenir exactement ce qu'ils voulaient. Puisque personne d'autre ne souhaite se venger de tout ce que le Grand Œil a fait, moi, je le ferai. Laissez-moi être la méchante de cette histoire dans l'intérêt de la justice.

« C'est donc ça qu'ils ont fait de toi ? »

Je replie mes ailes. Il est nu, mais je sais qu'il doit avoir très chaud. Immédiatement, je rappelle ma chaleur. Je suis si heureuse de le voir.

« Mmuo ! » je murmure.

Je tombe à genoux, soudain exténuée, et lève le regard dans sa direction. Les larmes se mettent à couler le long de mes joues, sur les cendres blanches du maquillage qui recouvre mon visage brun. Humidité, eau, tout semble si frais. Il me tend une main et m'aide à me relever. Mmuo, cet homme nigérian qui peut traverser les murs. Mmuo, qui m'a aidée à fuir la Tour 7. Mmuo, l'un des deux seuls à avoir survécu à sa chute. Mmuo, qui savait que je me relèverais des cendres et qui m'avait laissé une robe pour recouvrir ma nudité.

« Il m'a dit que tu serais là à 6 h 55, une minute avant l'aube. Et te voilà. »

De la sueur perle sur son visage. Il cligne des yeux lorsqu'une goutte l'atteint dans l'œil.

« Qui donc ? »

Au-dessus, un bruit de battements d'ailes se fait entendre et un souffle vient balayer les arbres, ce qui abaisse encore la température ambiante. L'homme ailé se perche sur l'une des branches les plus basses de l'Épine. Puis il se laisse planer jusqu'au bas de l'arbre pour se poser devant moi. Il se tient très droit et me regarde de haut. Ses yeux sont toujours doux, chaleureux.

« Vas-tu tuer tous les habitants de cette ville, Phénix ? » me demande-t-il.

Il me parle avec sa bouche, maintenant. Sa

voix est paternelle, et j'ai envie de m'asseoir pour l'écouter raconter des histoires, comme les enfants écoutaient les aînés à Wulugu, les nuits sans lune.

« Est-ce que ce n'est pas ce qu'ils veulent ? » je souffle.

Derrière moi, j'entends Mmuo rire.

« Tu n'es pas une méchante, dit l'homme ailé.

— Je *suis* une arme, j'insiste. Une bombe. Ce n'est pas méchant, ça ? Je vais faire ce pour quoi j'ai été créée.

— Qui est-ce qui t'a créée ? demande l'homme ailé, son beau visage sérieux et concentré.

— C'est une question piège, ajoute Mmuo. Phénix, la question n'est pas si simple. »

Mais je veux toujours le faire. Non seulement je le souhaite, mais je désire également brûler si intensément que je ne reviendrais pas. Saeed est mort. Kofi est mort. Ma maison a été détruite. La graine extraterrestre est en sécurité. Mmuo est mon ami et il peut toujours se couler dans le sol pour se mettre à l'abri. L'homme ailé est mon gardien et il peut prendre son envol. Qu'ils me laissent. Je veux faire du mal, beaucoup, beaucoup de mal. Mes larmes coulent de plus belle alors que cette pensée me serre le cœur.

« Vous devriez partir tous les deux, dis-je d'un ton neutre.

— Est-ce que je devrais moi aussi m'en aller ? »

La voix vient de derrière moi. Doucement, je me tourne. Très lentement. Le ciel s'éclaire. Mes yeux se posent sur lui. Il est vêtu d'un ensemble blanc tout simple composé d'un *dashiki* et d'un pantalon ainsi que de sandales en cuir. *Saeed.* Je porte mes mains à mon cœur, tandis que j'enroule mes ailes autour de moi.

Il s'avance doucement, un sourire stupéfait sur le visage.

« Phénix, me dit-il. Je te croyais morte ! »

Il ouvre la bouche en grand et prend une profonde inspiration.

Je suis incapable de parler, de penser ou de comprendre ce qu'il se passe.

Il me prend les mains. Il inspire, ses lèvres tremblent.

« Tu es bien vivante », fait-il dans un souffle.

Je ne peux pas empêcher mes larmes de couler. Mon monde s'écroule.

« Je… Je suis désolé, commence-t-il. Phénix, quand j'ai vu ce qu'ils faisaient, je ne pouvais pas…

— Tu as mangé la pomme. Tu es mort.

— Non, ce n'est pas ce qu'il s'est passé, répond Saeed en secouant la tête. Ils ont seulement *cru* que j'étais mort. Ils ont transféré mon corps à la Tour 4 sur les îles Vierges américaines. »

Il marque une pause, et une ombre vient assombrir son visage, comme s'il se rappelait quelque chose de laid.

« Je me suis réveillé dans une morgue. Je ne sais pas exactement ce qu'ils voulaient faire de mon corps. Mais personne ne me surveillait. Alors je me suis échappé.

— Tu as survécu », je remarque platement.

C'est ce qu'il disait toujours.

Il opine du chef.

« Oui. Mais je n'avais pas d'argent, aucun moyen de te contacter. Il m'a fallu des semaines pour revenir ici, mais je suis *revenu* pour toi. Entre-temps… »

Il fait un geste en direction de la jungle et de l'Épine majestueuse.

« Les informations n'incriminaient rien d'autre qu'une architecture de piètre qualité et des déchets toxiques. »

Il se tourne vers l'homme ailé.

« Je suis allé à la bibliothèque du Congrès pour chercher en vain des informations concernant la Tour 7. Après plusieurs mois, j'ai réussi à suivre des cours de lecture, mais je n'y arrive toujours pas ; c'est compliqué. J'essayais de lire un livre d'histoire générale sur la ville quand cet homme-là est arrivé et a bien failli nous faire arrêter tous les deux. »

Il montre Mmuo du doigt.

Je ne peux pas m'empêcher de sourire en imaginant Mmuo apparaissant entièrement nu en plein milieu d'une bibliothèque ; un grand Africain à la peau très sombre et luisante, s'élevant au travers du sol ou s'extirpant d'un mur.

« *Lui* nous a trouvés rapidement après », fait Saeed d'un geste en direction de l'homme ailé.

Il marque une pause, regarde mes ailes rouge doré. Inconsciemment, je les ai laissées s'ouvrir durant notre conversation.

Il m'attire vers lui et je pose ma tête contre son épaule.

« Je suis heureuse que tu sois vivant, lui dis-je.

— Phénix, souffle-t-il en m'embrassant l'oreille.

— C'est *moi* qui l'ai fait, je continue. La Tour 7 s'est écroulée à cause de…

— Je sais.

— J'ai beaucoup de choses à te raconter.

— Moi aussi. »

Nous restons ainsi un certain temps. Puis il m'écarte un peu de lui. Ses yeux ne quittent pas mes ailes.

« Est-ce que je peux les toucher ? »

Je ris, en regardant Mmuo et l'homme ailé.

« Plus tard, peut-être. »

Mmuo s'avance vers nous.

« Ça aussi, c'était toi, Phénix, non ? Tu t'es occupée de la Tour 1 ? »

Je presse mes lèvres l'une contre l'autre, puis je me redresse.

« Oui. »

J'aperçois le regard de l'homme ailé et je me détourne. Je sais qu'il viendra à moi, par-dessus l'océan, alors que je suis le pétrolier et qu'il m'apprendra à me déplacer à travers le temps.

« Tu vois ? » dit Mmuo à Saeed.

Saeed me regarde avec de grands yeux très graves.

« Nous voulons faire ça à toutes les tours. Nous voulons *libérer* chacun des speciMen. »

À la manière d'un croquis, un plan commence à se dessiner dans mon esprit. Plusieurs d'entre eux se laisseront recruter et voudront nous aider, si nous parvenons à les retrouver. Je les ai vus s'échapper de la Tour 1. Mon cerveau se tourne tout particulièrement vers celui qui a mis le feu au bâtiment. Lui se joindra à nous, j'en suis persuadée. Mais il y a un problème : les nanobots de pistage que j'ai dans le sang. Même si je me consume jusqu'à devenir cendres, ils survivront et me réinfecteront dès que je me reformerai.

« Le Grand Œil me retrouvera, peu importe où j'irai, conclus-je, après leur avoir expliqué la situation, à tous les trois.

— Tu dois mourir, lance l'homme ailé. Et tu dois te consumer à une très haute température. Tu dois détruire tous les nanobots de pistage de ton corps. »

Il me regarde dans les yeux, omettant ainsi de formuler le pire de l'histoire.

Il ne me suffit pas d'atteindre de hautes températures. Je dois monter jusqu'à six mille degrés Celsius. Soit la température que l'on retrouve au centre de la Terre. Est-ce que je peux y arriver ? Est-ce que cela pourrait consumer ce qui fait de moi *moi* ? Phénix ou non, je suis une créature de cette terre. Mais est-ce que je veux être obligée de fuir le Grand Œil toute ma vie ? Ou, pire, me faire capturer de nouveau ?

« Je ne les laisserai jamais te faire de mal », affirme Saeed.

Je fais une grimace. Kofi m'avait dit exactement la même chose. Je saisis la main de Saeed, puis je regarde l'homme ailé.

« Je vais devoir trouver un désert ou me rendre sur la Lune.

— Je te contiendrai. Allons-y. »

Saeed fronce les sourcils.

« Phénix, tu…

— Saeed, je commence calmement. Il n'y a pas d'autre moyen et tu le sais. »

Je marque une pause.

« Si je ne renais pas, assure-toi de toutes les détruire, chacune de ces fichues tours. Chaque parpaing, chaque plaque de ciment, chaque éclat de verre. Fais de ces bâtiments ton plus grand festin ! »

Cela le fait sourire, et je sais ainsi que je prends la bonne décision.

Je regarde Mmuo, qui a saisi mon autre main.

« Il y en a d'autres comme nous, je les ai aidés à fuir la Tour 1. Trouvez-les. Ce qu'ils font dans ces tours va mener l'humanité à sa perte si nous les laissons continuer. Nous vivons une époque bien sombre et, croyez-moi, un jour l'Auteur de toute chose attirera une étoile sur cette planète pour la purger de tout le mal qui s'y trouve, éliminant le bien par la même occasion. Je ne crois pas en Dieu, mais je le ressens au plus profond de moi, jusque dans mes os. Si nous détruisons ces tours, peut-être que cela ne se produira pas. »

Saeed me prend dans ses bras. Il me souffle à l'oreille :

« Mon petit oiseau, ne t'envole pas. »

Mmuo me serre la main.

« N'oublie pas que nous avons un travail à accomplir.

— Un peu comme ce que tu as fait à ton gouvernement au Nigeria ? » je lui demande.

Pour toute réponse, il se contente de froncer les sourcils. Encore aujourd'hui, Mmuo refuse de me raconter ce qui s'est déroulé au Nigeria, qui lui a valu d'être emprisonné dans la Tour 7 aux États-Unis.

« Tu me le raconteras un jour, lui dis-je.

— Non. Cette histoire n'a pas de fin heureuse.

— Aucune histoire n'a réellement de fin, tu sais. Et encore moins les meilleures. »

L'homme ailé m'enveloppe étroitement de ses ailes. Je ferme les yeux et pose la tête contre son torse nu. C'est un contact tellement agréable et frais. Je ne perçois pas de battements de cœur. Mais j'entends le souffle du vent par-dessus les arbres, le mouvement de l'océan, le déplacement du sable dans le désert. *Qui es-tu ?* je me demande. Je ne crois pas aux anges.

Je m'échauffe. De toutes mes forces. Je me consume. Je suis tellement forte. Puissante. Ils ont fait de moi une méchante. Mais ces personnes que j'aime, elles m'aident à devenir quelqu'un d'autre. J'ai un but. Je vais au-delà de ce pour quoi j'ai été créée. Je brûle, je me consume. Tout autour de moi tournent des milliers de soleils. Oooh, je brûle.

Puis j'entends le vent souffler dans les feuilles de l'Épine, et je comprends la signification profonde de mon nom.

CHAPITRE 10

WaZoBia

Je savais à la fois tant et si peu du monde. Vous devriez prendre ça en considération en m'écoutant. Si j'étais vous, je le ferais. J'avais deux ans quand j'ai décidé de m'enfuir de la Tour 7. Combien de temps avais-je vécu au Ghana ? Un an ? Et une fois que j'eus quitté l'Afrique et retraversé l'Atlantique, le temps n'eut plus aucune signification pour moi. J'avais trouvé la mort par trois fois et j'avais appris à me faufiler en dehors, à travers et entre différents temps. Enfin, j'avais perdu deux hommes que j'avais aimés, et en avais retrouvé un.

L'endroit où je me trouvais était calme mais, à l'intérieur, je brûlais de fureur. Je la transportai dans l'obscurité de la mort, et quand je la fis ressortir à la lumière de la vie, elle avait évolué, mûri, s'était intensifiée et avait pris corps. J'allais libérer les autres. J'allais écraser ceux qui avaient osé me créer. Ils n'avaient aucun respect.

L'homme ailé m'avait empêchée de me tuer. De

cette manière, il m'avait aussi empêchée de faire la pire de toutes les choses : tuer mon âme en ôtant la vie à des millions d'autres avec ma chaleur. Alors que je redevenais cendres pour la troisième fois, je me demandai de nouveau : *Qui est-il ?* Et non pas : *Qu'est-*ce qu'il est ?

Je ne contrôlais jamais le moment de ma réincarnation. Cette fois-ci, il me fallut un mois. Mmuo et Saeed furent très heureux de me raconter comment cela s'était produit :

« Quand tu n'étais plus rien d'autre que des cendres, il y a eu un dernier flash qui nous a pratiquement aveuglés », me relata Mmuo la nuit qui suivit ma réincarnation complète.

Nous étions assis dans le salon de l'appartement que Mmuo louait à Soho.

« Il a absorbé la majorité de ta chaleur entre ses ailes, mais nous l'avons aussi ressentie. On aurait dit une rafale de vent chaud. »

Saeed s'était retourné en premier et s'était mis à genoux devant l'homme ailé. Au sol se trouvaient des cendres grises. Dans la mort, ma chair n'avait rien de différent de celle des autres une fois calcinée. L'homme ailé s'était reculé tandis que Saeed avait rassemblé mes cendres en une pile, des larmes coulant le long de ses joues. Il n'avait pas été présent les première et deuxième fois. Un événement pareil est toujours pire quand on en fait réellement l'expérience.

« Elle reviendra », avait déclaré Mmuo à Saeed.

Mais il n'en était pas certain.

L'homme ailé s'était envolé sans dire un mot. Mmuo et Saeed étaient simplement restés assis là, dans la jungle de la Tour 7. Mmuo me dit qu'ils avaient échangé des mots par-dessus mes cendres. Ils avaient fait leur deuil. Me voir réduite en cendres rendait tout espoir pratiquement impossible. Rien de naturel ne se transforme en cendres pour ensuite renaître. Les cendres aux cendres, la poussière à la poussière. Ni Saeed ni Mmuo ne souhaitèrent me dire ce dont ils avaient parlé autour de mes restes.

« Quelques minutes plus tard, il y a eu des lumières dans le ciel, continua Mmuo. Et je te jure, elles ont soufflé un genre de bruit presque musical. Saeed nie l'avoir perçu, mais je *sais* qu'il l'a entendu aussi. La ville entière l'a entendu, malgré toute la clameur urbaine. »

Il ne savait pas ce que c'était, mais moi si. J'avais lu à ce sujet pendant ma période d'emprisonnement à la Tour 7, et je me demandais à quoi elles pouvaient bien ressembler. On les appelait les aurores boréales. Lors de ma mort, j'avais créé une éruption similaire à celles du Soleil, et l'atmosphère qui se trouvait au-dessus de la ville avait réagi à *moi*. Plus tard dans cette même soirée, même s'ils n'avaient enregistré aucune activité récente à la surface du Soleil, les météorologues et les géologues avaient émis l'hypothèse que ces étranges aurores boréales et la panne de courant qui avait affecté les ordinateurs, les télés en gelée, les écrans des gratte-ciel et tous les appareils portables pendant deux jours étaient dues à une éruption solaire. Et les bulletins d'information avaient également mentionné le bruit. J'imagine qu'ils avaient eu besoin de trouver une explication après les douze heures d'émeutes et de pillages qui en avaient résulté.

Mmuo et Saeed surveillèrent mes cendres pendant tout le mois. Durant cette période, au moins l'un d'entre eux se trouvait toujours présent. Je ne me rappelle strictement rien, pas avant ces trois derniers jours durant lesquels je commençai à… réapparaître. C'est ainsi que le décrit Saeed.

« Il faisait nuit noire et je me trouvais dans ma tente, expliqua-t-il. Il pleuvait. »

Ils n'avaient pas touché à mes cendres. Il avait plu souvent, le vent avait soufflé, et elles avaient été disséminées ici et là. Mais Mmuo et Saeed étaient restés, dans une tente camouflage, même si la pousse sauvage et l'enchevêtrement des arbres leur fournissaient une couverture suffisante pour les protéger des caméras de surveillance du Grand Œil qui les survolaient. Saeed et Mmuo avaient attendu, à l'endroit exact où je m'étais consumée dans les ailes de l'homme ailé. Ils avaient été patients.

Puis, par une nuit pluvieuse et sombre, Saeed entendit un soupir prononcé. Il l'entendit malgré le bruit de la pluie. Il rampa jusqu'à l'entrée de la tente et regarda à l'extérieur. Une fine brume recouvrait la zone où j'avais trouvé la mort. Le vent s'échinait à la chasser, mais elle continuait de se former au même endroit.

« Cette brume était chaude et sentait l'odeur du béton en plein soleil, m'expliqua Saeed. C'est comme ça que j'ai su que c'était toi. »

Bientôt, Mmuo revint pour lui permettre de retourner à l'appartement pour se laver et manger un repas chaud. Mais Saeed refusa de me laisser. J'étais à présent davantage qu'une brume. Je brillais doucement, changeant lentement de forme. Comme une nébuleuse, rouge, orange et jaune, toujours chaude.

« Va au moins te rafraîchir », suggéra Mmuo à Saeed.

Je me souviens de ces mots, car c'est à ce moment-là que je commençai à reprendre connaissance. Je pouvais entendre, voir et sentir. Cela ne faisait aucun doute, Saeed avait bien besoin de se laver.

« Est-ce que c'est ainsi que tu veux qu'elle te retrouve après toutes ces semaines ? »

J'écoutai, me réjouissant d'entendre leurs voix, de humer l'odeur de la jungle qui m'entourait et d'une odeur plus subtile de pots d'échappement, de sentir la chaleur de l'air nocturne et l'humidité de la pluie, et de voir la superbe Epine. *Excuse-moi*, pensai-je en la regardant. *Je suis désolée d'avoir cherché à te détruire, toi, une si magnifique créature.* Elle semblait encore plus large et plus grande qu'avant. Je pouvais voir à trois cent soixante degrés autour de moi, que ce soit la terre sous mon corps inexistant, les étoiles dans le ciel, la jungle tout autour de moi ou les gratte-ciel au loin.

C'est quand Saeed accepta finalement d'aller se débarbouiller et de dormir, et que la pluie s'arrêta, que Mmuo commença à me raconter l'histoire que je lui avais demandé de me narrer par deux fois : celle de ses actions au Nigeria, qui lui avaient valu de terminer dans la Tour 7. Je le lui avais demandé pour la première fois juste après m'en être échappée. Je lui avais reposé la même question juste avant de me consumer, entourée des ailes de l'homme ailé. Mmuo avait refusé à chaque fois. Peut-être espérait-il que me conter cette histoire me ferait renaître plus rapidement. Je ne pouvais pas bouger, je ne pouvais rien ressentir, je ne pouvais qu'écouter. Je voulais tellement entendre cette histoire. Enfin. Qu'est-ce que Mmuo savait du fait de s'ériger contre un gouvernement ? Je me rappelle le moindre de ses mots. Mmuo est un homme intéressant…

Phénix, tu dois t'ennuyer, là, incapable de bouger ou de causer le moindre problème. Tu me fais penser à un éclair endormi. De la puissance à l'état brut au repos.

Je me souviens bien de toi, à la Tour 7. Quand je rejoignais Saeed à l'étage 27, tu étais la seule autre pensionnaire que je m'assurais de voir. Parfois je te faisais savoir que j'étais là, et parfois je m'assurais de loin que tu allais bien. C'était souvent durant les heures de repas. J'avais l'habitude de voler des poulets rôtis entiers, comme un renard dans un poulailler. Je t'ai vue quand ils t'ont conduite au laboratoire. J'ai même renversé l'un de leurs chariots d'équipement, une fois. Tu t'en souviens ? Phénix. Tu es spéciale. Reviens-nous. Réveille-toi.

Je sais que tu aimes les histoires, alors je vais te raconter la mienne. Nous n'avons pas beaucoup de temps. Ton Saeed va bientôt revenir, je vais donc éviter de trop m'appesantir. Peut-être que je lui raconterai ces choses en temps voulu, mais pour le moment, je ne vais en parler qu'à toi, parce que tu me l'as demandé deux fois. Je m'appelle Mmuo, et l'homme dont je vais te parler nous a quittés il y a bien longtemps, mais je vais quand même te raconter son histoire. J'étais le quatrième enfant et le troisième fils de mon père. Il m'avait baptisé Ikenga Emezie Nnachukwu. Ma mère était institutrice et aimait les livres.

Elle a rencontré mon père quand elle avait environ vingt ans. Lui aussi aimait les livres, mais il les appréciait quand ils n'avaient strictement rien à voir avec les canons littéraires. Il lisait des choses écrites par des agitateurs africains légendaires morts depuis bien longtemps, comme Ngugi wa Thiong'o et Wole Soyinka. Il écoutait de vieilles chansons comme celles de Fela Kuti, et il adorait tout ce qui provenait de l'âge d'or du rap américain. Il avait appris la signification du mot « colonialisme » et ce qu'était un « esprit colonisé » grâce à l'Internet profond quand il n'avait que douze ans.

Ah, Phénix, la mention de ces musiciens et de ces écrivains semble avoir retenu ton attention. Évidemment que tu as lu leur travail. Qu'est-ce que tu *n'as pas* lu ? Tu brilles plus fort maintenant et tu as ajouté des notes de bleu à ta lumière orange, rouge et jaune. Oui, mon père t'aurait plu et tu lui aurais plu aussi, tout comme à ma mère.

Tu sais ce qu'il a dit à ma mère la première fois qu'il l'a rencontrée ? « Je n'ai jamais dû me DÉcoloniser. Je n'ai jamais été colonisé. » Tu étais son exact opposé quand tu étais dans la Tour 7. Comme tu as changé.

Ma mère a immédiatement plu à mon père, et la réciproque était vraie. Rapidement, ils sont devenus de jeunes militants en colère, bien décidés à reprendre la « terre de leurs ancêtres ». Mon père est devenu ingénieur et un politicien local. Mais même s'il avait foi en la science, il croyait encore davantage en ce qu'il appelait les Us et Coutumes. Cela incluait tout ce qu'il avait appris de son père, de la société secrète à masques à laquelle il appartenait aux coutumes d'autres groupes ethniques comme les Yoruba, les Efik ou les Ogonis. Il employait ce qui lui servait. Il connaissait tout cela sur le bout des doigts.

J'avais deux frères et une sœur aînés. Dès que nous allions quelque part en période d'élections, mon père nous emmenait à l'autel qu'il avait installé derrière la maison et il nous y recouvrait d'un beurre de karité spécial qu'il avait confectionné lui-même.

Phénix, c'était quoi cet éclair avec lequel tu as essayé de me tuer ? Tu as lancé dans ma direction un courant électrique à la seule mention du beurre de karité. Mes mains tremblent et l'air a une odeur un peu âcre, mais je suis toujours là. Je vais m'assurer que Saeed t'en apporte pour ton retour. Est-ce que tu veux que je continue à te raconter mon histoire ? Très bien.

Mon père disait que ce beurre de karité particulier pouvait arrêter les balles. C'est un de ses très proches amis yoruba qui lui avait montré comment le confectionner. L'ami en question s'était recouvert de beurre de karité et avait demandé à mon père de lui tirer dessus. Mon père a rapporté qu'après avoir obtempéré, il ne restait que de la poudre sur le torse de son ami et que la balle s'était retrouvée par terre, fumante et inutilisable. Nous avions tous cru mon père.

Nous avions bien raison de le croire. Une nuit, nous nous rendions à un meeting dans le cadre de la campagne pour la gouvernance de l'État d'Imo. Ma mère nous attendait là où mon père allait donner son discours. Nous étions dans la Jaguar noire de mon père, et mes frères et sœurs et moi étions à l'arrière. Mon père se trouvait sur le siège passager à l'avant, je m'en souviens bien. Le conducteur, qui s'appelait Endurance, était au volant.

Je me moquais de ma sœur, qui chantait les paroles de la chanson qu'Endurance avait mise à la radio, quand elle s'est soudain arrêtée et s'est exclamée en regardant par la fenêtre. Après cela, je ne me souviens que des cris, du brouhaha et du crissement strident des pneus tandis qu'Endurance écrasait le frein et que la voiture sortait de la route.

Des gens avaient tiré sur notre voiture alors que plusieurs de nos fenêtres étaient ouvertes. Il y avait des impacts dans les portes de la voiture ; les vitres qui étaient fermées avaient volé en éclats, mais aucun d'entre nous n'avait été touché.

Nous étions tous recouverts de ce fameux beurre de karité, même notre conducteur Endurance. Plus tôt, ma sœur s'était d'ailleurs plainte du fait qu'il faisait briller sa peau et qu'elle ne pouvait jamais se maquiller correctement. Mais elle s'en sortait toujours.

Mon père a très facilement gagné cette élection.

J'entrai à l'université riche de tout le savoir de mon père. J'étais son préféré, car j'étais celui qui s'intéressait réellement aux deux choses qu'il adorait : le *juju* et la politique. J'avais appris à faire ce beurre de karité qui arrêtait les balles ; mon père m'avait initié dans sa société secrète de masques ; je savais comment faire souffrir un homme, lui faire oublier jusqu'à son nom et le pousser à arrêter d'être un coureur de jupons ; et je pouvais m'adresser à la déesse Ani, la déesse de la Terre.

Tu es américaine, Phénix. Même si tu connais bien l'Afrique, tu crois avant tout en la puissance de la science plus qu'en nos croyances ancestrales. Mais tu es aussi africaine, et tu sais dans ta chair, ta chair des plus étranges, que le monde des esprits gouverne le monde physique. D'où est-ce que tu nous reviens alors que je te raconte mon histoire ? D'un tube à essai ? Ou d'ailleurs ? Oui, ils t'ont créée. Mais quelque chose les a poussés à te créer, Phénix.

Bref, au moment où je suis arrivé à l'université, j'avais appris quelque chose d'autre. Mon père m'avait enseigné tout ce que je devais savoir du mystique, mais cette connaissance-là, je l'ai acquise seul. Je n'étais pas le meilleur de ma classe, mais je faisais partie des étudiants les plus intelligents. J'adorais et comprenais le monde spirituel, oui, mais je chérissais aussi les sciences. J'aimais la structure, les règles, la logique, l'entrain de la nature et l'étendue incroyable de sa créativité. La science s'était de tout temps alignée avec Ani. Il était évident que ma voie d'études serait l'ingénierie.

Un soir, alors que je regardais la porte de ma chambre, je réfléchissais aux lois de la physique et à la volonté d'Ani. Cela faisait une heure que j'étais allongé sur mon lit, perdu dans mes pensées. Peut-être même qu'à un moment j'étais tombé dans une transe ou un état méditatif. Quelque chose s'est assemblé dans mon esprit pendant que j'observais cette porte et en analysais la substance, l'arbre dont elle faisait jadis partie, sa puissance, ses faiblesses, ses cellules mortes, ses molécules et ses atomes. L'espace qui les séparait. L'esprit de l'arbre qui se raccrochait à ce morceau d'écorce.

Je me suis levé, j'ai marché jusqu'à la porte et je suis passé au travers. J'ai émergé à l'extérieur de ma chambre, devant mon père qui se tenait là, abasourdi. Il se rendait à la cuisine. Il a souri et moi aussi. Après cette première fois, je l'ai fait encore et encore, marcher au travers de portes en bois. Tu sais maintenant comment tout a commencé pour moi.

À l'université, je suis devenu une version miniature de mon père. Je ne l'ai pas choisi, cela s'est fait naturellement. J'étais le fils de mon père. Comme lui, j'étais attiré par le mysticisme. Comme lui, je pensais que le Nigeria pourrait être un plus grand pays encore, s'il changeait. J'aimais Fela, tout comme lui. Je voulais me promener à moitié nu comme un vrai Africain et cracher au visage de l'Occident. J'ai rejoint une association étudiante et, à la fin de ma deuxième année, j'en étais devenu le président. À la fin de ma troisième année, j'étais l'un des meilleurs étudiants en ingénierie, mais j'étais surtout connu comme étant un membre de WaZoBia.

« WaZoBia » signifie « viens, viens, viens » dans les trois langues les plus usitées au Nigeria – le yoruba, le hausa et l'igbo. *Wa* en yoruba signifie « viens », *zo* en hausa signifie « viens », et *bia* en igbo signifie « viens ». Ce terme est une invitation au rapprochement, et il représente l'unité et la diversité au sein de la communauté. Phénix, WaZoBia était un groupe étudiant radical déterminé à remettre en question l'ingérence et l'omniprésence des compagnies pétrolières qui se mêlaient de tout, mais aussi du gouvernement militaire corrompu du Nigeria. Les sectes de campus ne m'intéressaient en rien. Je voulais rejoindre un groupe qui allait au-delà du *wahala*, des petits problèmes. Je voulais *vraiment* changer le Nigeria.

Il est arrivé un moment où WaZoBia a décidé de renverser le gouvernement. C'était peut-être après les émeutes liées au pétrole. Comment peut-on être l'un des derniers plus grands producteurs de pétrole brut et pourtant manquer de kérosène et d'essence ? Au Nigeria, nous avons des générateurs solaires, mais les voitures utilisant cette énergie sont rares et il est pratiquement impossible de trouver un endroit où recharger une voiture électrique, surtout en dehors de Lagos ou d'Abuja. Les véhicules hybrides sont assez populaires ; certains ont même encore des véhicules à essence. Alors le pétrole est encore une ressource demandée, là-bas.

Mais non, non, je m'en souviens maintenant, ce ne sont pas ces émeutes qui nous ont poussés à renverser le gouvernement. C'était l'introduction des droïdes Anansi 419. Ils étaient… ah, comment les décrire ? C'étaient des soldats tueurs androïdes ! Ils faisaient la taille d'un chien et ressemblaient à des araignées argentées et brillantes. Des robots-araignées, en somme. Ce sont les ingénieurs du gouvernement nigérian qui ont créé le prototype. Tu te rends compte ? Nous avons inventé ces choses pour NOUS-MÊMES. Nous sommes si bien colonisés que nous confectionnons nos propres fers. Un jeune ingénieur du nom d'Obinna Ukamaka en a eu l'idée après avoir lu une histoire de science-fiction s'intéressant à des robots-araignées surveillant les pipelines du delta du Niger. La vie a imité l'art, sauf que cette histoire en particulier *critiquait* le gouvernement, elle ne cherchait pas à lui fournir des plans. L'autrice doit être en train de se retourner dans sa tombe.

Chevron, Shell et quelques autres entreprises pétrolières ont aidé au financement du projet. L'objectif de ces machines était d'empêcher le siphonnage des pipelines en les surveillant… par n'importe quel moyen. Même si elles étaient censément artificiellement intelligentes, elles tuaient sans raison. Le simple fait de toucher un pipeline suffisait à être réduit en charpie. Ces installations serpentaient au milieu des jardins dans les villages, elles suivaient le tracé des routes, passaient devant des écoles. Des centaines de personnes ont été massacrées durant le premier mois.

Aucun de nous, au sein de WaZoBia, ne pouvait se résoudre à vivre sous un gouvernement qui pouvait renier son peuple de manière si totale et brutale. Cette idée nous unissait profondément. Nous avions grandi avec la technologie, et chacun d'entre nous sait qu'une fois que le prototype a été déployé avec succès, il ne cesse d'être amélioré, à n'en plus finir. Les droïdes Anansi nous engageaient sur une pente très glissante, surtout quand on savait que le Nigeria possédait encore une ressource très prisée.

La fille du vice-président du Nigeria faisait partie de WaZoBia. Trois d'entre nous étaient capables de fabriquer des bombes. Quatre d'entre nous avaient des pères haut placés dans l'armée, cinq étaient des *area boys*, des membres de gangs, avant d'entrer à l'université, et venaient tout juste de renoncer à leurs mauvaises habitudes, l'une était l'une des maîtresses du président nigérian lui-même, et enfin l'un d'entre nous pouvait traverser les portes en bois.

Notre plan était parfait. Nous avions des armes, l'accès nous était possible et aucun d'entre nous ne craignait de tuer ou de mourir. Nous étions des idéalistes. Nous avions tous vu nos parents, nos familles ou nous-mêmes souffrir. Nous nous en savions également capables. Mais il devait y avoir une taupe. C'est la seule explication que je puisse trouver pour ce qu'il s'est passé la veille au soir de la mise en action de notre plan.

Nous nous étions retrouvés à la maison de Rose de Red. Elle était notre leader, et savait utiliser une arme comme son soldat de père et se faire entendre comme sa ministre des Communications de mère. Elle avait un petit appartement dans la capitale, Abuja, pas très loin de la Villa Aso, qui était autant le bureau que la résidence du président. Nous avions tous voyagé d'une façon ou d'une autre pour nous y rendre, certains par les airs, d'autres en voiture ou en bus. Aucun de nos parents ne savait où nous étions. Ils pensaient tous que nous étions à l'université de Lagos en train d'étudier pour les examens.

Nous nous trouvions dans une pièce du troisième étage aux murs blancs et aux onéreux meubles en cuir. Rose de Red venait d'une famille qui avait fait fortune dans le pétrole. Elle savait tant de choses. Tout le monde était présent, tous les membres de WaZoBia. Nous étions tout sourires, jeunes, enthousiastes. Par la fenêtre, on pouvait apercevoir la Villa Aso. La nuit était chaude, nos armes étaient prêtes. Le membre le plus charismatique de WaZoBia, Success T, était en train d'échauffer les esprits avant que Rose de Red ne s'écrie : « *Victoria, Victoria, Victoria acerta* à ses très grands étudiants nigérians, qu'ils soient chez eux ou à l'étranger… »

Et c'est à ce moment précis que la porte a été violemment ouverte et que des hommes vêtus de costumes noirs et de masques sont entrés avec des AK-47. Sans même hésiter, ils ont ouvert le feu. J'étais assis sur une chaise près de la fenêtre du balcon, juste en face de Success T. Comme les lumières sont restées allumées, j'ai tout vu.

Le torse de Success T a explosé. L'œil gauche de Rose de Red a éclaté tandis qu'une balle le traversait. Les membres de WaZoBia ont essayé de fuir, mais il y avait trop d'hommes en noir armés. Cette pièce qui, quelques instants auparavant, était immaculée et emplie d'optimisme portait désormais l'odeur piquante de la poudre, du sang et de l'urine. Elle était envahie par la mort. La fenêtre derrière moi a volé en éclats. Et pendant tout ce temps, je suis simplement resté là. Juste avant que nous nous retrouvions, dans ma chambre d'hôtel, j'avais pris une douche et le savon avait asséché ma peau. C'était désagréable, et je m'étais aperçu que j'avais oublié ma crème pour le voyage. J'avais donc utilisé mon beurre de karité spécial. J'en avais apporté pour le lendemain, le jour où nous avions prévu de prendre d'assaut la capitale.

Mais je ne pense pas que j'aurais été blessé, même *sans* le beurre de karité. Ils ne voulaient pas me tuer. Comment expliquer sinon que ces personnes me saisirent, passèrent un sac par-dessus ma tête et me traînèrent au-dehors de l'appartement ? Comment expliquer autrement le fait de me faire menotter, bander les yeux et fourrer dans un avion par des hommes et des femmes avec des badges sur la poitrine symbolisant une main tenant des éclairs ? Comment expliquer encore pourquoi ils me transportèrent de l'autre côté de l'océan Atlantique, jusqu'aux États-Unis, sans passeport et me conduisirent directement à la Tour 7 ? Tout cela n'était qu'un accident ?

Le Grand Œil avait accepté d'être le bras armé des États-Unis, du gouvernement nigérian et des compagnies pétrolières impliquées, qui souhaitaient tous éviter un coup d'État, chacun pour leurs propres raisons cupides. Le Grand Œil en a alors profité pour saisir l'étudiant en ingénierie qui pouvait, disait-on, traverser les murs en bois. D'une pierre, deux coups.

Qui est le Grand Œil ? Une division secrète du gouvernement américain ou une société privée puissante ? Existe-t-il vraiment une différence entre les deux ? Pour moi, cela n'a aucune importance. Les résultats sont les mêmes. Pendant qu'ils me faisaient subir toutes sortes de choses durant des années à la Tour 7, fusionnant, modifiant mon corps et m'obligeant à leur montrer le *juju* de mon père, le Nigeria est resté sous l'emprise écrasante d'un régime militaire alors que des entreprises pétrolières continuent à en sucer le sang noir.

J'avais la conviction à l'époque que je pourrais m'échapper de leur joug quand ils auraient réussi à m'améliorer de manière telle que je pourrais passer au travers de n'importe quelle matière. Mais courir la tête la première dans une surface impénétrable et perdre conscience par la suite n'a servi qu'à m'apprendre qu'ils avaient enduit tous leurs murs extérieurs d'une substance « au-cas-où-Mmuo-s'enfuirait ». Je suis parvenu à m'enfuir à ce moment, car j'ai réussi à me couler à temps vers la pièce en dessous. J'étais piégé dans la Tour 7 jusqu'à ce que *toi*, Phénix, me sortes de là. Je n'ai d'ailleurs jamais pu te remercier comme il se devait pour cela, ma chère.

Reviens-nous. Nous avons besoin de toi.

CHAPITRE 11

Retour

Je revins.

Esprit.

Ailes.

Et d'autres morceaux de chair.

Sous un ciel bleu, en ville.

Cette fois-ci, la réincarnation est différente. Je serai, je suis et j'étais différente. Vous devez le savoir maintenant, vous m'avez observée, écoutée. Je façonne mon existence à chaque inspiration que je prends. Je vous raconte une histoire dans laquelle sont enchâssées d'autres histoires. Des univers au sein d'autres univers. Nous tournoyons tous comme de petits soleils. Je suis mon propre soleil.

Je pouvais sentir mes lèvres.

« Louée soit Ani », soufflai-je, car l'histoire de Mmuo était juste là, au bord de mon esprit, quand je pus enfin parler.

Mmuo se mit à rire fort. Je clignai des yeux en le regardant. C'était la première fois que je le voyais avec des vêtements. Il portait un pantalon blanc, des sandales en cuir et un collier de perles. Cela faisait beaucoup pour un homme qui ne mettait jamais de vêtements. Il semblait différent.

« Qu'est-ce qu'Ani ? » s'enquit Saeed.

Il fronça les sourcils tout en saisissant ma main. Il devait se demander si j'avais perdu la raison.

« C'est la déesse de la terre, fit Mmuo. J'ai parlé d'elle à Phénix durant sa convalescence. Je suppose qu'elle m'a entendu. »

Il me regarda ensuite d'un air complice.

« C'est très bien.

— Elle est la sœur de l'Auteur de toute chose », expliquai-je à Saeed.

Cela le fit sourire. J'étais encore faible, mais je me sentais bien. L'air était frais et j'en inspirai une grande bouffée.

Saeed m'aida à me relever. Mes muscles fonctionnaient et ma peau me picotait, s'abreuvant du soleil. Mmuo détourna les yeux de ma nudité ; Saeed, non. Ses yeux parcouraient mon corps et mes ailes.

« Quand ils t'ont créée, souffla-t-il, quelque chose de bon leur a effleuré l'esprit. »

Je souris, savourant son regard.

« Les planètes devaient être alignées quand ils t'ont créée, ajouta-t-il. Quand ils t'ont créée, ils ont créé quelque chose d'unique. »

Saeed, l'éternel artiste. Peut-être qu'il me dessinerait, après. Je levai la tête, portant mon regard au travers des arbres, vers le soleil. Je fermai les yeux. J'étais heureuse. Entièrement, totalement heureuse.

Saeed me tendit un petit pot jaune de beurre de karité non raffiné.

« Merci », murmurai-je.

Je m'en enduis la peau, l'odeur de noix me rappelant à la fois mes jours heureux dans la Tour 7 et à Wulugu, au Ghana. La robe que Saeed me donna était également jaune, et une ouverture avait été découpée dans le dos pour mes ailes. Elle n'était pas particulièrement résistante à la chaleur et elle m'allait parfaitement. Puis il me tendit la burqa noire. Je le regardai, troublée, alors que je me tenais droite dans ma robe. Je reportai mon regard sur le soleil, puis une nouvelle fois sur le vêtement. Épais, sombre, rêche. Je le passai. J'étais de nouveau la bossue voilée. Cette fois-ci, sur un autre continent. Mais j'avais des projets. *Nous* avions des projets. Le premier était de partir avant que le Grand Œil ne nous remarque.

Mmuo passa avec réticence un T-shirt par-dessus son torse svelte et musclé.

« Nous quittons ces murs et entrons dans la barbarie », proclama-t-il.

Nous étions en plein jour et je discernais parfaitement tous les grands immeubles. Nous devions traverser plusieurs rues pour atteindre la voiture de Mmuo et, tout en marchant, je tenais la main de Saeed, le nez en l'air. Les palmiers, les irokos et les ébènes poussant entre les bâtiments me rappelaient le Ghana. Là-bas, les hommes grimpaient aux palmiers pour en prélever de quoi faire du vin de palme. Aux États-Unis, ils les élaguaient de sorte que seul le haut soit fourni en feuilles touffues. Je ne m'en étais pas aperçue depuis le haut de la Tour 7, et alors que je m'enfuyais, je n'y avais pas prêté attention. Mais je souriais désormais, car ces arbres semblaient nus.

Au-delà de ces végétaux se trouvaient les structures les plus hautes façonnées par la main de l'homme que j'avais jamais vues, l'Épine mise à part. Je commençai par m'accrocher à Saeed et écoutai attentivement pour repérer le bruit de murs chutant et volant en éclats. J'avais vu la Tour 7 et l'Axe s'effondrer. Il m'était très facile d'imaginer ces bâtiments en faire autant. Quand je compris que leur chute n'était en fait qu'une illusion créée par leur gigantisme, je finis par me détendre et en apprécier la taille.

Même en plein jour, les bâtiments clignotaient et babillaient de publicités, d'émissions et de bulletins d'information. L'un d'entre eux était recouvert d'un écran géant qui affichait uniquement une petite fille qui se contentait de sourire. Alors que nous passions devant, la petite fille se pinça les lèvres, les personnes autour de nous s'exclamèrent et accélèrent l'allure. Certains rirent, deux femmes poussèrent un cri perçant avant de se mettre à courir en se protégeant la tête de leurs porte-documents. Je compris pourquoi quelques instants plus tard, quand une petite bruine fut éjectée de la bouche, nous mouillant tous. Nous nous trouvions au beau milieu de la zone d'éclaboussure.

Mmuo fit un bruit de bouche d'irritation.

« Ces gens sont fous. Quel gâchis d'énergie solaire. »

Cette bruine était un vrai délice dans la chaleur du jour. Elle parvint à s'immiscer sous ma burqa et ma robe, rafraîchissant ainsi mon corps tout entier. Je gloussai de plaisir. C'était si ridicule. Mais comme il était agréable d'expérimenter ce côté un peu plus léger de la ville.

Les trottoirs étaient remplis de personnes allant et venant, des Asiatiques, des Africains, des métisses, des Hispaniques, des musulmans, des juifs hassidiques, des hindous, des hommes d'affaires en costume, une femme aveugle portant un guide de navigation très bruyant. Des Américains et des touristes. Tout un tas de personnes qui acceptaient inconsciemment l'existence des tours, qui profitaient de leurs travaux cruels. Peu d'entre eux me regardèrent deux fois.

Ils parlaient à leurs portables. Ils conduisaient des véhicules solaires et hybrides. Ils travaillaient dans des bâtiments recouverts de vigne écologique. Je me demandais combien d'entre eux étaient des « speciMen mineurs », des speciMen qui s'étaient avérés trop normaux pour pouvoir en faire quoi que ce soit ; ces individus avaient été relâchés et intégrés à contrecœur dans la société américaine. Et parmi la foule, qui était un « clone silencieux », cachant en permanence son ventre sans nombril ?

Qui possédait un membre cybernétique venu remplacer les suites d'un accident ou d'une anomalie congénitale ?

« On va être serrés », prévint Saeed quand nous arrivâmes à la voiture de Mmuo.

J'entrai de biais, en me recroquevillant. Mon deuxième voyage en voiture était encore moins confortable que le premier, la fois où je m'étais retrouvée dans la voiture de Sarah, au Ghana, et que nous avions fui ma maison sur le point d'exploser. Mes ailes étaient pliées dans une position si atrocement peu naturelle que je gémis de douleur. L'habitacle n'avait pas été pensé pour une Phénix. Mais c'était le seul moyen dont nous disposions pour quitter la zone sans que le Grand Œil nous remarque. Je décidai que ce serait la dernière fois que je monterais dans une voiture. Cela ne fut pas le cas, mais mon sentiment était tout à fait honnête.

CHAPITRE 12

Graine

Le balcon de Mmuo était large et donnait sur le centre-ville. On y voyait clairement l'Épine dorsale. Je me demandai si Mmuo m'avait à l'esprit quand il avait choisi cet appartement. Il y avait installé une chaise de jardin mais je la repoussai, préférant m'asseoir à même le sol. Je ramenai mes genoux contre ma poitrine et fermai les yeux tandis que la brise me rafraîchissait le visage. L'appartement se situait au vingtième étage, et même si l'air sentait les pots d'échappement et que les moustiques se joignaient à nous, je me trouvais au moins en hauteur. Je me sentais plus à l'aise en altitude, ces temps-ci. Je soupirai et relâchai mes épaules et mes ailes tout en m'abandonnant à la réalité de la situation. J'étais là, avec des amis, j'étais vivante, libre.

« Phénix. »

Je séchai les larmes qui coulaient sur mon visage et je levai mon regard vers Saeed. Puis je me détournai. Il s'assit à côté de moi et nous restâmes silencieux un moment, contemplant le monde qui s'étendait devant nous. L'appartement était en ville, mais assez loin du centre pour être entouré par davantage d'arbres que d'immeubles. Un palmier poussait si près de la résidence que, en m'étirant par-dessus la balustrade, je pouvais en toucher les feuilles les plus hautes.

« À quoi est-ce que tu penses ? » me demanda-t-il finalement.

Je le regardai droit dans les yeux.

« À des pommes », répondis-je, soudain envahie par la colère.

Mes tempes me faisaient mal et je refermai les yeux.

« Je pensais au goût qu'elles avaient. »

Saeed murmura quelque chose en arabe.

« J'apprendrai l'arabe un jour, simplement pour que tu ne puisses plus faire ça.

— J'ai dit que tu ne me connaissais pas, dit-il d'un air irrité. Tu es trop jeune pour comprendre un homme comme moi. Tu n'es sur cette terre que depuis trois ans.

— Je suis morte. Trois fois. Et toi ? »

Mes ailes tressaillirent d'agacement.

Il détourna le regard et soupira.

« Phénix, tu ne comprends vraiment pas. »

Je sentis tout d'abord la chaleur poindre au milieu de mon front. Puis, en l'espace d'un instant, elle se propagea jusque dans mes orteils, mes doigts et mes ailes. Saeed fronça les sourcils, mais il ne bougea pas. *Très bien*, me dis-je. *Reste là. J'espère que ça te brûlera.* Une larme coula de mon œil gauche, et je sentis la vapeur chaude contre mes sourcils tandis qu'elle s'évaporait lentement. *Et si je me consumais et emportais le bâtiment tout entier ?* me demandai-je. *Saeed, Mmuo, New York.* Je retins mes larmes, choquée par la puissance et la violence de ma rage.

« Pourquoi est-ce que tu as essayé de me quitter ? demandai-je enfin. Tu as vu les maux qu'ils causaient et tu as décidé de te soustraire à tout ça comme si tu étais Allah ou Zeus ? Qui es-tu ? Qu'est-ce qui t'autorise à…

— Réveille-toi, Phénix ! me coupa-t-il. Réfléchis. Qu'est-ce que ton esprit te suggère qu'il s'est passé ? Tu peux lire tous les livres que tu veux, mais tu restes incapable de voir la *vérité.* »

Il marmonna encore quelque chose en arabe.

Je voulais crier, hurler. Mais ce n'était pas quelque chose de naturel pour moi. Je restai silencieuse. Mon corps me semblait brûlant. Et dans la pénombre, je pouvais apercevoir un halo autour de moi.

« Calme-toi, conseilla-t-il en s'écartant enfin. Des gens vont te voir. »

Je pris une profonde inspiration et fermai les yeux. Derrière mes paupières, je discernai un soleil éclatant se coucher. Puis il n'y eut plus que l'obscurité ; j'étais apaisée. Je l'entendis se rapprocher de moi, il prit ma main et la serra. Puis il l'amena à ses lèvres et l'embrassa. Ses lèvres étaient fraîches et si agréables.

Durant cette période de calme, je pris conscience

d'une chose. J'ouvris les yeux et plongeai mon regard dans le sien. Mon cœur battait à tout rompre. La barbe de Saeed était épaisse et très sombre. Ses yeux étaient clairs et noirs. Il avait un nez marqué. Son visage me rappelait celui de l'imam au Ghana qui avait construit la mosquée semblable à un château de sable, mais Saeed était bien plus jeune, et rien chez lui n'était musulman.

« Dis-moi ce qu'ils ont fait, lançai-je.

— Ah, mais tu es donc *douée* d'un sens critique, dit-il doucement.

— Raconte-moi. »

Il tira sur sa barbe et se frotta le visage avant d'opiner de la tête.

« Bon. OK, Phénix. Tu te rappelles les lignes ? Les lignes au sol ? »

Je hochai la tête. Chaque speciMen qui était considéré comme apprivoisé et digne de confiance « suivait la ligne », des droites gérées par ordinateur qui apparaissaient au sol et menaient un individu là où il était attendu quand aucun garde ou docteur n'était présent pour ouvrir la voie.

« La mienne était jaune, la tienne rouge.

— Je détestais cette ligne. Elle me donnait des cauchemars. Mais j'en faisais beaucoup, à plein de sujets. »

Il pinça fortement les lèvres.

« Un jour, j'ai arrêté de suivre la ligne qui me menait au laboratoire. Ils étaient tellement lents à réagir. Ils avaient tellement l'habitude que nous obéissions aveuglément. Seul Mmuo leur avait échappé et ils avaient bien vu qu'aucun de nous n'avait suivi son exemple. J'avais parcouru la moitié de l'étage quand ils m'ont finalement rattrapé. Mais à ce moment, j'avais déjà vu leur appareil, quel qu'il soit. J'avais encore la pomme dans la main. J'avais prévu de la peindre. Mais à cet instant je l'ai serrée, en essayant de surmonter ce que j'avais vu.

« Avant cette nuit-là, Mmuo et moi avions déjà élaboré des stratégies. Nous avions un plan d'évasion qui ressemblait beaucoup au tien. Je ne sais pas lire, mais j'ai écouté beaucoup de livres audio. Il existe un vers dans un poème qui m'a toujours beaucoup parlé. Je n'ai pas eu besoin de faire beaucoup d'efforts pour le mémoriser. Cette ligne était tellement puissante qu'elle m'est restée à l'esprit dès la première fois que je l'ai entendue : "Tout se disloque. Le centre ne peut tenir", écrit par un homme qui s'appelle Yeats.

« Les tours ont changé la *vie*. Pas uniquement aux États-Unis, mais dans le monde entier, je pense. Tu le sais bien mieux que moi ; mais moi, je le ressens. Tous ces remèdes, ces inventions, ces améliorations ont transformé tant de choses. Mais le cœur de la philosophie de la tour a toujours été corrompu. Et quand le temps sera venu, elle s'écroulera sur elle-même, et tout disparaîtra. Mmuo le savait et moi aussi. Nous nous préparions à nous évader, car nous ne voulions pas être là au moment fatidique, et nous voulions en être à *l'origine*, si cela a le moindre sens.

« Je me mourais de l'intérieur, Phénix. Ils m'ont trouvé dans les rues du Caire. Je n'avais pas de famille, je ne connaissais que la survie dans son sens le plus primaire et le plus puissant. Pourtant, après quelques années seulement dans la Tour 7, je mourais. Ils m'ont fait subir tout un tas de choses, ils m'ont modifié, et je les ai vus faire bien pire à d'autres. Je me rendais dans cette salle à manger et je constatais ces changements de mes propres yeux. Puis je t'ai rencontrée, et je les ai également vus te faire des choses.

« C'est toi qui m'as abordé, ce fameux premier jour. Je n'avais jamais rien rencontré qui te ressemblait. Tu ne sais pas ce que tu dégages pour les autres, Phénix. Aucun mot ne peut le décrire. Pourtant, je savais que tu étais condamnée. Il y avait des femmes du Grand Œil qui voulaient faire de moi leur jouet, mais elles voyaient bien ce que je ressentais pour toi. Elles m'ont dit des choses, des faits terribles, crus. Elles voulaient me détourner de toi. Ces femmes du Grand Œil sont d'une cruauté inimaginable. Mais le fait est que je savais ce que tu étais, Phénix. Destinée à te consumer. Une arme.

« Puis j'ai rencontré Mmuo et nous avons fait plus ample connaissance. Il a vu en moi un complice ; moi, j'ai vu en lui quelqu'un qui s'était échappé. Nous nous nourrissions l'un l'autre. Il venait souvent me rendre visite, mais pas trop. Le Grand Œil le savait mais ne s'en préoccupait pas véritablement. Notre heure arrivait, mais elle n'avait pas encore sonné. »

Mes yeux me piquaient. *Pourquoi ne m'avait-il jamais dit tout ça ?*

« Jamais, reprit-il. Je ne t'aurais jamais abandonnée. J'attendais le bon *moment*. Demande à Mmuo. »

Il marqua une pause.

« Mais cet appareil, contempler tous ces morts, ces morts provenant de je ne sais quand, m'a fait tout oublier. Phénix, l'appareil m'a montré une époque durant laquelle des tas et des tas d'Africains sont morts ! Qu'est-ce qu'ils avaient bien pu faire ? Quand…

— Je n'ai pas vu d'Africains, j'ai vu des Caucasiens. »

Il me regarda un long moment, puis haussa les épaules.

« Un génocide est un génocide. Tu les as peut-être vus regarder à une autre époque, à un autre endroit. »

J'acquiesçai, je voulais qu'il continue.

« Cette machine m'a rendu fou, reprit-il. Je ne me souviens pas de grand-chose d'autre que du rouge. D'innombrables lignes écarlates qui troublaient ma vision. Je tenais toujours la pomme que tu m'avais donnée. Elle aussi était rouge. »

Saeed eut soudain un regard absent.

« Je suis entré dans la pièce et je l'ai lancée aux membres du Grand Œil. J'ai aussi jeté un scanner et tout ce que j'avais à portée pour détruire cette terrible machine. Je ne me rappelle plus si je suis parvenu à suspendre temporairement la transmission.

Je ne faisais que ramasser des choses et les jeter. Il a fallu dix membres du Grand Œil pour me maîtriser. Ils m'ont traîné jusqu'à ma chambre et m'ont roué de coups. Pendant tout ce temps, je ne pensais qu'à une chose : toi. Tu ne connaissais pas grand-chose, et il y avait toujours tant d'espoir dans tes yeux. Je n'arrêtais pas de songer à ce qui adviendrait de tout cet espoir si je te disais ce que j'avais vu ou si je ne revenais jamais auprès de toi. »

Il s'arrêta, fronça les sourcils.

« Mais aujourd'hui, je vois quelque chose de différent dans ton regard. Maintenant, tes yeux semblent être un miroir des miens. Tu as perdu ton innocence. »

C'est l'un des effets de la mort, voulus-je répondre. Mais je ne dis rien.

« Ils m'ont laissé seul quelques heures, reprit-il. Je voguais entre la conscience et l'inconscience. Puis ils ont dû décider que j'étais bon pour le rebut, car plus tard cette même nuit ils sont revenus dans ma chambre et m'ont injecté un produit qui était censé me tuer, mais ça n'a pas fonctionné. C'est comme ça que je me suis réveillé dans une morgue de la Tour 4 dans les îles Vierges. Une étiquette avait été attachée à mon doigt, il y avait marqué : "Démembrer. Les organes se préserveront eux-mêmes. À utiliser pour une greffe." J'avais plus de valeur pour eux mort que vivant. »

J'attendis qu'il continue, qu'il me dise ce qui lui était arrivé ensuite, mais il resta silencieux. J'en fus soulagée. Je m'étais mise en quête de réponses et j'avais trouvé quelque chose de brut, de laid et de troublant. Cependant, le lendemain, j'étais toujours dans l'expectative.

« L'expression "Il y a longtemps" ne s'applique pas pour moi », m'emportai-je.

Saeed et moi attendions Mmuo dans sa voiture tandis qu'il faisait des courses. Saeed me racontait son autre vie, celle dans laquelle il était « un enfant des rues en Égypte », et je ne voulais plus en entendre parler.

Il n'y avait aucune cause réelle à cette irritation. J'étais énervée, voilà tout. Je ne voulais pas entendre son parcours fait de tortures, de survie et de misère. Je ne voulais pas qu'il m'explique comment son père l'avait réduit à l'état d'esclave à l'âge de six ans en le donnant à un pharmacien prospère qui l'abusait physiquement et verbalement, et qui préférait avoir un enfant esclave plutôt qu'un apprenti. Je ne voulais pas entendre parler de sa mère qui n'avait rien dit en voyant le pharmacien l'emmener. Je ne voulais rien savoir de la façon dont Saeed s'était enfui à l'âge de sept ans après que le pharmacien l'avait battu jusqu'à ce qu'il perde connaissance parce que sa femme rendue paranoïaque par la surmédication n'avait pas apprécié les regards « sournois » que Saeed lui lançait. Je ne voulais pas non plus savoir qu'il avait vécu trois ans dans une déchetterie numérique en gagnant de l'argent à brûler les vieux composants informatiques et en revendant le cuivre des fils.

Saeed s'arrêta de parler. Il sourit.

« Il y a toujours eu des gens comme toi. »

Je fronçai les sourcils. Je ne comprenais pas ce qu'il voulait dire, je ne souhaitais pas comprendre qui que ce soit ou quoi que ce soit. Je désirais seulement me soulager de tout ce poids, m'affranchir de ma colère permanente, me libérer de ma condition de fugitive, du terrible passé récent et plus lointain de Saeed, de nos avenirs troubles. Pendant un temps, au moins.

Mais je devais rester dans la voiture. C'était la limite qu'avait fixée Mmuo à ma présence à l'extérieur. Après avoir vu les reportages détaillés qui me dépeignaient comme un speciMen dangereux et meurtrier que les autorités étaient « sur le point d'appréhender », j'avais tendance à me ranger à son avis. Ils ne me nommaient pas, mais des reportages plus confidentiels montraient des images de mon visage de l'époque où j'avais « détruit l'Axe ». Et tous me considéraient comme une chose, plutôt qu'un être humain. Saeed soutenait que le Grand Œil s'assurait que les journalistes soient « coordonnés » quant à l'image qu'ils présentaient de moi. Une femme n'était pas dangereuse, aucun besoin de paniquer. Une Africaine était une menace, alors n'hésitez pas à la tuer. Un humain ailé était une abomination, sans rien d'angélique ; quand tout sera terminé, oubliez rapidement sa mort, merci.

Pourtant, mon séjour au Ghana m'avait appris que je n'étais plus une créature qui se satisfaisait d'être en intérieur trop longtemps. Je ne savais pas si cela venait du fait que j'avais désormais des ailes ou si c'était le résultat de mes jours de confinement dans la Tour 7. Je frappai la portière de la voiture avec mon poing. Un *bip* fut émis à l'avant et elle s'ouvrit. Le véhicule avait cru que je voulais sortir. C'était vraiment une « voiture intelligente ».

Saeed se pencha sur le siège, s'allongea sur moi et ferma la portière. Il me regarda dans les yeux. Instinctivement, je me rencognai contre la banquette.

« Tu es recherchée, Phénix. »

Je ricanai.

« Ils cherchent une non-entité non humaine.

— Non, c'est *toi* qu'ils cherchent, répéta-t-il.

— Ils ne me trouveront pas, répondis-je en détournant le regard.

— Peut-être, mais tu vas devoir te cacher. Peu importe l'endroit où tu t'exposeras, tu devras le fuir. »

Il marqua une pause.

« Nous ne pourrons pas te suivre non plus. »

Tout mon corps se contracta et la douleur me surprit. Mes ailes repoussèrent la burqa et vinrent gifler le plafond de la voiture. Je pris une bouffée d'air, regagnant le contrôle. Saeed jeta un coup d'œil rapide aux alentours tout en remettant ma burqa par-dessus mes ailes. Des larmes s'échappèrent de mes yeux alors que j'inspirais pour m'apaiser.

« Détends-toi, Phénix, souffla Saeed. Calme-toi. »

Je fis une grimace et reniflai longuement, tout en me massant les tempes. Quelle douleur.

Il passa par-dessus le siège et s'assit à côté de moi pour me prendre dans ses bras. Je m'appuyai contre lui, fermant les yeux. Je n'étais pas entourée par l'obscurité, mais par du rouge. Surtout en plein soleil. Je levai une main et caressai lentement la courte barbe de Saeed avec le dos de celle-ci. Sa rugosité était agréable contre ma peau. Je retournai ma main et l'effleurai du bout des doigts.

« Je t'ai pleuré, repris-je. J'ai pleuré, je me suis maudite, j'ai juré, j'ai saigné pour toi. Puis j'ai *guéri*. Je t'ai enterré ici. »

Je posai une main sur mon cœur.

« Mais maintenant…

— Excuse-moi, je ne pouvais pas…

— J'ai aimé un homme qui s'appelait Kofi Annan », dis-je, en fermant une nouvelle fois les yeux.

Je pouvais clairement voir Kofi. Malgré deux vies, je me souvenais de lui. Il avait la peau aussi noire que la mienne, et était beau comme les rares hommes africains ayant le droit d'apparaître dans les films en 3D. Mais il était aussi humble et totalement inconscient de sa beauté, car il y avait bien d'autres choses qui accaparaient son attention. Sa tête était recouverte de cheveux noirs et drus, et il faisait quelques centimètres de moins que moi.

« Le Grand Œil lui a pris sa famille, il y a des années. Et plus tard ils l'ont tué parce qu'il essayait de me protéger. Il est mort par ma faute.

— Mmuo m'en a parlé, Phénix, dit-il, en regardant ses mains. Je sais tout, tu n'as pas besoin de me le répéter.

— Je t'ai perdu, toi. Je l'ai perdu, lui. »

Ma voix tremblait, et je souhaitai soudain n'avoir rien dit. C'était comme gratter une croûte fraîche.

« Je… Je ne peux pas perdre…

— Nous n'avons rien à perdre », me coupa-t-il, en prenant mon visage entre ses mains brûlantes.

Il m'embrassa.

Je revis la Tour 7, la salle à manger. Nous étions l'un à côté de l'autre et il m'avait embrassée. Un baiser rapide, ses lèvres étaient fraîches, et nous nous étions ensuite regardés, d'abord avec surprise, puis avec plaisir, et enfin nos visages s'étaient drapés dans le secret. Les speciMen n'avaient pas le droit de se mettre ensemble à moins que le Grand Œil ne considère cela comme important pour ses recherches.

Mais ce baiser-là n'avait rien à voir avec celui de la Tour 7. Il était brûlant et humide, et je pouvais l'entourer de mes bras et lui des siens. Je pouvais le sentir. Saeed était peut-être svelte, mais il était musclé. Et contrairement à celui de la Tour 7, ce baiser dura. Saeed ne pouvait pas manger de fruits, et pourtant sa bouche avait un goût de mangue. Il s'écarta, un regard surpris sur le visage. Puis un sourire apparut, du désir dans les yeux.

« Chaud, souffla-t-il. Ton corps est toujours si *chaud.* »

Je me sentais bouillir, mais ce n'était pas la

chaleur que j'avais appris à reconnaître. C'était quelque chose de nouveau et d'exquis. Mon corps tout entier me donnait l'impression de fredonner, mes ailes voulaient s'étirer rejoindre le ciel. Je voulais sortir, je voulais que Saeed m'accompagne à l'extérieur.

Quelqu'un frappa à la fenêtre, ce qui nous fit tous les deux sursauter. Nous nous écartâmes rapidement l'un de l'autre. La voiture se déverrouilla et Mmuo ouvrit la portière du côté passager. Il jeta un regard dans l'habitacle et rit en secouant la tête. Puis il plaça deux sacs sur le siège. Il fit le tour jusqu'au coffre et l'ouvrit pour le remplir du reste des courses. Saeed ouvrit sa portière et se pencha à l'extérieur.

« Tu as besoin d'aide ? » demanda-t-il.

Mmuo leva une main, riant encore.

« Je pense qu'il vaut mieux que tu ne te lèves pas. »

Saeed baissa les yeux vers ses cuisses avant de les reporter sur moi. Je me détournai et regardai par la fenêtre, gênée. Cela n'avait rien à voir avec le fait que Mmuo nous avait surpris, Saeed et moi, dans ce moment intime. Mmuo faisait partie de ma famille ; il ne me voulait aucun mal. Il me protégerait, tout comme moi je le ferais. Quel problème est-ce que ma proximité avec Saeed aurait bien pu lui causer ? Cela n'avait certainement rien de surprenant ou de nouveau. Il connaissait la nature de notre relation dans la Tour 7.

Non, ce qui me mettait dans l'embarras était

quelque chose de bien plus trivial. Saeed avait vingt et un ans, et avait eu une vie difficile autant en Égypte que dans la Tour 7. Il m'avait dit qu'il avait eu des relations intimes avec plusieurs des gardes féminines du Grand Œil pendant ces années. C'est pourquoi quand j'étais arrivée, elles m'avaient immédiatement détestée et lui avaient raconté des choses sordides sur moi et sur ce que j'étais.

Mais malgré le fait que je ressemblais à quelqu'un de quarante ans, je n'en avais que trois. J'étais encore en train d'intégrer ce sentiment intense qui m'avait traversé le corps. J'en avais ressenti des bribes infimes quelques minutes avant la mort de Kofi, quand je m'étais révélée à lui et qu'il avait touché mes ailes. Je fus parcourue d'un tremblement. Il y avait un doux tiraillement entre mes jambes et au bout de mes ailes. Tandis que Mmuo démarrait la voiture, Saeed me prit la main, emmêlant ses doigts entre les miens et les serrant.

Je regardai ma main dans celle de Saeed et je pris conscience d'autre chose. Je voulais éclater d'un rire de soulagement. Mais au lieu de cela, je me réadossai au siège et regardai par la fenêtre. Nous passâmes devant des bureaux, dont l'un disposant d'un grand jardin urbain, rempli de tournesols, de plants de tomates et peut-être même de taro.

Je ne brillais pas. Louée soit Ani, je ne brillais pas. J'avais chaud, mais je n'étais pas brûlante, et je ne brillais pas. C'était une bonne chose pour Saeed et pour moi. Pour tout le monde.

CHAPITRE 13

Terroristes

J'aime les livres. J'adore tout ce qui s'y rapporte. Je chéris la sensation des pages au bout de mes doigts. Ils sont assez légers pour être transportés, et pourtant lourds de mondes et d'idées. J'aime le bruit des pages tournées contre la pulpe de mes doigts. Empreintes imprimées contre empreintes digitales. Les livres réduisent leurs lecteurs au silence, et pourtant leur message résonne si fort. J'adore l'odeur des pages, même celle des livres neufs, même s'ils restent rares. Ces nouveaux livres avaient des pages raides et grises produites dans un papier doublement recyclé, et étaient imprimés avec une encre végétale cent pour cent biodégradable qui sentait fort le brocoli gâté. Je les aimais tout autant que les livres vieux de trois cents ans qui menaçaient de tomber en miettes entre mes mains.

J'aimais aussi le changement de page immédiat des livres numériques. La netteté des photos et de l'affichage haute définition. Manipuler et parcourir l'information et les histoires constitua mon premier contact avec l'art du vol, avant même que mes ailes ne poussent.

Et puis, il y a l'information en elle-même, les histoires, les voix, les mondes au sein des mondes. Dans la Tour 7, j'avais le sentiment d'être tout le monde et tout à la fois. Mes connaissances étaient remplies d'ignorance, mon ignorance était mon bonheur. Même quand ils effectuaient leurs tests douloureux, les combustions… Je savais que je pourrais toujours retrouver mes livres. Pas pour m'échapper, mais comme un retour aux sources. Je savais tant de choses, et à la fois si peu. Posséder la connaissance est une chose, mais elle n'est rien sans la sagesse.

C'était bien ce sur quoi le Grand Œil comptait. Ils me donnaient tout ce que je voulais lire, notamment des livres et des documents top secret quand je les demandais ; je ne savais même pas qu'ils étaient classifiés. À leurs yeux, je n'étais pas assez humaine pour constituer une menace. J'étais un de leurs outils, je ne représentais aucun danger. Ils me considéraient comme ils considéraient les esclaves africains à l'époque du commerce triangulaire, il y a des centaines d'années de cela. Ils me voyaient comme beaucoup d'Arabes ont vu les esclaves africains pendant des millénaires et comme certains voient encore les Africains aujourd'hui. Le Grand Œil ne pensait pas devoir me tenir en laisse, car la laisse se trouvait dans mon ADN. Ils constituaient la définition même de l'arrogance et du privilège.

Pendant plusieurs mois, j'ai lu des livres non seulement au sujet des tours, mais aussi sur l'histoire et la prolifération de l'information tant orale qu'écrite. Cette obsession me poussa à parcourir la plus grande bibliothèque au monde, de facto, le laboratoire d'idées national américain : la bibliothèque du Congrès. Quand j'étais dans la Tour 7, je n'avais même jamais rêvé de m'y rendre. M'échapper ne m'était jamais venu à l'esprit, pas avant que Saeed ne « meure ». Mais une partie de moi-même souhaitait certainement entrer dans ces murs.

Beaucoup de copies physiques des fichiers numériques que j'avais lus se trouvaient dans la bibliothèque du Congrès. Tout spécialement les documents qui contenaient des informations relatives aux tours. Elle contenait les seuls registres qui leur étaient liés, au sein de son département des Collections spéciales et archives. De ce que j'en avais lu, ces documents avaient leur propre pièce, et ce qui les rendait encore plus uniques était que chacun d'eux était entreposé au format physique. Il n'y avait aucun fichier numérique et ils n'existaient qu'en un seul exemplaire. Les tours étaient des lieux de recherches secrètes ; l'archivage et la documentation constituaient une partie intégrante de leur existence, tout comme le fait de garder leurs informations à proximité et au sein même de leur organisation.

Désormais éveillée et consciente, je compris plusieurs choses quant aux registres. Premièrement, si les États-Unis étaient l'unique pays à abriter les seules informations existantes au sujet des tours, ils pouvaient alors surveiller cent pour cent de ceux qui lisaient ces fichiers. Deuxièmement, ils avaient à l'évidence quelque chose à cacher. Pourquoi mettre des informations sous verrous de la sorte, sinon ? Troisièmement, ils ne voulaient pas que le peuple sache qu'ils avaient quelque chose à cacher, c'est pourquoi ils avaient rendu ces informations « publiques ». On savait où les trouver, même si l'accès en était hautement restreint. Quatrièmement, quoi qu'ils dissimulent dans ces fichiers, c'était visiblement quelque chose qu'ils voulaient un jour détruire. Une simple copie d'un fichier sur papier, alors que le papier ne durait pas dans le temps. Il suffisait d'un feu, que le système de rafraîchissement et d'humidification de l'air du bâtiment soit en panne une semaine, d'une inondation ou d'un vol. Ils s'assuraient qu'on puisse se débarrasser facilement de ces fichiers. Je réfléchissais à ces questions, mais n'avais pas la moindre réponse.

Tout cela était louche. Mais je ne pouvais espérer mieux du pays de ma première et troisième naissance.

C'était mon idée d'aller dans le département des Collections spéciales et archives de la bibliothèque du Congrès avant même que nous formulions un plan d'attaque. J'avais lu beaucoup d'ouvrages, mais pas tout. Je n'avais jamais pensé à effectuer des recherches sur moi-même. Je n'avais jamais demandé aux membres du Grand Œil de la Tour 7 de me montrer le « Dossier du Phénix ». Je n'avais jamais demandé à voir celui d'aucun des speciMen, mais je voulais désormais les consulter.

Nous en discutâmes au dîner dans le petit appartement de Mmuo. Saeed mangeait une assiette entière de ciment effrité, de flocons de rouille et de gravats qu'il avait récoltés dans un bâtiment voué à la démolition. Mmuo et moi mangions une soupe *egusi*, du *fufu* et des bananes plantain frites que Mmuo avait préparés. Il avait appris à cuisiner avec sa sœur aînée. J'aurais juste souhaité qu'il porte des vêtements en cuisinant. Mon ventre me tirait encore tellement j'avais ri de le voir se tortiller et jurer quand des gouttes d'huile chaude venaient éclabousser sa peau nue. Mmuo détestait vraiment les vêtements.

« Il n'est pas nécessaire d'être un membre du Congrès pour y entrer », affirma Saeed en terminant son ciment.

Il avait un bloc-notes sur la table et il gribouillait dessus avec un stylo rouge. Il dessinait des cercles et des boucles. Il faisait toujours cela quand il réfléchissait.

« Les cartes d'adhérent que Mmuo et moi possédons sont destinées au public.

— Mais elles n'ont pas été simples à obtenir, ajouta Mmuo. Il te faut un permis de conduire, un passeport ou une carte d'identité, *et* fournir des antécédents.

— Mais alors, comment…

— Le marché noir », expliqua Saeed.

Après être revenu des îles Vierges à ma recherche, Saeed avait trouvé un emploi de professeur d'arabe dans une médersa de New York. Ils n'avaient pas tant été impressionnés par sa maîtrise de la langue que par les histoires qu'il avait à raconter sur l'Égypte. Les parents amenaient leurs enfants pour qu'ils entendent parler de sa vie dans les rues et de comment il avait survécu. Les imams de la médersa appréciaient et acceptaient Saeed, et lui avaient fourni une chambre en plus de son salaire. C'est là qu'il avait appris à lire un peu d'arabe et d'anglais. Ils n'avaient posé aucune question sur son passé, mais Saeed suspectait qu'ils savaient que c'était un speciMen. Il expliqua qu'il avait économisé pendant des mois pour acheter un accès illégal à la bibliothèque du Congrès avant de croiser Mmuo le même jour. Saeed pouvait à peine lire, mais il sentait que les réponses qu'il recherchait se trouvaient dans ce bâtiment. Il ne savait rien des archives des tours.

Mmuo refusait de me dire d'où provenait son argent, je savais simplement qu'il en avait beaucoup.

« J'ai une idée, mais je dois rencontrer un de mes contacts », lança-t-il.

Quand Mmuo s'était échappé de la Tour 7, le seul homme noir du Congrès avait réussi à le trouver. Il rapporta que c'était l'homme le plus hypocrite qu'il lui avait été donné de rencontrer. Mais il faisait partie de ceux qui employaient leurs côtés véreux pour le bien. Ce membre du Congrès détestait les projets des tours et avait promis à Mmuo de lui rendre service.

La voiture « intelligente » solaire que louait Mmuo avait une transmission manuelle, un extérieur en piteux état et des pneus lisses, ou presque.

« Le loueur était raciste, dit Mmuo en haussant les épaules. Il m'a même demandé si je savais conduire. J'ai vu plein de superbes véhicules sur son parking, mais il a affirmé que celui-là était le seul qu'il avait de disponible. Cet idiot aurait pu me louer quelque chose de bien meilleure qualité et il aurait gagné plus d'argent. »

La bibliothèque du Congrès à Washington D. C. se trouvait à cinq heures de route.

« J'ai l'air d'avoir été colonisé », murmura Saeed en observant son reflet dans le miroir.

J'étais d'accord. Je n'aimais pas les costumes européens et je les aimais encore moins sur lui. Celui-ci était d'un bleu marine terne, la cravate rappelait un nœud coulant, et Saeed semblait très raide. Il ne ressemblait pas à l'Africain arabe qu'il était.

« J'ai l'impression d'être un robot », grogna Mmuo.

Je retins un rire en le regardant. Son costume gris avait été fait sur mesure, recouvrant ses longues jambes et ses longs bras. Il ressemblait effectivement à un robot.

Il faisait 26 dehors, un doux mois de décembre.

Je ne comprenais pas pourquoi encore à notre époque les hommes se devaient de porter ces vêtements dépassés pour paraître professionnels et respectables. Ces accoutrements nous ramenaient à des époques plus froides, avant que le climat ne change. Pourquoi est-ce que les États-Unis ne pouvaient pas adopter les modes du monde alors que l'anglais en avait intégré les mots cosmopolites ? C'était du pur *meshugana*.

Notre chambre d'hôtel était petite mais cela nous convenait, car nous n'avions aucunement l'intention d'y passer la nuit. Après cette longue route, je fis une sieste, Mmuo alla se dégourdir les jambes et Saeed dessina tranquillement des fruits sur son bloc-notes. Chacun de nous avait sa propre façon de se détendre.

C'était le tout début de l'après-midi. La bibliothèque du Congrès se trouvait à quelques minutes en voiture. Saeed prendrait un taxi pour s'y rendre. Nous n'avions pas osé y aller pour faire des repérages. La zone était en permanence sous stricte surveillance et nous étions des fugitifs.

Je remis le col de Saeed droit et lui dis :

« Pense à notre objectif.

— Ce n'est pas pour autant agréable », souffla-t-il.

Mmuo murmura aussi quelque chose en igbo. Au moins, *eux* n'avaient pas à porter une burqa.

Même si Saeed était arabe et ferait donc l'objet d'une surveillance accrue, c'était celui qui semblait le moins louche de nous trois. C'était un jeune homme séduisant qui pouvait très facilement se faire passer pour le fils d'un riche homme d'affaires d'Arabie saoudite. Et c'est exactement ce sur quoi Mmuo comptait. Mmuo ne pouvait pas seulement traverser les murs, il était aussi un pirate informatique inné, capable de manipuler n'importe quel objet électronique. C'est de cette manière qu'il m'avait fait parvenir au huitième étage de la Tour 7, et c'est aussi ainsi qu'il « trouvait » de l'argent, maintenant qu'il résidait en dehors. Ou qu'il allait nous faire entrer dans les archives des tours. Non seulement je pouvais lire très rapidement et me rappeler tout ce que je lisais, mais je savais également comment l'information était cataloguée, que ce soit par le passé ou plus récemment. J'étais notre meilleur outil pour trouver ce dont nous avions besoin.

Cependant, je ne pouvais pas simplement me faufiler pour apparaître dans la salle des archives des tours. J'avais souvent étudié le plan de la bibliothèque du Congrès et j'en avais également consulté les images en 3D en ligne. Mais la petite pièce au sein des Collections spéciales n'existait sur aucun document. Je pouvais me faufiler, mais je ne pouvais pas prendre le risque de réapparaître n'importe où et de me faire voir comme cela avait été le cas dans la Tour 1.

Saeed devait m'escorter dans la section des archives des tours. Je devais jouer le rôle de la musulmane bossue et effacée, accompagnant son mari curieux, riche et influent. Ils nous observeraient, mais nous laisseraient entrer, et c'est effectivement ce qu'ils firent. Puis Mmuo causerait une panne des caméras pendant dix minutes. Il me faudrait vraiment lire très vite.

Une demi-heure plus tard, Mmuo et moi marchions en direction de la Maison-Blanche. Une tempête se préparait, et l'atmosphère était chargée et sentait la terre. Il pleuvait très certainement à proximité. Les rues, comme les trottoirs, étaient noires de monde. Je pouvais voir la Maison-Blanche droit devant, et une partie de moi voulait s'arrêter pour la contempler. Mais ce n'était qu'une petite partie. J'étais pleinement concentrée et douloureusement consciente de ma burqa noire et de mes ailes dissimulées. Il y avait des hommes en costume et des femmes en talons hauts stylisés, des touristes avec des appareils photo et quelques coureurs. Tout le monde ou presque sur les trottoirs était caucasien. Mes ailes me démangeaient. Le Ghana me manquait. Kofi. Je repoussai ces pensées sombres de mon esprit. Saeed. Était-il déjà à l'intérieur ?

Mmuo sortit son portable et regarda son écran circulaire.

« Presque, murmura-t-il.

— OK », répondis-je.

Presque, mais à quel point ?

Nous avions pratiquement atteint la Maison-Blanche.

« Il fait beau, n'est-ce pas ? » fit Mmuo.

Je croisai le regard d'un homme aux lunettes noires. Il courait de l'autre côté de la rue, en sens inverse. Je l'entendis sauter sur le trottoir pas très loin derrière nous. Je pressai mes ailes encore davantage contre mon corps.

« Oui, repris-je, essayant de garder une voix posée. Je pense qu'il serait temps qu'il pleuve.

— Grand temps, en effet. »

Le portable de Mmuo vibra une nouvelle fois, et nous ralentîmes tandis qu'il lisait le message.

« Il monte les marches, souffla-t-il à mon intention. J'espère que ce membre du Congrès a dit la vérité à propos de sa signature.

— Je croyais que tu avais confiance en ce type, persiflai-je.

— Je ne ferai jamais confiance à un homme noir assez futé pour entrer au Congrès », répliqua-t-il sèchement.

Je soupirai.

« Parfois, la confiance est tout ce que nous pouvons avoir. »

Il y avait désormais un autre homme qui marchait derrière nous. Celui devant nous était trop lent.

Mmuo consulta son portable une nouvelle fois. Il sourit avant de dire :

« C'est bon. »

Je souris également. Saeed était entré.

Nous fîmes quelques pas de plus. Le portable dans la poche de Mmuo vibra une nouvelle fois et nous nous arrêtâmes. Nous étions aux grilles de la Maison-Blanche. Mon cœur tambourinait contre ma poitrine alors que j'observais l'élégant bâtiment blanc. Ce n'était pas ainsi que je m'étais imaginé le voir pour la première fois. Cela dit, je ne m'étais jamais non plus imaginé le contempler en vrai. Je lançai des regards noirs au symbole de tout ce qui m'avait emprisonnée. Je l'imaginai soudain calciné, carbonisé par mes flammes de Phénix.

Sept hommes et une femme nous entouraient désormais. Ils restaient plantés là. Quatre en costumes noirs, un en vêtements de sport, et les autres portant des tenues plus décontractées. Allaient-ils nous saisir ? Nous tirer dessus ? Non, pas parmi la foule. Ils savaient qui nous étions. Ou peut-être avaient-ils simplement choisi de cibler le grand Africain et la grande Africaine musulmane dans sa burqa. Nous correspondions parfaitement au profil type ridicule au sujet duquel j'avais lu tant de choses. Que ce soit dans la capitale et dans d'autres centres névralgiques des États-Unis, comme Hollywood ou certains endroits de la ville de New York, il était de notoriété publique que des représentants du gouvernement mettaient des membres des minorités aux arrêts sur la base du simple fait qu'ils faisaient partie d'une minorité et se trouvaient dans des endroits importants. Néanmoins, leurs méthodes de profilage tapaient dans le mille. Nous *étions* des terroristes.

« Monsieur, m'dame, veuillez nous suivre », dit finalement l'homme africain en costume aux côtés de Mmuo.

Il faisait pratiquement sa taille mais avait une stature bien plus imposante.

« Aucun mal ne vous sera fait », ajouta la femme costaude en jean et T-shirt.

Pourquoi est-ce que ces gens-là partaient toujours

du principe que j'avais peur qu'ils me « fassent du mal » ? Mais ils n'avaient rien à voir avec le Grand Œil. Aucune main tenant de l'électricité n'était cousue sur leurs poitrines. Ils faisaient partie des services secrets. Si j'avais été une terroriste, n'auraient-ils pas plutôt dû penser que je ne craignais pas « d'avoir mal » ? N'auraient-ils pas dû croire que j'étais prête à « donner ma vie pour la cause » ? Ces gens-là faisaient bien peu de cas des minorités et des terroristes. Au plus profond d'eux-mêmes, ils nous considéraient comme des lâches, rien d'autre que des brebis égarées.

« Pourquoi donc ? » demanda Mmuo.

J'hésitai. Cela ne correspondait pas à nos plans.

« Nous voulons simplement vous poser quelques questions », dit l'homme derrière nous.

Ils semblaient tous très tendus, alors que nous étions gauchement debout à l'intersection. Un signal émit une lumière blanche, et une voix de femme automatique nous enjoignit de marcher. Personne ne bougea. Des personnes commencèrent à nous contourner avec impatience.

« Pensez-vous que nous n'avons rien de mieux à faire ! demanda Mmuo.

— Monsieur, si vous pouviez…

— Pourquoi pensez-vous devoir tout contrôler ? lança-t-il sèchement.

— Cela n'a rien à voir, monsieur », affirma un autre homme.

Ils firent mine de se rapprocher et je sentis l'anxiété m'envahir.

« Pas encore, me dit Mmuo.

— Nous sommes autorisés à employer la force, si nécessaire, continua l'homme en affaires de sport. Nous considérons tous vos agissements comme suspects. »

Le portable de Mmuo vibra dans sa main et émit le chant d'un coq. Cette situation étrange me rappela le Ghana, une nouvelle fois, où les coqs coquelinaient à toute heure du jour ou de la nuit. Les sept agents qui nous entouraient bougèrent en même temps et sortirent leurs armes à feu en criant.

« Les mains en l'air ! » me hurla la femme dans l'oreille.

Mmuo me donna le portable et il se mit instantanément à dégager une puanteur âcre de circuits imprimés et de puces cramés. Je le laissai tomber. Mmuo me regarda dans les yeux, et je n'attendis pas qu'il se coule dans le ciment pour rejoindre les égouts situés juste en dessous de nous.

Je me faufilai.

Je me retrouvai dans le coin du Grand Hall, au rez-de-chaussée. C'était une zone ouverte au public, alors le plan en 3D que j'avais étudié m'avait fourni tout ce que j'avais besoin de savoir pour arriver précisément ici, au centimètre près. Si je pouvais imaginer un endroit, je pouvais y apparaître. Je ne peux pas vous expliquer comment je fais, ce n'est pas quelque chose que les mots sont en mesure de décrire. Cependant, c'était quelque chose sur lequel j'avais prise. Quand j'étais à proximité, à quelques kilomètres d'un objectif en particulier, je pouvais y apparaître. J'entrais dans le temps avec mon essence ; alors, quand j'en ressortais, j'étais capable de me rappeler à quel point tant le temps que l'espace étaient malléables. Plus je m'en approchais, plus c'était fluide.

J'entendis un cri de surprise tandis que l'air venait me fouetter le visage. Puis quelqu'un me saisit la main et la serra.

« Fais comme si de rien n'était, me lança Saeed. Joue ton rôle. Tu es ma femme, docile, mauvais anglais. Moi, je veux simplement en savoir plus sur les tours. Suis-moi, Phénix. »

Nous nous mîmes en mouvement. Mes sandales tapaient doucement contre le sol brillant. Quand nous arrivâmes au centre du hall ouvragé, je m'arrêtai.

« Attends, soufflai-je. Mmuo a besoin de temps pour nous rejoindre, de toute façon. Accorde-moi un moment. »

Le hall était spectaculaire, un superbe exemple d'art Renaissance sculpté et ciselé à même les colonnes blanches et les escaliers. Des panneaux colorés agrémentaient les arches, et le plafond était tellement haut qu'il dépassait allégrement le premier étage. Ce changement d'atmosphère, passer ainsi de la chaleur de l'extérieur, cernée par des hommes et des femmes des services secrets à proximité de la Maison-Blanche, à l'intérieur de la bibliothèque du Congrès, me déstabilisa. Je baissai les yeux pour retrouver mes repères et m'orienter. Du marbre, comme dans la Tour 7 ; cependant, il n'était pas blanc, mais brun et jaune, et veiné d'incrustations cuivrées. J'observai le sol dans son intégralité. Nous nous trouvions sur une représentation du soleil.

« Nous étions entourés, soufflai-je, contemplant le motif.

— Les services secrets ?

— Oui.

— Si vite ? Ils doivent vraiment nous détester. »

Je ricanai malgré moi.

« La bibliothèque a l'air d'être en alerte », dit Saeed.

Nous nous remîmes en marche.

« Il y a environ une minute, j'ai vu des gardes passer à petites foulées. J'ai l'impression qu'ils se rendaient à l'avant du bâtiment et ils semblaient inquiets. Mais ils n'ont demandé à personne de s'en aller, donc je pense que tout va bien. Ils sont probablement concentrés sur la Maison-Blanche et la zone à proximité. »

Si c'était le cas, notre plan avait fonctionné. C'est pour cela que Mmuo et moi étions allés à la Maison-Blanche. Pour faire diversion.

« Est-ce que Mmuo s'en est sorti ?

— Je n'en sais rien. »

Il devait trouver un taxi, et cette pensée ne me rassurait pas.

Nous nous regardâmes, avant de nous détourner. J'observai la salle d'un air nerveux. Nous étions les seules personnes de couleur dans le Grand Hall. J'étais une femme à la posture bizarre dans une burqa noire, et je n'avais pas de carte de bibliothèque. Je me sentis mal. Qu'allaient-ils faire à Mmuo ? Et qu'allions-nous faire ici, sans lui ?

Mes yeux se posèrent sur une tapisserie accrochée au mur. Elle représentait une grande femme majestueuse qui tenait un rouleau. C'était la mosaïque de Minerve dont j'avais entendu parler lors de mes recherches sur le bâtiment. Minerve était la protectrice des États-Unis. Mais je me concentrai plutôt sur la statue de femme plus petite qui se trouvait sur une sorte de globe, juste au-dessous du rouleau de la femme imposante. Elle avait des ailes. C'était Niké, la déesse grecque de la victoire. En la voyant, je pris conscience que j'avais admiré son image sur un écran dans l'appartement de Mmuo, et pourtant, pour une raison ou une autre, je n'avais pas fait le lien avec moi. Il me paraissait désormais évident.

« Ils m'ont dit que c'était par ici », lança Saeed.

J'opinai de la tête et le suivis.

« Si Mmuo ne peut pas modifier le fichier, est-ce qu'ils vont nous arrêter, tu crois ?

— Moi oui, mais toi *non*, répondit Saeed. S'il se passe quoi que ce soit, va-t'en. »

Quelques minutes plus tard, nous nous trouvions dans un tunnel souterrain qui menait aux Collections spéciales et archives. L'homme du bureau d'information nous avait regardés avec tant d'insistance quand nous nous étions renseignés sur les archives des tours que j'avais cru que tout était fini. Puis il avait précisé :

« Veuillez me suivre. »

Nous le suivîmes au travers des rayons jusqu'à atteindre une porte en verre. Il composa un code, poussa la porte, nous détailla encore du regard, puis sortit un portable. Il en toucha l'écran, et le visage d'un autre garde apparut :

« Tu en as deux aujourd'hui, lança l'homme du bureau d'information.

— Très bien, répondit le garde à l'écran. Tu peux les faire entrer. »

Le couloir était long, et les murs blancs. Un frisson me traversa. Ce corridor me rappelait celui de la Tour 1. Tout ce qui lui manquait était les rails gris sur les côtés.

Seules deux personnes étaient permises à la fois et les autorisations étaient très strictes. Alors que nous attendions que le guide complète sa procédure de vérification, je retins mon souffle et regardai au travers des portes hermétiques en verre qui donnaient sur une pièce blanche et stérile. Les vitres étaient très certainement blindées. Il n'y avait rien aux murs ni au plafond. Le garde n'avait rien d'autre qu'une chaise argentée sur laquelle s'asseoir. Je me demandai comment il pouvait supporter de passer des heures dans un tel endroit.

Il fronça les sourcils à notre encontre, puis il prit la carte de bibliothèque de Saeed et la posa sur le portable le plus plat que j'avais vu de ma vie. Il ressemblait à une feuille de verre de la taille d'une main. Il s'illumina et passa de pervenche à vert avant d'énoncer :

« Le prince Osama bin Abdullah de Djeddah, Arabie saoudite, et sa femme sont autorisés à pénétrer dans les archives des tours. Une heure. Aucune photo autorisée. »

J'oubliai que Saeed gardait la porte. Je ne pensai même pas à ce que Mmuo avait dû faire pour me permettre d'entrer dans l'entièreté du système. J'ignorai aussi les boutons argentés qui étaient des caméras de sécurité placées dans chaque coin du plafond. Ce qu'il se produirait si quelqu'un venait nous voir ne me traversa pas non plus l'esprit. Je ne pensai à rien d'autre qu'aux informations, aux réponses. Je me souvins de mon temps dans la Tour 7 quand j'avais leur tablette en main. Avant que je ne commence à chauffer.

Ces petites étagères étaient classées selon un format ancien, le système de classification décimale de Dewey. Je l'avais étudié, donc il était inutile de demander de l'aide au garde. Je me rendis au catalogue de cartes au milieu de la pièce avant de m'arrêter.

« LifeGen Technologies », soufflai-je.

Je connaissais ce nom, mais c'était la première fois que je l'énonçais consciemment, la première fois que je le disais à haute voix. Je les prénommais toujours le Grand Œil, comme les autres speciMen que je connaissais. Mais c'était le nom officiel de l'entreprise qui gérait les tours, cette main qui tenait l'éclair.

Je recherchai la Tour 7 et je retrouvai majoritairement les informations que j'avais déjà lues au format numérique. Des faits, le mystère de l'Épine dorsale, l'architecture. Je trouvai aussi ce que nous recherchions. Un volume unique contenant les « dossiers des speciMen » de la Tour 7.

Je peux lire rapidement tout en retenant le moindre détail de ma lecture, je n'avais donc pas besoin du bloc-notes que Saeed m'avait donné. Tout en parcourant les lignes, je sentis de la sueur perler entre les plumes de mes ailes. Même si la pièce était régulée à de bas niveaux de température et d'humidité, j'étais en train de bouillir. Mon corps me donnait l'impression d'être en feu mais, cette fois-ci, cette chaleur provenait de la rétention de toutes ces informations.

« Qu'est-ce que tu fais ?! siffla Saeed alors que je jetais ma burqa par terre.

— Mmuo nous a fait entrer, non ? Il a donc très certainement fait quelque chose aux caméras de sécurité. Je me souviens de ce qu'il a réalisé quand je me suis échappée de la Tour 7. Il ne laisse rien au hasard. »

Je pris une profonde inspiration et expirai.

« J'ai besoin d'air, il fait trop chaud.

— Phénix, et si…

— On tente le coup, le coupai-je. J'ai besoin de respirer, ça fait beaucoup d'un coup. »

Saeed se mordit la lèvre, regarda les caméras au

plafond et hocha rapidement la tête. Il souleva ma burqa, prêt à la lancer par-dessus ma tête si nécessaire.

« OK. »

Mes yeux étaient humides d'angoisse après tout ce que j'avais découvert au sujet de Mmuo. Lui avaient-ils réellement arraché toute sa peau déjà si spéciale, l'avaient-ils modifiée en injectant un composé moléculaire intelligent puis l'avaient-ils replacée sur son corps ? J'essuyai la sueur sur mon front alors que je parvenais à la partie la plus choquante de ce dossier. Je regardai Saeed.

« Qu'est-ce qu'il y a ? » demanda-t-il.

Je secouai la tête et poursuivis ma lecture. Il ne pourrait jamais y croire. Même pour moi, c'était difficile. Mais pourtant… J'avais rencontré la créature rouge dans le boîtier transparent de la Tour 1. Elle ressemblait à une poussière légère jusqu'à ce que je brise le verre et qu'elle en sorte. Puis elle s'était métamorphosée et solidifiée pour devenir une sorte de grande mante religieuse. Plus j'en lisais à son sujet, plus j'étais soulagée de l'avoir libérée.

Selon les informations se trouvant dans le dossier de Mmuo, cette créature était une forme de vie extraterrestre intelligente originaire de Mars, qui avait été amadouée puis capturée par un jeune homme de la colonie martienne. Celui-ci avait forcé la créature à divulguer ses connaissances technologiques sur la manipulation et la réorganisation moléculaires. Ces informations avaient ensuite été transmises aux scientifiques de la Tour 7 puis appliquées à la peau de Mmuo.

Ce dernier avait enduré toutes les procédures d'écorchure et de greffe sans la moindre anesthésie. C'étaient ces opérations qui lui permettaient de traverser les murs. Il détestait les vêtements, car sa peau voulait tout voir. Je fus prise d'un frisson. Le dossier de Mmuo le signalait comme « fugitif ».

Les babouins idiok qui parlaient en langue des signes se faisaient tester et extraire le cerveau. Ils avaient été capturés au Congo, et même à cette époque ils étaient en mesure de communiquer avec leurs ravisseurs dans une langue des signes parfaitement compréhensible. Le Grand Œil pensait que les babouins avaient rapidement appris ce langage afin de communiquer avec ceux qui les avaient capturés. Ce qui avait piqué l'intérêt de la Tour 7 était qu'ils pouvaient prédire l'avenir. L'un d'entre eux, la seule femelle, s'évertuait à signaler à la Tour 7 d'arrêter ce qu'ils étaient en train de faire, et que sinon ce serait la fin du monde. Mais personne ne l'avait jamais prise au sérieux. Tous les idiok étaient marqués comme « décédés », ayant trouvé la mort dans l'effondrement de la Tour 7.

Saeed était une arme, tout comme moi. Dans son dossier, ils l'appelaient « The Seed », la graine. (Ce jeu de mots avec son prénom n'était certainement pas une coïncidence. Les scientifiques du Grand Œil étaient connus pour leur sens de l'humour tordu. Même l'Épine était initialement une mauvaise blague.) Il était un prototype de soldats qui devaient refertiliser les zones sinistrées après le largage de bombes nucléaires sur l'ennemi. Ils étaient des machines de mort à apparence humaine qui, sur le terrain, tuaient les derniers survivants afin de s'assurer que l'ennemi était annihilé. Saeed ne le savait pas mais il pouvait aussi résister aux radiations. Ou peut-être le savait-il, après tout ; c'était peut-être l'un de ces nombreux vilains secrets qu'il me cachait. Saeed n'aurait jamais pu mourir d'un cancer. Son dossier le marquait également comme « décédé ».

Il n'y avait aucun dossier concernant l'homme ailé, mais je ne m'attendais pas à en trouver un. Il devait être quelqu'un que la Tour 7 dissimulait même à *elle-même*.

Mon dossier comportait son propre livret LifeGen Technologies. Mon estomac fit un bond. Pourquoi avais-je besoin de tant de pages ? Pourquoi est-ce que l'entreprise tout entière s'intéressait à moi en tant que speciMen, et non uniquement la Tour 7 ? Je n'avais rien de plus extraordinaire que Mmuo ou Saeed. Lui aussi était une arme, tout comme moi.

À mesure que je lisais le dossier, mes jambes se liquéfièrent et mon esprit s'obscurcit. Ces informations étaient toxiques. Comment ne pouvais-je avoir aucun père ? Comment pouvais-je n'être qu'un cataclysme créé uniquement par des ingénieurs en armement et des scientifiques ? Je n'étais rien d'autre que le résultat d'une bouillie d'ADN et de cellules africaines. Ils avaient fabriqué le sperme et l'ovule à partir du matériel génétique de plus de dix Africains, provenant tous des nations occidentales du continent, le Nigeria, le Ghana, le Sénégal et le Bénin. Puis ils avaient combiné le tout avec l'ADN de Lucy, l'Ève mitochondriale, la petite Éthiopienne de dix ans qui portait le schéma génétique complet de la race humaine. La fille qui pouvait se rappeler la moindre seconde de sa vie ; la fille qu'ils avaient voulu rendre immortelle.

Mes yeux s'embuèrent, mais je poursuivis ma lecture. Quelque chose approchait, mais je ne m'arrêtai pas. Une femme afro-américaine m'avait menée à terme et, à ma naissance, elle avait souhaité me garder. Ils avaient même refusé de la laisser me faire un baiser d'adieu. La femme était par la suite devenue folle et avait été internée en hôpital psychiatrique à New York, non loin de la Tour 7. Les médecins ne comprenaient pas comment elle avait pu autant s'attacher à moi. Personne ne lui avait rien dit sur le type d'enfant que j'étais et ils l'avaient rémunérée, elle et sa famille, à hauteur de plusieurs millions de dollars ; elle avait refusé sa part après ma naissance. L'adresse de l'hôpital était mentionnée. Je saurais m'en souvenir.

Je poursuivis. Voilà, ma mère porteuse m'avait donné naissance le jour d'une importante éruption solaire. Il y avait eu une panne généralisée d'électricité et elle avait dû accoucher dans le noir. Lors de ma naissance, j'étais la lumière la plus vive de toute la pièce. Ils ne savaient pas ce qu'il s'était passé ou comment cela s'était passé. Leur hypothèse était que l'éruption solaire avait causé une réaction chimique en entrant en contact avec tous les mélanges qui se trouvaient dans mon corps. Mais ils comprirent très rapidement que j'étais spéciale et ils souhaitaient ardemment cultiver cette singularité.

Je suis morte à l'âge d'un mois. J'avais alors le corps d'un enfant d'environ deux ans. J'avais eu de la fièvre, j'avais commencé à émettre une lumière très vive et je m'étais simplement consumée. Quelques minutes plus tard, j'étais de retour, comme si de rien n'était, une enfant nue à la peau brune d'environ deux ans avec des cheveux noirs touffus. Je ne me rappelle rien de tout cela. Le Grand Œil s'était franchement enthousiasmé et cela transparaissait dans la documentation rédigée à mon sujet par les médecins et les scientifiques. Ils employaient des termes comme « historique », « monumental » ou encore « révolutionnaire ». Je pouvais brûler et revivre. Une petite bombe nucléaire qui pouvait réexploser. Ils m'élevèrent comme une androïde, non comme une humaine. Je ne m'étais pas reconsumée avant l'année précédente.

Il n'y avait aucune information sur mes ailes, pas le moindre mot. Je m'essuyai le visage et reniflai.

« Ça, ils ne l'avaient pas prévu », murmurai-je.

Je les étirai jusqu'à ce qu'elles achoppent contre le plafond, ressentant pour elle un amour débordant.

« Ils n'avaient pas vraiment prédit quoi que ce soit. Ils ont seulement cru que c'était le cas. »

Il était facile d'imaginer comment ils avaient perdu le contrôle qu'ils avaient sur moi.

Je refermai avec force mon dossier, puis je le rouvris et je tournai rapidement les pages jusqu'à la toute fin. J'étais marquée comme : « Fugitive et extrêmement dangereuse. Retrouver et gérer avant la fin du cycle solaire. » Puis, au bas de la page, il y avait une petite note. « Informations à utiliser conjointement avec HeLa, Tour 4, îles Vierges des États-Unis. »

« HeLa ? murmurai-je. Intéressant. »

Enfin, et avant la fin de notre temps imparti, j'eus la possibilité d'analyser le bilan financier de chaque tour. Des milliards et des milliards de dollars, d'euros et de yuans étaient investis dans ces dernières chaque année. Mais il y avait un truc : encore davantage d'argent était généré au travers de brevets, de résultats de recherche et d'autres choses que l'on appelait « Projet X », « Expérience 626 » ou simplement par des numéros de code. J'avais très peu de temps pour lire et intégrer les informations se trouvant dans les livres de comptes, mais quelque chose attira mon regard. Quatre-vingts pour cent de tous ces milliards provenaient de la Tour 4 dans les îles Vierges, là où Saeed avait été emmené quand ils le croyaient mort. La Tour 4 constituait le centre des revenus des tours. L'argent provenait de la vente de 2839, 2840, 2842, 2843 et 2844. Et une autre part considérable était également attribuée à « des collectes ».

Mon esprit était tellement saturé que je remarquai

à peine Saeed me jetant la burqa dessus. Je ne prêtai pas du tout attention au fait que le garde passait une nouvelle fois la carte de Saeed. Je ne l'entendis pas nous souhaiter une bonne journée. Je ressentis vaguement la forte pression que Saeed exerçait sur ma main tandis que nous sortions de la bibliothèque, rapidement, mais pas trop. La course de taxi en direction du restaurant pakistanais à une vingtaine de minutes de la bibliothèque fut très floue. C'est uniquement lorsque je vis Mmuo à table que je quittai l'océan d'informations où baignait désormais mon esprit. Je me joignis à mes deux amis pour célébrer notre victoire autour d'un dîner.

Mmuo et moi commandâmes du chiche-kebab et du poulet biryani ; Saeed, lui, se contenta d'eau. Et c'est à cette table dans un coin, entourée par des hommes immigrés très volubiles qui se reposaient de la conduite de leurs taxis, que je leur racontai tout. Nous parlâmes de violence, de vengeance, de révolution, et encore de violence. Mmuo poignarda son kebab de la fourchette et en mangea les morceaux ainsi déchiquetés. Saeed dut dissimuler des larmes de colère.

Puis, une fois que tout fut abordé et discuté, nous comprîmes que nos projets demeuraient inchangés. La Tour 4 dans les îles Vierges des États-Unis serait la prochaine à s'effondrer.

CHAPITRE 14

Vol

Le vent s'empara de moi. Il était chaud, comme l'haleine d'une bête sauvage mais amicale, et il transportait l'agréable odeur des fleurs nocturnes et peut-être même celles de l'Épine dorsale. Alors que je fermais les yeux pour inspirer cet air entêtant, je vis le rouge des roses et le mauve pâle des lilas et des jacinthes. Dans le ciel ensoleillé, à une hauteur qu'aucun gratte-ciel ne pouvait atteindre, j'ouvris grand mes ailes et gagnai en altitude.

Un rire naquit dans ma poitrine et je me mis à pleurer. C'était la première fois que je me détendais assez pour simplement apprécier tout le vide qu'impliquait le vol. Je n'avais rien au-dessous de moi, j'étais vivante et j'en appréciais la moindre seconde. Le souffle de l'air caressait mes ailes sensibles. Je sentais mon sang se propager dans tout mon corps. La portance de l'air chaud était comme la main de quelque chose qui m'aimait.

Je battis fort des ailes et je m'élevai encore plus

haut. Mes joues me faisaient mal tellement je souriais. Rien ne me pourchassait, rien n'essayait de m'emprisonner. À terre, Saeed et Mmuo attendaient mon retour, discutant de ce qu'ils aimaient aborder quand je n'étais pas là. Des projets, non pas de vengeance, mais de justice. Pour la première fois de ma vie, je me sentais équilibrée.

Était-ce ce que les oiseaux ressentaient jour après jour ? Cette joie ? Je trouvai un courant thermique et j'eus l'impression de m'être évadée hors du temps ; tout s'arrêta, baigné dans le silence. Le souffle de l'air dans mes oreilles avait disparu, la douce poussée du vent aussi ; je n'avais plus besoin de battre des ailes. La chaude spire d'air me maintenait en altitude, en douceur. Si Dieu existait, il se trouvait certainement là-haut.

Lentement, je décrivis des cercles ascendants. Chaque partie de moi-même était bien vivante, éveillée, en phase. Mon corps tout entier fredonnait, reprenait la musique de la terre en dessous et des étoiles au-dessus. Nous avions conduit assez loin de la ville pour éviter le plus gros de la pollution lumineuse. Il m'était donc possible de discerner clairement les étoiles. Pour l'instant, l'harmonie était totale, peu importaient la sélection génétique, la fertilisation forcée, la culture soigneuse, la mue squelettique. Mon existence était cohérente, naturelle. Une enfant de l'Auteur de toute chose. Je gloussai dans le silence.

« Merci », murmurai-je.

Au loin, je pouvais apercevoir les gratte-ciel

du centre-ville, l'Épine dorsale si droite et pleine d'audace, comme si elle se trouvait bien plus à sa place que les bâtiments en béton qui l'entouraient. *Qu'est-ce que tu as dû voir dans la Tour 7*, me fis-je la réflexion pour la première fois. De tous ses prisonniers, seule l'Épine avait été témoin du moindre de leurs actes, parce qu'elle avait poussé au travers de chaque étage. Quand ma lumière était venue la baigner, l'énergie de sa rage avait été de loin la plus terrifiante, et ce n'était pas étonnant. L'Épine connaissait tous les secrets de la Tour 7. Elle avait été témoin, témoin de ma création. *Moi aussi, je veux savoir*, pensai-je. *Comment est-ce qu'ils m'ont fabriquée ?*

Mmuo m'a un jour dit que son père appréciait la phrase suivante : « Quand l'esprit d'un étudiant est prêt, un professeur apparaît. » Le père de Mmuo était un homme extraordinaire.

« Phénix », lança-t-il.

Je laissai échapper un cri, mais je réussis à maintenir mes ailes droites. Mais d'où était-il venu ? L'homme ailé volait comme une chouette, ses plumes et ses vêtements légers ne faisaient pas le moindre bruit alors qu'il me survolait.

Après avoir retrouvé mon calme, je levai la tête et le regardai un long moment. Je voulais lui signifier mon irritation quant à cette intrusion dans ma vie privée, mais il y avait quelque chose à propos de l'homme ailé qui faisait qu'à chaque fois que je le voyais, au lieu de ressentir de la peur, j'étais rassurée. Je réfléchis à ce sentiment pendant un moment. Est-ce que c'était à cela que ressemblait le fait d'avoir un « père » ? La sensation de soulagement ? De sécurité ? Je lui posai la première question qui me vint à l'esprit.

« Comment dois-je t'appeler ? »

Je l'entendis rire d'un rire profond et amusé. Sa voix résonna dans mon oreille.

« Comme toujours, les gens se doivent de caractériser les choses qui défient leur entendement, énonça-t-il. Ils ont besoin de nommer. Sans nom, comment commander ou contrôler ?

— Ce n'est pas ce que je voulais dire.

— Nous devrions voler plus bas, nous ne sommes pas des astronautes. »

Il avait raison. Je n'avais pas remarqué à quel point nous étions haut. L'air commençait à se raréfier et j'éprouvais de plus en plus de difficulté à respirer. Je le suivis et nous sortîmes de la colonne thermique, redescendant près du sol, où nous rattrapâmes un autre courant d'air chaud.

« Qu'il est bon de voler, dit-il après un moment. On y trouve une certaine liberté. J'ai une foi pleine et entière en la liberté, Phénix.

— Et en la justice, ajoutai-je. Tu aimes la justice.

— C'est vrai. »

Saeed avait rassemblé plusieurs articles écrits sur « le speciMen ailé en liberté » qui régnait sur les cieux et venait en aide de façon répétée aux personnes dans le besoin, que ce soit dans le cas d'un accident, d'une agression, ou lors de tentatives de suicide. Tout le monde l'appelait « Sept », car il était de notoriété publique qu'il était l'une de ces expériences à s'être échappées de la Tour 7. Son évasion avait d'ailleurs été filmée.

Les speciMen mineurs, surtout les clones et ceux qui étaient ressortis des expériences trop normaux pour être utiles, formaient une infime partie acceptée de la population mondiale. C'était quelque chose de notoire. Toutefois, les speciMen extrêmes et renégats comme Mmuo, Saeed, l'homme ailé et moi-même étaient considérés comme des fugitifs. Je ne comprenais absolument pas pourquoi l'homme ailé s'était décidé à devenir le justicier de la ville. La véritable justice résidait dans le fait de libérer ceux qui se trouvaient encore dans les tours.

« Appelle-moi du même nom que celui que les journalistes ont choisi. Sept. Ce n'est pas mon nom, mais cela aura le mérite de résoudre ton problème.

— OK.

— Je voulais te parler seul à seule, avant que vous ne partiez tous les trois pour l'île.

— Tu ne veux pas venir avec nous ?

— Non.

— Pourquoi donc ?! Nous avons besoin de toi !

— J'ai à faire ici », répondit-il laconiquement.

Je fronçai les sourcils, repoussant des larmes de frustration. Nous étions tous partis du principe que l'homme ailé, Sept, aurait vent de notre projet (de la même manière qu'il savait toujours comment et quand nous retrouver) et qu'il se joindrait à nous.

Dans le cas contraire, ce n'était peut-être pas une bonne idée de se lancer. Peut-être.

« Phénix, vous devez y aller tous les trois. Vous découvrirez quelque chose là-bas. Mais moi, je dois découvrir quelque chose ici.

— Dans l'Épine elle-même ?

— Non. Mais tu fais bien de penser ainsi. Cela n'a pas lieu ici, en lien avec la Tour 7. Mais au-delà, au-delà de ce que je trouve ici et de ce que vous trois découvrirez là-bas, et de ce que les autres trouveront…

— Les autres ?

— Il te faut trouver ce qui est en toi, conclut-il en ignorant ma question.

— Comment ? Je ne comprends pas.

— Tu ne comprenais pas comment te faufiler non plus. Mais pourtant tu en étais capable. »

Il marqua une pause.

« Pourquoi veux-tu détruire les tours restantes ? demanda-t-il.

— Pour libérer les autres.

— Mais tu ne sais pas ce qui vit en eux.

— Je m'en fiche. J'en sais assez. Je connais les spécialités de chacune des tours, je l'ai lu dans leurs dossiers. J'ai eu accès aux informations dont j'avais besoin. Le Grand Œil a été très idiot, ils pensaient que je serais satisfaite de ma situation et ils ne se sont jamais réellement inquiétés de ce que je lisais. »

Ils avaient au moins eu raison pendant deux années de ma vie. Jusqu'à Saeed et sa pomme.

« Nous devrions *tous* être libres.

— Toute chose fait partie du Tout. Toute chose peut guérir. Toute chose a un esprit. Tout est puissant, Phénix Okore. Mais les tours violent tout ce qui est naturel, elles compromettent l'entièreté de la vie sur terre – les animaux, les plantes, le sol, le sable, le fer, la pierre et le ciel. Vous avez tous les trois raison, il faut faire quelque chose ; les autres doivent être libérés, tu l'as compris d'instinct. C'était déjà le cas quand tu m'as libéré de la Tour 7, alors même que tu étais tellement incertaine de ce que tu étais ou de ton destin.

— Quel est mon destin ? »

Il rit.

« Et le tien, alors ? demandai-je. Pourquoi est-ce que tu étais dans cette prison de verre ?

— Tu ne poses pas les bonnes questions », dit-il, soudain sérieux.

Je m'exclamai, comprenant enfin :

« Tu t'es laissé capturer. »

J'essayai de trouver une meilleure question, mais rien ne me vint. Mon esprit était rempli de vent.

« Vole », m'enjoignit-il droit dans les yeux.

Il jeta un regard en direction du centre de la ville.

« Je dois m'en aller. »

Il partit avant que je ne puisse ajouter quoi que ce soit. Je voulais lui demander *qui* il était, *d'où* il venait, *ce* qu'il était. Je voulais lui demander pourquoi il leur avait permis de l'attraper et de le « crucifier ». Combien de temps avait-il passé ainsi ?

Et ce qu'il savait de *moi*. Qu'est-ce qu'il était et qu'est-ce que j'étais, moi ? Il avait dit que je devais me comprendre moi-même… Quand j'y réfléchissais, eh bien… qu'étais-je réellement ? Comment m'avaient-ils *fabriquée* ? Je n'avais que trois façons d'obtenir ces réponses : au travers de Sept, du Grand Œil ou de l'Épine. Aucun d'eux ne me donnerait de réponse. En attendant, je réclamais justice.

Je me laissai porter par trois autres puissantes colonnes thermiques. Dans la dernière, je fus rejointe par un grand balbuzard brun et blanc. Nous volâmes ensemble cinq minutes en silence avant qu'il me gratifie de quelques sifflements aigus quand il se décida finalement à me quitter. Cette action était tellement adorable que j'en eus le cœur serré. J'avais des amis et je décidai de les retrouver au sol.

Saeed et Mmuo étaient penchés sur le capot de la voiture de location de ce dernier. Saeed picorait un sachet de flocons de rouille et de verre pilé, et Mmuo épluchait et mangeait une mangue.

« De quoi avez-vous parlé ? » demanda Saeed, se protégeant les yeux du soleil pour me regarder.

Ainsi, Sept était venu les voir avant ou après m'avoir retrouvée.

« Il m'a dit que je pouvais l'appeler Sept. »

Saeed et Mmuo rirent.

« Ça n'a aucune importance, reprit Saeed. Aucun nom ne lui conviendra jamais. »

Nous avions un plan, et il était bon. La première étape était de monter sur le bateau.

CHAPITRE 15

Bateau de croisière

Ils m'appelaient par mon nom.

Nous étions tellement occupés à faire ce que font les terroristes que nous n'avions pas saisi ce qu'il se tramait dans les bulletins d'information. Comment pouvaient-ils *connaître* mon nom ? « Le Phénix Okore a fait fondre nos chaînes ! » criaient-ils, les poings levés en agitant un drapeau que je reconnaissais comme étant celui du Ghana. Certains de ces poings étaient en chair, d'autres en métal, et d'autres encore ornés de griffes. Je contemplai l'océan par le hublot minuscule, en essayant d'ignorer l'émission que Mmuo et Saeed regardaient sur la télé en gelée étirée sur le mur du fond de la petite chambre. Mais comment pouvais-je ignorer la révolution ?

Les speciMen, qui s'étaient baptisés les « Laissénouvoir » (« laissez-nous voir »), avaient dû pirater le système du Grand Œil. Ou alors… la vidéo qu'avait enregistrée Kofi juste avant que le Grand Œil ne pénètre dans sa maison avait automatiquement été diffusée en ligne. Ce devait être ça. Comment pouvaient-ils savoir autrement que je m'appelais « Okore » ? Pourquoi sinon agiter un drapeau du Ghana ? « Je m'appelle Phénix Okore, je me trouve à Wulugu, au Ghana », avais-je affirmé, en fixant l'objectif du portable de Kofi.

« Ce n'est pas une mauvaise chose, affirma Mmuo d'un grand sourire. Phénix, c'est un *mouvement*. Tu as lancé un mouvement.

— Non, répondis-je. *Nous* avons lancé un mouvement. C'est toi qui as ouvert les portes de l'ascenseur pour moi, non ? Saeed, tu as essayé de détruire cette machine terrible. »

J'étrécis les yeux, tandis que la colère que je ressentais envers lui montait. Une partie de moi-même lui en voulait toujours, même si je savais bien que cela n'était pas sa faute.

« Tu as jeté la "pomme du savoir" à cette machine du diable.

— Il fallait bien que quelqu'un le fasse », fit Saeed en me regardant dans les yeux.

Ma rage le laissait de marbre.

« Mais ce ne sont pas *nos* noms qu'ils scandent, si ? C'est uniquement le tien.

— Comment ?! » éructa Mmuo.

Je me retournai. Il avait les yeux rivés sur la télé en gelée, la bouche grande ouverte.

« Mais c'est impossible ! »

Il y avait désormais une présentatrice africaine bien habillée à l'écran, qui s'adressait directement à son audience depuis son bureau :

« … Flash spécial : les affrontements entre les soldats nigérians et les droïdes Anansi 419 durent maintenant depuis plusieurs jours. Nos sources indiquent que ces robots en forme d'araignée artificiellement intelligents, censés surveiller les pipelines du pays, subissent une défaillance système et que la seule personne en mesure de prévenir un bain de sang serait une femme du nom d'Eme. Elle vient du delta du Niger et semble avoir amadoué un des droïdes. Les habitants de la région appellent ces droïdes les "zombies", d'après la chanson "Zombie" de la légende afro-beat Fela Kuti, une chanson au sujet des agents corrompus du gouvernement qui ne réfléchissent pas et ne font que tuer.

« Tous les pipelines du Nigeria ont été mis à l'arrêt par les droïdes, et aucun humain n'est autorisé à les approcher. Cet affrontement va avoir des répercussions dans le monde entier. Attendez-vous à ce que le prix de l'essence augmente. Le président américain Chan donnera un discours ce soir quant au soutien qu'apporteront les États-Unis pour aider le Nigeria en cette période de crise. »

Mmuo lâcha un rire triste.

« Quand les racines d'un arbre pourrissent, la mort se transmet aux branches. Croyez-moi, tout ça se produit ailleurs. »

Saeed fit apparaître les commandes virtuelles de la télé en gelée. L'affichage devint bleu alors qu'il passa en mode recherche.

« Les speciMen sont certainement arrivés au Mexique ou ils ont réussi à monter à bord d'un avion. Les États-Unis ne sont pas le seul pays à nous produire.

— Les droïdes Anansi vont traverser l'océan, parés à haïr n'importe quel humain qui croisera leur route », ajouta Mmuo en secouant la tête.

Je me détournai de la télé en gelée et ajustai ma robe. J'observai la nuit au travers de la porte ouverte.

« Tu n'es pas obligée de le faire, me dit Saeed.

— Arrête de le répéter, je le sais bien, m'emportai-je.

— Est-ce que ça ira pour toi ?

— Évidemment, je serai en train de *voler.* »

Je marquai une pause, pressée de m'en aller.

« Je n'arrive pas à croire que je sois montée à bord de ce bateau. Je ne l'ai fait que pour vous deux. Si vous étiez des Afro-Américains, vous me comprendriez mieux.

— Mais tu pourrais perdre le bateau de vue. Que feras-tu s'il y a une tempête et que tu dévies de ta trajectoire ? »

Je ris en me retournant vers lui. Il semblait gêné, mais attendait toujours une réponse.

« J'ai traversé l'océan deux fois, le rassurai-je. La seconde fois, je suivais un bateau du Grand Œil. Ça n'avait rien de compliqué.

— Cette fois, en plein jour, tu ne devras laisser personne te remarquer.

— Je sais. Je volerai à très haute altitude. »

Je l'embrassai sur les lèvres et sur le front.

« J'y vais. »

Saeed se contenta de froncer les sourcils.

« Et pour la nourriture ? demanda Mmuo, tandis que je m'avançais en direction de la porte qui menait à une coursive de service extérieure sur le flanc du bateau. Je sais qu'on en a déjà parlé, mais ne pas manger ne te dérange vraiment pas ?

— Je peux tenir ces trois journées entières sans repas. Mon corps s'adaptera. Mais je me poserai tous les soirs, pour voir Saeed et manger un peu. »

Le soleil s'était couché et le bateau se dirigeait vers le large. Je pris place sur la petite coursive.

Est-ce que tu m'entends ? demanda Mmuo.

« Je t'entends, oui, répondis-je en m'envolant dans la nuit.

— Très bien », cria-t-il dans ma direction depuis la coursive.

Je jetai un regard en arrière et vis Saeed derrière lui. Il faisait trop sombre pour distinguer ses traits.

Je volai parmi les étoiles et la pleine lune, seule et à bonne distance de tout et de tout le monde. Sous moi, le bateau était une masse de lumières vacillantes alors qu'il fendait les flots.

Nous avions roulé des heures depuis New York pour rejoindre Port Canaveral, un port de croisière, de fret et de la Navy en Floride, non loin d'Orlando. Le membre du Congrès de Mmuo s'était révélé utile une seconde fois en fournissant un billet et de faux papiers à Saeed afin qu'il embarque sur un navire Disney Cruise au départ de Port Canaveral. Il avait passé les douanes et était monté sur le bateau de croisière sans encombre en transportant une valise contenant toutes nos affaires. Une fois à bord, un homme vêtu d'un uniforme blanc, à la peau cuivrée et à la chevelure noir foncé digne d'une star de télé, s'était avancé pour l'escorter jusqu'à la chambre 31 dans les quartiers d'équipage. Cet homme se prénommait Andres.

Mmuo avait dû se rendre à la chambre 31, une chambre proche d'une porte donnant sur une coursive extérieure qui desservait une autre partie du bateau, par d'autres moyens. Tout d'abord, il avait dû plonger et nager jusqu'au bateau et était entré par les cales. Une fois à l'intérieur, il avait dû trouver la chambre 31. Il était nu, car il lui était impossible de traverser les murs habillé. Il n'avait rien d'autre que le numéro de chambre fourni par le membre du Congrès, celui de la salle à manger et les souvenirs des images en 3D détaillées du bateau. Tout s'était déroulé comme prévu, jusqu'à ce qu'il arrive à bord. Il avait passé sa main au travers de ma tête et de celle de Saeed pour nous donner ses nanomites ; ainsi pouvions-nous l'entendre tandis qu'il nous recherchait. Il avait couru dans tous les sens et était passé par plusieurs murs avant de trouver notre chambre.

Ma partie était moins complexe. J'attendis la nuit et décrivis des cercles autour du bateau jusqu'à distinguer la petite coursive tribord où Saeed m'attendait. Le navire faisait plus de trois cents mètres de long, trente-huit de large et pouvait accueillir quatre mille passagers. Ma tâche n'était en rien aussi complexe que celle de Mmuo, mais trouver une petite coursive sur un bâtiment de cette ampleur n'était pas facile pour autant. Je fis plusieurs allers-retours, des passagers se trouvant sur le pont et dans les coursives les plus empruntées. Je devais rester hors de vue.

Il faudrait trois jours au bateau de croisière pour atteindre les îles Vierges. J'aurais pu me faufiler ou bien m'envoler, mais cela m'aurait empêchée de voyager avec Mmuo et Saeed. Prendre l'avion était bien trop dangereux pour n'importe lequel d'entre nous. Une révolution de speciMen cyborgs avait été lancée et ils scandaient mon nom. Saeed était considéré comme mort, et autant Mmuo que moi faisions l'actualité, car nous avions été repérés aux abords de la Maison-Blanche.

Le pays tout entier était en état d'alerte et à la recherche de « deux speciMen africains dangereux et en fuite ». Le Grand Œil fouillait le moindre recoin de la nation. D'après les informations dont nous disposions, ils n'étaient pas au courant que nous nous étions rendus à la bibliothèque. Pas encore, du moins. Si je me séparais maintenant de Mmuo et de Saeed, je ne les retrouverais jamais. C'était donc notre meilleure option : Saeed et Mmuo à bord, et moi dans les airs. J'avais finalement dû mettre les pieds sur un bateau. Nous projetions de détruire la Tour 4 ; c'était une raison valable.

CHAPITRE 16

Limbes

L'homme ailé aurait compris ce que je ressentais. Sept se trouvait quelque part à protéger et à sauver des personnes, comme le super-héros d'une nouvelle mythologie. Là où les nouvelles générations rencontraient des méchants comme des Pingouin, des Bouffon ou encore des Magnet Man, Sept, lui, avait le Grand Œil. Que ce soit pour lui ou pour moi, la justice avait un goût sucré, métallique et agréable. Cependant, là-haut dans le ciel, au-dessus et loin de tout, avec pour seule compagnie le soleil et les courants thermiques le jour, et la lune et les rafales de vent froid la nuit, il était facile de se croire à part du vivant. Il était aisé de devenir le compagnon intime de la mort. Durant ces heures où je devais voler très loin au-dessus du bateau pour rester hors de vue, j'eus souvent à me concentrer pour rester à portée du bateau, non pas parce que l'activité en soi était compliquée, mais car j'étais devenue Autre.

Il n'y avait pas de silence à ces altitudes. L'air soufflait autour, en dessous, au-dessus, derrière et en moi en permanence. Il était bruyant, coupant, et portait l'odeur de la mer, même à cette hauteur. J'étirais le plus possible mes grandes ailes rouges, ressentant cet air de chacune de mes cellules tout en m'y fondant entièrement. Puis le soleil se couchait et j'entendais la voix de Mmuo dans ma tête : « Phénix, reviens. » Des mots familiers qui parvenaient toujours à me rappeler à la réalité, peu importe où je me trouvais. C'est quand je reposais les pieds sur ce bateau, quand je sentais l'odeur des cuisines, les effluves chlorés émis par les innombrables piscines du navire, les relents de la plomberie du bord, quand je humais cette odeur générale que les humains dégagent en communauté, que je me rappelais alors cette boule de chaleur en moi, qui brûlait, tourbillonnait et vibrait.

Je retrouvais Saeed et Mmuo pendant deux heures tous les soirs.

« Nous restons cachés et aidons l'équipage quand nous le pouvons », raconta Saeed. Il secoua la tête. « Ils en demandent trop à ces gens-là. »

Comme il était doué avec la mécanique, Mmuo travaillait aux côtés de deux Colombiens dans la salle des machines. Ils avaient tous deux été ingénieurs dans leur pays et n'avaient trouvé aucun autre emploi. Ni l'un ni l'autre ne parlait anglais, mais ils savaient parfaitement qui était Mmuo et étaient heureux de l'avoir à leurs côtés.

« Ils passent leur temps à me sourire et à me serrer la main, expliqua Mmuo. L'un d'eux m'a même apporté un morceau de papier et un stylo pour que je lui signe un autographe. »

Saeed rapporta également qu'il y avait parmi l'équipage à bord une femme yoruba qui s'appelait Omo, et qu'elle appréciait beaucoup Mmuo. À tel point que celui-ci passait son temps à s'éclipser en sa compagnie.

« Elle n'est pas ingénieure », fut le seul commentaire de Saeed sur la question.

Je ne l'avais jamais vue, mais j'étais heureuse pour Mmuo. De ce que me raconta Saeed et que Mmuo taisait en ma compagnie, il n'avait pas été en compagnie d'une femme depuis son premier jour d'emprisonnement dans la Tour 7. Cela faisait sept ans. Je ne savais pas grand-chose des hommes, et encore moins en matière de sexe, mais si je devais deviner, c'était une durée considérable pour un homme.

Saeed s'était porté volontaire pour faire le service à table dans l'un des restaurants à proximité de la piscine. Il me dit que plusieurs clientes lui avaient fait des avances, allant parfois jusqu'à lui donner les clés de leur chambre.

« Les femmes ici ont un comportement encore pire que celui d'une prostituée », murmura-t-il la deuxième nuit alors que nous mangions dans la petite chambre.

Le repas du soir était constitué de poulet rôti, d'asperges, d'une sorte de riz salé et de pêches en conserve pour le dessert. Je trouvai la nourriture répugnante et ne grignotai que quelques grains de riz. Mmuo alluma la télé en gelée sur CNN, et mon visage s'afficha immédiatement au-dessus des mots « L'Ascension du Phénix » en gras et « Laissénouvoir l'avenir » juste au-dessous. Aucun présentateur n'était en train d'expliquer, d'avertir ou de discuter de quoi que ce soit. Aucune publicité ne défilait en haut, en bas ou sur les côtés de l'écran. Rien que mon visage et ces mots. Une minute entière s'écoula, mais rien ne changea à l'écran.

« Ils ont piraté CNN », lança Mmuo, tout sourire.

Il s'assit sur son lit, fixant l'écran.

Saeed se mit à glousser et me regarda avec nervosité.

Je me levai, les jambes tremblantes. Je jetai un dernier regard à l'image. Cette représentation de moi était grave, sérieuse ; comme si je regardais directement la caméra, comme si je vous regardais, vous. Mon crâne chauve luisait de sueur et mon corps tout entier brillait. L'image provenait de la Tour 7, prise peut-être juste après que j'avais découvert que je pouvais me débarrasser de mes cheveux d'un geste de la main. Quand cette image avait-elle été capturée ? Le Grand Œil et ses grands yeux.

Je soupirai et passai une main sur mes cheveux courts, appréciant leur rugosité contre ma paume.

« Je vous revois demain soir », soufflai-je.

Puis, rapidement, j'ouvris la porte de la chambre, sortis et pris mon envol. Il ne me restait plus qu'une seule nuit entière à voler seule avant d'atteindre les îles Vierges. Une dernière nuit dans les limbes.

Le bateau arriva le matin au quai Ann E. Abramson. Quand l'heure vint, Mmuo se déshabilla, se coula à travers la cale du bateau pour atteindre l'eau et nagea jusqu'à une plage à proximité dont nous avions scrupuleusement étudié la localisation sur une carte en 3D. Il se cacha dans un petit bosquet de palmiers et attendit que Saeed arrive avec des vêtements. Je me faufilai et l'y retrouvai une demi-heure après son arrivée. Sur le bateau, Saeed refit ses bagages et passa les douanes sans encombre grâce à son passeport. Une fois à terre, il prit un taxi pour rejoindre l'hôtel à proximité de la plage, et c'est après qu'il nous retrouva, Mmuo et moi.

Mais je souhaite maintenant aborder un autre sujet, dont je n'ai pas parlé à Saeed, et encore moins à Mmuo. Je les avais aperçus juste après le lever du soleil, et uniquement parce que l'eau était immobile et que le ciel était dégagé. Le soleil se reflétait sur leurs dômes de métal brillant alors qu'ils se déplaçaient. Cela ne pouvait être que des droïdes Anansi. Ils se trouvaient à un petit peu plus d'un kilomètre du bateau de croisière et se déplaçaient dans la direction opposée. J'avais décidé de me rapprocher d'eux pour les voir de plus près. Il devait y en avoir au moins quinze et ils ressemblaient vraiment à des robots-araignées ! Ils faisaient environ la taille d'un jeune enfant. Alors que je les observais, plusieurs d'entre eux étirèrent leurs pattes et tournoyèrent à la surface de l'eau. Oserais-je dire que leurs mouvements étaient... joueurs ? Certains plongeaient sous la surface et remontaient pour recommencer à tournoyer. Il y en avait quatre qui nageaient à quelques centimètres sous la surface de l'eau calme et claire, de chaque côté du groupe, en une formation qui rappelait un diamant.

Je les observai pendant un certain temps, me demandant s'ils m'avaient vue, craignant à demi qu'ils aient appris à voler. J'aurais voulu savoir où ils allaient et prendre la pleine mesure de la haine que leur inspiraient les humains. Puis j'étais retournée au bateau.

Les humains font de très mauvais dieux.

CHAPITRE 17

Château de sable sur la plage

Dans les îles Vierges des États-Unis, on conduisait à gauche, dans des voitures américaines dans lesquelles le siège conducteur se trouvait lui aussi sur la gauche. Jamais je n'aurais cru que quelque chose d'aussi mineur puisse faire une telle différence. Je me sentais totalement déséquilibrée.

L'atmosphère était agréablement humide. Je voulais arracher ma burqa et laisser la brise me caresser les ailes. Mais au lieu de cela, je suivis docilement Saeed alors que nous quittions l'hôtel pour prendre un autre taxi. Il y avait une tête de station au bout de la route, comme l'avait dit le membre du Congrès, et l'homme dans le siège conducteur du van blanc s'appelait Lurrenz. Il s'avéra être un rasta avec de très longues dreads hirsutes, une barbe qui n'avait rien à envier à sa chevelure et des bracelets verts, jaunes et rouges à chaque poignet. Il mâchonnait un morceau de noix de coco.

Lurrenz nous observa de ses grands yeux presque effrayés.

« B'jour », lança-t-il finalement en continuant de mâchonner.

Il montra Mmuo du doigt.

« C'est vous, Mmuo ?

— Oui, confirma-t-il, en lui serrant la main fermement. Lurrenz ?

— C'est ça. Soyez les bienvenus. »

Je m'attendais à ce que son accent caribéen soit plus prononcé. Il donnait plutôt l'impression d'avoir passé du temps aux États-Unis.

« Wow, j'y crois pas. »

Il nous regarda d'un air que je ne pouvais que qualifier d'admiratif.

« Montez », dit-il en observant les alentours.

Il se dépêcha de sortir quand il me vit grimper lentement dans le véhicule.

« Laisse-moi t'aider », lança-t-il en me prenant fermement le bras.

L'habitacle était assez petit pour moi, même s'il était plus spacieux que dans une voiture. Après m'être assise, mes ailes serrées contre mon dos et tournées vers la fenêtre de la première rangée de sièges, je hochai la tête pour lui montrer ma reconnaissance.

« Merci, ajoutai-je.

— Tu peux enlever ça, si tu veux. Les vitres sont teintées. »

Il claqua la porte, et je grimaçai tandis que cette dernière comprimait davantage mes ailes.

Je jetai un regard à Saeed et Mmuo, qui acquiescèrent tous deux. Je rejetai ensuite ma burqa, me tournai pour faire face à la porte et étirai mes ailes autant que possible dans ce petit espace. Elles butaient contre le plafond et le siège, en se repliant selon des angles désagréables. Elles venaient même caresser le visage de Saeed.

« Ahhhh », laissai-je échapper.

Même les déplier à moitié était déjà un soulagement. Lurrenz me regardait dans le rétroviseur.

« Loué soit le Très-Haut », lâcha-t-il.

Il démarra la voiture, et nous nous engageâmes sur les routes de l'île de Sainte-Croix.

Le trajet faillit me rendre malade. Lurrenz faisait attention en conduisant, mais le terrain était légèrement accidenté, et il y avait beaucoup de vent. Je me cramponnais tandis que le véhicule me projetait d'un côté à l'autre. Saeed, lui, restait calme tout en regardant par la fenêtre à côté de moi. Mmuo avait pris place dans le siège passager.

« Alors, ce voyage ? » demanda Lurrenz à Mmuo.

Mmuo sourit, puis rit.

« Sans histoire. »

Notre destination se trouvait à une demi-heure de route. Arrivés à mi-chemin, je me rendis compte que ma température grimpait en flèche d'une manière incontrôlable et incompréhensible. Je ne brillais pas et cette chaleur n'était pas intense, mais quelque chose n'allait pas. Saeed posa sa main sur ma joue.

« Tu n'es pas chaude, comme… d'habitude. »

J'opinai, tout en essayant de rester calme.

« Je ressens des vagues de chaleur et de… fraîcheur. »

Je fus parcourue d'un tremblement alors que le froid m'envahissait. Je n'avais jamais rien ressenti de tel dans mon corps. J'en aurais apprécié la sensation si elle n'était pas si étrange.

« C'est peut-être juste de la fièvre, dit Mmuo.

— C'est ce que j'allais dire, confirma Lurrenz en riant. Je sais quoi faire. »

Cinq minutes plus tard, il se garait sur le bord de la route, à un étal de certains de ses amis rastafaris qui eux aussi avaient de très longues dreadlocks. Il y avait même un jeune garçon qui semblait fumer ce qui ressemblait à un cigare. L'un des hommes utilisa une machette pour trancher le haut d'une grosse noix de coco. Il me la tendit en regardant mes ailes avant de me faire un grand sourire puis un clin d'œil.

« Est-ce qu'il me faut une paille ? demandai-je.

— Non, répondit-il. Aspire. »

Il fit mine d'avoir une noix de coco dans les mains et de la remonter vers sa bouche.

J'appuyai mes lèvres contre le bord et je bus l'eau. Elle était délicieuse et rafraîchissante, à la même température que l'atmosphère lourde. Je bus tout son contenu. Quand nous atteignîmes l'hôtel, ma fièvre était tombée.

Nous nous arrêtâmes près d'un petit bâtiment en pierres blanches au toit peint en rose. Il semblait vieux et confortable, comme s'il avait connu de nombreux ouragans, et était bordé d'une petite rue calme. Il y avait seulement des arbustes de l'autre côté de la rue, aucun bâtiment que ce soit sur la gauche ou la droite. Mmuo et Saeed sortirent de la voiture, mais j'eus un temps d'hésitation.

« Tout va bien, chérie, dit le conducteur. Tu n'as qu'à entrer dans le bâtiment. Tout va bien se passer. Il n'y a aucun invité avant après-demain. Ton homme l'a privatisé. »

Il sourit.

« Allez, va te dégourdir les ailes. »

Je ne sais pas pourquoi, mais ces mots me donnèrent soudain envie de pleurer. Il n'y avait aucun membre, aucune mutation, modification, ajout ou retrait cybernétiques chez Lurrenz. C'était un homme, rien de plus. Il était comme ces personnes que j'avais rencontrées en allant au Ghana. Il m'acceptait telle que j'étais comme si c'était normal. Il me regardait, mais sans me fixer. Son monde était grand et il avait de la place pour m'y accueillir.

Saeed me prit la main tandis que je sortais lentement et je fis le tour jusqu'à la fenêtre du conducteur.

« Merci », dis-je à Lurrenz.

Il saisit ma main libre.

« Jah te protégera. »

Puis il m'embrassa la main et nous laissa partir. J'avais l'impression d'avoir été bénie. L'eau de coco clapotait dans mon estomac tandis que Saeed et moi traversions la rue pour rejoindre Mmuo. Nous entrâmes. Il n'y avait que trois personnes dans l'hôtel : le propriétaire, sa femme et le frère de sa femme. Ils nous dévisagèrent comme si nous étions, eh bien, des speciMen. Mais ils se montrèrent également très gentils.

Ils nous conduisirent à nos chambres, promirent de nous porter un dîner dans l'heure et nous laissèrent rapidement. L'hôtel Sandcastle donnait sur la plage. Nos chambres offraient une des vues les plus spectaculaires qu'il m'avait été permis de voir. Du sable blanc, et une eau bleu clair et translucide. Ce qui me frappa le plus fut le bruit de l'océan alors qu'il roulait vers la plage avant de se retirer. Je n'avais jamais eu l'occasion d'*entendre* l'océan, avant. De m'arrêter et de l'écouter, simplement. Je me trouvais toujours à voler au-dessus. Après avoir quitté la Tour 7, la première fois, je l'avais à peine regardé tant je m'agrippais à la graine extraterrestre. Quand j'avais vu les côtes africaines, j'avais été si soulagée que je n'avais pas pris le temps de regarder là où la terre et la mer se rencontraient. Après avoir laissé le Grand Œil me capturer, j'étais tellement en colère que je me fichais bien de la plage. En revenant enfin aux États-Unis, j'avais tout simplement ignoré la plage et étais allée directement à la Tour 1.

Saeed et moi partagions une chambre. La majorité des meubles était en osier et partageait un thème marin. Une télé en gelée était étendue sur le mur de la pièce principale, et la cuisine était remplie de fruits frais, de bouteilles d'eau et d'en-cas.

Il y avait également des bols de flocons de rouille, de verre pilé et de copeaux de ciment.

« Mais ils n'avaient pas besoin de faire tout ça ! s'exclama Saeed, même si cela semblait lui faire plaisir. Manger du sable me convient très bien. »

Il jeta un flocon de rouille dans sa bouche et le mâcha. Je frémis. Je ne m'habituerais jamais à sa nourriture.

Mais le mieux dans ces chambres était la hauteur des plafonds. Je pouvais me déplacer sans me sentir contrainte. La douche était ce qu'il y avait de plus grandiose. Faite en marbre poli, elle était si large qu'il fallait descendre une marche pour y accéder. L'utiliser était un peu comme entrer dans une pièce sur les murs de laquelle des têtes de douche auraient été montées.

Mmuo disparut dans sa chambre, retirant ses vêtements devant la porte et passant au travers. Quand je ressortis, ses vêtements n'avaient pas bougé. Juste à l'extérieur de ma chambre se trouvait une table protégée par un parasol. Notre dîner anticipé y avait été servi. Il y avait une assiette de rouille et un grand verre d'eau pour Saeed et, pour Mmuo et moi, des queues de homard entières, du riz aux épices et des tranches de mangue fraîche.

« Super », commenta Saeed en s'asseyant.

Je frappai à la porte de Mmuo. Il ne répondit pas.

« Il est sûrement endormi, fit Saeed, la bouche pleine de rouille. Mmm, elle se délite sur ma langue. »

Je m'assis et Saeed poussa mon assiette juste

devant moi. Je n'avais jamais mangé de homard. Cela ressemblait à la partie inférieure d'un insecte géant que l'on aurait ouvert en deux. Je le tâtai de ma fourchette. C'était tendre mais résistant à la fois. Je voulus l'embrocher mais, ne parvenant pas à y enfoncer ma fourchette, je posai le couvert et utilisai mes mains.

Pour toute réaction, Saeed rit et haussa les épaules. Il n'y avait personne d'autre et nous étions des speciMen. Pourquoi s'encombrer de bonnes manières ?

« Sors-le de sa carapace, m'expliqua-t-il. Trempe-le là-dedans : c'est du beurre fondu. »

Cela avait un goût de caoutchouc plongé dans du beurre. Mais j'avais faim alors je n'en fis qu'une bouchée.

Mmuo nous rejoignit, avec pour tout vêtement un pantalon blanc. Il s'assit à côté de moi et observa la nourriture. Il sentait bon comme s'il avait pris une douche.

« Ça a l'air délicieux », dit-il.

Il piqua sa queue de homard avec une fourchette et s'attaqua à son riz.

« Quand est-ce qu'ils ont apporté tout ça ?

— J'en sais rien, répondis-je. C'était déjà là quand on est sortis. »

Il ricana :

« Je crois que nous sommes seuls dans cet hôtel.

— Très bien, affirmai-je.

— Non, nous ne sommes pas seuls », dit Saeed en se relevant rapidement.

Il regardait quelque chose derrière Mmuo. Je m'exclamai, me levant à mon tour. L'homme avait contourné notre chambre. Il se déplaça furtivement puis s'élança, à moins de quelques mètres de nous. Je le vis relever sa main et ce qu'il agrippait.

Je me faufilai.

Je me tenais juste à côté de lui, une seconde avant qu'il ne lève son arme ; je le forçai à la lâcher. Mmuo s'avança tandis que Saeed plongeait la main dans la poche de son pantalon. L'homme avait encore son bras levé, sans être conscient qu'il ne tenait plus rien. Il essaya même de presser la détente qui n'était plus là. Mmuo l'attrapa par le col et le projeta contre une porte, avant de se couler dans celle-ci et d'attirer l'homme contre le bois. Tandis que ce dernier s'étouffait, Saeed se précipita sur lui avec son couteau à cran d'arrêt et plaça la lame contre le cou de l'homme.

Je restai là, les yeux écarquillés, l'arme à la main. Notre agresseur portait un uniforme militaire noir et des bottes de combat lustrées. Ses cheveux étaient rasés sur son crâne rond, et sa peau sombre faisait paraître son uniforme encore plus ajusté. Sur son torse, au niveau de son cœur, se trouvait une main noire tenant des éclairs dans un cercle blanc. Il faisait partie du Grand Œil. Ces gens-là étaient comme des fourmis : s'il y en avait une, les autres n'étaient jamais loin.

« Qu'est-ce que tu fais là ? » demanda Saeed en appuyant la lame contre le cou de l'homme.

Quand est-ce qu'il a commencé à se promener avec ce genre de choses ? me demandai-je.

Il le manipulait avec aisance, naturellement. Peut-être en avait-il toujours eu un sur lui.

L'homme se tortillait. Il était grand et fort, mais Mmuo l'était encore plus et il lui écrasait le cou contre la porte depuis l'intérieur. L'homme toussa. Il devait avoir la vingtaine.

« S'il vous plaît ! » réussit-il à souffler.

Mais Mmuo raffermit sa prise.

« Annule l'intervention des autres ! cria Mmuo derrière la porte.

— Je… » toussa-t-il, cherchant son souffle.

Saeed pressa davantage sa lame.

« Mmuo, relâche-le un peu ! Laisse-le parler ! »

L'homme haleta quand Mmuo lâcha son col.

« Je suis venu vous demander votre aide, supplia-t-il en toussant. Je vous en prie ! Je suis seul !

— Alors pourquoi est-ce que tu avais une arme ? criai-je.

— Je ne suis pas idiot. Je travaille avec des gens comme vous. Je ne m'approcherais jamais d'un speciMen sans armes. Z'êtes tous fous.

— Comment est-ce que tu nous as trouvés ?

— Je travaille à la Tour 4. Certains… Il y a des speciMen là-bas qui vous connaissent. Vous, surtout. »

Il montra Saeed du doigt.

« Ils ont dit que vous reviendriez, et que vous resteriez à l'hôtel Sandcastle. Ça fait des semaines que je viens ici pour vérifier. »

Saeed donna l'impression d'avoir vu un fantôme, au point d'en laisser presque échapper son couteau. Mmuo restait silencieux derrière sa porte. Il relâcha un peu plus sa prise sur l'homme. J'avais son arme. Saeed se recula. Nous attendîmes.

« Ne me tuez pas, s'il vous plaît, dit-il en levant les deux mains. Je suis de votre côté. Pour ça. Je vous demande votre aide. »

Saeed donna un coup dans l'une des chaises pour la rapprocher de lui pendant que Mmuo repoussait l'homme vers l'avant et refranchissait la porte. L'homme s'assit lentement. Mmuo vint se positionner devant lui et le fixa, les bras croisés sur son large torse, entièrement nu. Son pantalon avait glissé quand il était passé au travers de la porte. L'homme lui rendit son regard mais ne dit rien. Quelqu'un d'intelligent.

« C'était idiot de te présenter avec une arme », murmura Mmuo, en s'approchant de son assiette de nourriture.

Il souleva sa queue de homard, en retira la carapace et y mordit à pleines dents.

« Peut-être », convint-il.

C'est moi qu'il regardait, désormais.

« Parlez ! lui enjoignit Saeed.

— Je garde la cinquième strate. »

La main de Saeed tressaillit, se contractant autour du couteau à cran d'arrêt. Pendant un instant, j'aurais juré qu'il allait l'enfoncer dans le torse de l'homme.

« Ne me regardez pas comme ça, mec. Je n'ai

jamais touché le moindre cheveu de la tête de ces enfants. Je…

— Est-ce que vous avez déjà été au niveau inférieur ? le coupa Saeed.

— Ouais, c'est arrivé, dit doucement l'homme.

— Et vous n'avez jamais rien fait pour y mettre un terme ?

— Mais qu'est-ce que j'aurais pu faire ? »

Il détourna le regard.

« Je connais des types qui ont essayé, et ils ont pas juste été virés. Ils ont disparu en pleine nuit et on les a plus jamais revus !

— Qu'est-ce qu'il y a au niveau inférieur ? demandai-je.

— C'est là-bas que je me suis réveillé.

— Merde, dit Mmuo en regardant fixement Saeed.

— Ouais… fit Saeed.

— Mais *quoi* ? » demandai-je, irritée.

Saeed secoua la tête.

« Pas maintenant, Phénix », fut tout ce qu'il me dit.

Il se retourna vers l'homme.

« Qu'est-ce que vous voulez ?

— Je n'ai jamais rien prélevé, je le jure ! Je…

— Vous vous êtes contenté de regarder ! s'écria Saeed.

— Laisse-le parler, tempérai-je. Qui êtes-vous ? Qu'est-ce que vous faites ici ?

— Je m'appelle Dartise Lenard », commença-t-il en se concentrant sur moi.

Il faisait bien. J'étais la seule à ne pas le toiser avec des envies de meurtre dans les yeux.

« Je suis né à Atlanta, en Géorgie, et je travaille chez LifeGen Technologies depuis que je suis sorti de la fac, il y a trois ans. Cette seule embauche a épongé mes dix ans de dettes étudiantes.

« J'étais basé à la Tour 4 il y a un an et… »

Il dévisagea Saeed, qui lui retournait des regards noirs.

« Allez, continuez », l'encourageai-je.

Il reporta son attention sur moi et esquissa un sourire triste.

« C'était un peu comme un rêve devenu réalité, les îles Vierges, comme un boulot au paradis. Ils m'ont fait surveiller les speciMen dans les strates les plus au centre, parce que, disaient-ils, j'ai un visage doux et je suis noir. Les speciMen de cette zone préféraient les gardes noirs qui ont l'air gentils. J'ai compris plus tard que c'était parce que ces speciMen en particulier, même s'ils vivaient longtemps, parfois plus de soixante-dix ans, restaient enfants. Et les enfants aiment les visages agréables, qui rassurent et qui sourient facilement. Ils aiment aussi les visages qui ressemblent aux leurs. Tous ces enfants étaient noirs, d'Afrique pour être précis. La plupart venaient d'Éthiopie et d'autres du Soudan. Ils avaient tous une couleur de peau très sombre. »

Il prit une inspiration en lançant un regard rapide à Saeed.

« Bon, ces enfants…

— Oui, continuez, dit Saeed au travers de ses dents serrées. Qu'est-ce qu'ils avaient, ces enfants ?

— Ils étaient spéciaux. Je ne connais pas les détails. Tout ce que je sais, c'est qu'on n'était pas censés les toucher ou les laisser nous toucher. Ce qui n'était pas un problème, car ils restaient la majorité du temps dans leurs chambres. Mais parfois, on devait les emmener dans des endroits pour… les prélever. »

Je frémis. Saeed avait été envoyé là-bas quand ils avaient cru qu'il était mort. Son corps avait encore une utilité pour le Grand Œil, même si je ne savais pas pourquoi. Cette notion de « prélèvement » ne me plaisait pas.

« Ces enfants vivaient longtemps, répéta-t-il, en se détournant désormais de moi. Et si on leur prenait un morceau, il repoussait. Je ne sais pas pourquoi ou ce que LifeGen a bien pu leur faire. »

Je fronçai les sourcils en direction de Mmuo, dégoûtée, puis je regardai Saeed, comprenant soudain pourquoi ils avaient transféré sa dépouille là-bas. Ils avaient voulu lui prélever des parties du corps, à lui aussi. Peut-être que même dans la mort son corps survivrait. Mais ils avaient entièrement eu raison sur ce point : Saeed n'était pas du tout mort.

« Ils ne vieillissaient pas, continua Dartise. Certains d'entre eux pouvaient *voir* des choses, comme l'avenir ! »

Il se pencha vers l'avant.

« Le premier jour, l'une d'entre eux m'a attrapé le

bras alors que je la conduisais à un labo. Ce contact a été bref et j'imagine qu'aucune des caméras ne l'a enregistré. Il y a des tonnes de caméras, là-bas. »

Il s'interrompit.

« Elle m'a dit que j'étais au bon endroit pour faire bouger les choses. Je n'ai pas compris ce qu'elle voulait dire, et je m'en fichais un peu. Six mois plus tard, j'ai dû escorter un speciMen dans la strate la plus intérieure. J'étais sur le point de rentrer chez moi quand on m'a ordonné d'escorter le numéro 782 au labo 12. Je devais enfiler une combinaison et un masque antiradiations. Ils m'ont demandé de ne pas parler avec "ça" et de "le" laisser marcher devant moi en permanence, de "le" tenir en joue avec mon arme mais de ne jamais tirer, sous peine d'être viré. Ils ont aussi suggéré qu'il pourrait m'arriver bien pire.

« J'étais fatigué et effrayé. Son nom était HeLa et "il" était une femme. »

Il leva le regard dans ma direction.

« Elle me fait penser à vous, mais sans les ailes. La première fois que je l'ai rencontrée, il s'est passé deux choses. Je l'ai conduite à un labo où ils ont prélevé sur elle quelque chose de bien plus important que des parties du corps et je suis tombé amoureux. »

Je voulus rire. Mmuo, lui, ne se retint pas. Saeed émit un son, comme s'il toussait. Cet homme voulait que nous sauvions une femme dont il était tombé amoureux. Un Grand Œil épris d'une speciMen.

Saeed et Mmuo cuisinèrent Dartise et il semblait tout à fait disposé à leur fournir des informations après s'être calmé. Nous écoutâmes ses histoires de découvertes, de ruptures et de sang au sein de la Tour 4. Il nous raconta aussi d'autres détails sordides de féroce et obscure sorcellerie scientifique. Je restai silencieuse, mais je ressentis la chaleur de mon corps s'exprimer, tourbillonnant en flammes enragées. Arrivés à un certain point, les trois hommes commencèrent à discuter stratégies, et un plan fut mis sur pied. Grâce à un Dartise désespéré, le projet était solide. Une fois qu'il nous eut quittés, nous utilisâmes la télé en gelée pour projeter une image numérique de la Terre. Nous zoomâmes sur la Tour 4. C'était incroyable tous ces détails que les cartes publiques révélaient des tours. Il n'était pas question de tout montrer, mais c'était suffisant pour vous offrir une sorte de visite guidée. Pour moi, cette attitude équivaut simplement à se cacher en plein jour. Ils prétendent que leur travail est honnête et qu'ils n'ont rien à cacher, afin que personne ne pose trop de questions.

Aucun de nous ne voulut énoncer l'évidence. Il n'y avait plus de retour en arrière possible. Nous ne regardâmes pas non plus les informations. Peu importe ce qu'il se passait dans le reste du monde, cela ne nous intéressait pas, pas pour le moment. Nous étions entièrement tournés vers la Tour 4. Nous étions partis du principe que la sécurité y serait stricte, et si ce n'était pas le cas, tant mieux pour nous. Nous allions libérer et détruire. Nous n'étions que trois, mais le monde le savait déjà : même un seul speciMen renégat pouvait causer des dégâts.

Mmuo nous abandonna, expliquant qu'il allait faire une grande marche. Il ne restait plus que Saeed et moi. Le soleil était en train de se coucher.

À l'extérieur, je pouvais entendre les vagues venir lécher le sable ; ce bruit me détendait. Je m'adossai à la porte et regardai le soleil descendre lentement vers l'horizon. Il n'y avait pas la moindre âme humaine sur cette plage, mais je me mis à imaginer qu'il y en avait plein d'un autre type. Je repensai aux robots-araignées nigérians. Et s'ils se matérialisaient sur cette plage ? Mais j'avais le sentiment qu'ils étaient bien plus intéressés par des endroits plus vastes et plus peuplés, des endroits qui aimaient consommer de l'énergie.

Saeed posa son menton sur mon épaule tout en blottissant son corps contre mes ailes.

« Tu veux que je te dise la dernière fois que je me suis retrouvé dans un endroit comme celui-là ? demanda-t-il.

— C'était quand ?

— Ça n'est jamais arrivé. »

Nous rîmes tous les deux.

« Je voyais le Nil tous les jours. Il coulait au milieu du Caire, lent et boueux. Cette eau ressemble à du verre liquide. »

Il m'embrassa le cou.

« C'est magnifique. »

Je sentis son souffle dans mon oreille, et tout mon corps se mit à frissonner. J'avais l'impression de caresser le monde entier du bout des ailes.

« Bon sang ! » soufflai-je.

Je n'étais pas certaine de ce qu'il m'arrivait. Je portai la main à mon front alors que Saeed me contournait, entrelaçait ses doigts aux miens et m'attirait dehors. Le soleil s'était couché mais cela n'avait aucune importance, il n'y avait personne d'autre que nous sur la plage. Je regardai par-dessus mon épaule en faisant mes premiers pas sur le sable. La porte de Mmuo était fermée.

Le sable qui recouvrait mes pieds nus était doux et l'eau était chaude. Nous avançâmes dans l'océan jusqu'aux genoux.

« Est-ce que tu as déjà essayé de nager ? » demanda-t-il alors que nous regardions la masse sombre de la mer.

Je brillais légèrement, et je pouvais discerner des poissons blancs de la taille d'une main évoluer autour de mes chevilles et de mes jambes, curieux.

« Non, jamais. »

Je me penchai pour toucher l'eau. Je portais une de mes robes blanches, et son ourlet était déjà humide. Je posai ma main mouillée contre mes lèvres et goûtai l'eau salée.

« Peut-être que ça me tuerait.

— Ça ne te tuera pas.

— Je ne suis pas comme toi.

— Oui, enfin la mort n'est pas vraiment le pire de tes ennemis. »

Éclatant de rire, je l'aspergeai d'eau. Il me regarda comme en état de choc. Puis il m'aspergea à son tour. J'essayai de courir mais je tombai dans l'eau, trempant mes ailes.

« Phénix ! » s'écria-t-il en courant dans ma direction.

L'eau était tellement agréable au contact de mes ailes. Pendant un instant, je restai simplement allongée là, à regarder la main tendue de Saeed.

« Allez, viens ! » dit-il en me redressant.

Je me retrouvai debout, les ailes dégoulinantes et lourdes. Il me regardait, le souffle court, anxieux dans la faible lumière de la lune et de ma luminescence. Je brillais davantage qu'avant, mais ma température restait stable.

« Est-ce que tu vas bien ?

— Mes ailes sont… Oh, j'adore cette sensation », répondis-je.

Je m'avançai davantage dans l'eau, m'allongeai sur le dos et me laissai porter. Ma robe se gonflait et se dégonflait au gré du courant. C'était incroyable ; je savais nager d'instinct. Je n'avais pas coulé. L'océan était mon père et le ciel était ma mère.

« L'eau est la vie », dit Saeed, tout en flottant à mes côtés.

Nous passâmes plusieurs minutes ainsi. Juste au bord de l'océan, de quelque chose bien plus grand et bien plus âgé que nous. Nous le ressentions tous les deux. Demain serait un jour important, mais nous nous trouvions pour le moment en sécurité. L'eau nous portait et prenait soin de nous. Tandis que je regardais vers le ciel, la lune, puis l'océan qui m'entourait, avec Saeed mon amour à mes côtés, et mon frère non loin de nous, dans cet endroit magnifique, l'eau salée de mes larmes de joie vint se mélanger à l'eau salée de la vie.

Je n'avais jamais été plus heureuse de ma vie. Les rayons du soleil m'emplissaient. Ceux du matin, et non du soir. La vie, et non la mort. Demain serait un autre jour.

Je ne peux pas vous dire comment cela se produisit. Tout est flou dans mon esprit. C'est comme si je ne faisais plus qu'une avec l'océan. Saeed et moi, nous finîmes par retirer nos vêtements et nageâmes plus loin. Il avait appris à nager dans le Nil et, tout comme voler, nager était quelque chose qui était inscrit dans mon ADN. Aucun de nous ne craignait l'océan, même si je savais qu'il y régnait des choses que même l'homme n'avait encore jamais aperçues.

Sa peau était fraîche et sa bouche avait le goût sucré des fruits et du sel, et ses mains étaient aussi fortes que les vagues de l'océan. Je ne savais pas que mon corps était capable de faire ce qu'il fit, j'ignorais qu'il pouvait ressentir ce qu'il ressentit. Il m'embrassa les lèvres, le menton, le cou, la poitrine, et chaque partie de mon corps commença à chanter. Je me mis à briller plus intensément, illuminant les poissons qui se trouvaient au-dessous de nous. Mes ailes s'étirèrent dans l'eau. Je m'allongeai sur le dos tandis qu'il s'allongeait sur moi. Je nous transportai tous les deux.

Saeed attira mes hanches contre les siennes, me maintenant allongée tandis que mes ailes s'étiraient au maximum. Il aurait refusé que je m'envole même si j'avais essayé. Je n'étais pas la seule à me consumer, le monde entier autour de moi était pris par les flammes.

Il y eut de la douleur puis de la chaleur. J'ouvris la bouche et inspirai l'air de l'océan.

« Est-ce que ça va ? demanda-t-il.

— Oui », murmurai-je.

Comment aurait-il pu comprendre ce que je percevais ? Comment l'expliquer ?

Je voyais toujours des flammes dans la nuit.

Quand il eut terminé, il y avait du sang et nous sortîmes de l'eau. Je n'étais pas certaine de ce qu'il m'avait fait, mais cela me paraissait approprié. Était-ce donc ça, le sexe ? J'avais lu plusieurs choses à ce sujet dans les livres que j'avais dévorés dans la Tour 7. Je n'avais pas crié, je ne me sentais ni sale, ni coupable, ni triste. Je n'avais pas l'impression d'avoir perdu quoi que ce soit. Je voulais demander des explications à Saeed sur ce que nous venions de faire, mais je restai silencieuse. L'eau de mer m'avait rafraîchie, je me sentais propre. Même mes ailes semblaient dégager une luminescence rouge doré encore plus profonde. Pourquoi gâcher un tel sentiment en en parlant ? Mes ailes me semblaient peser une tonne quand je sortis de l'eau. Leur poids devint plus supportable après les avoir secouées.

« Est-ce qu'elles vont sécher rapidement ? demanda-t-il d'un air inquiet.

— Ne t'en fais pas », répondis-je en souriant.

Tandis que nous remontions la plage en direction de notre chambre, je réchauffai mes ailes de sorte que de la vapeur s'en échappa pour former un voile léger. Le temps que nous atteignions la porte, elles étaient sèches. Je les secouai de nouveau pour les débarrasser du sel et les étirai en grand.

« Regarde ! fit Saeed, en passant sa main sur les plumes. Leur couleur ! »

Je déployai mes ailes et en examinai les pointes. Je ne brillais pas, mais leur couleur rouge doré était si intense qu'elle me faisait mal aux yeux. Même dans l'obscurité, c'était comme voir du sang. Je poussai un petit cri de surprise. Ce n'était pas juste une question de couleur : elles semblaient légères, flexibles et puissantes. Je battis de nouveau des ailes et les repliai contre mon dos. Cela ne m'avait jamais paru aussi simple. Quelques vieilles plumes tombèrent dans le sable, et Saeed saisit la plus grande.

« C'est la mienne », affirma-t-il.

Je ris.

« Si tu veux. »

Il la glissa dans une de ses poches après avoir repassé son short.

Nous revînmes à l'intérieur. L'immense douche pouvait nous accueillir tous les deux. Il me nettoya de la tête aux pieds, en prenant soin d'éviter mes ailes déjà propres. Il me savonna et me rinça ensuite. Trois fois. Cela ressemblait pratiquement à un rituel.

Puis il fit la même chose sur lui. Il se lava ensuite les mains, les bras, les pieds et le visage, trois fois aussi.

« C'est la seule chose que m'a apprise mon père dont je me souviens », me souffla-t-il après avoir terminé.

Il me sécha avec une de ses serviettes, puis il se sécha à son tour.

« Je me sens toujours plus fort quand je te touche, confia-t-il en m'enduisant la peau de beurre de karité. Tu es toujours si chaude.

— Et toi, tu es toujours si frais », soupirai-je.

Sa peau ne se réchauffait pas au contact de la mienne, et la sensation de fraîcheur de ses mains sur mon corps était divine. Nous nous allongeâmes et nous endormîmes avant que je ne me rappelle de lui dire que je l'aimais.

CHAPITRE 18

Deus ex machina

J'allai voler avant que le soleil ne se lève, une heure avant notre départ.

Je m'étais réveillée aux côtés de Saeed, mon corps endolori par une douce douleur, mais je ne pouvais pas m'attarder pour l'apprécier. Mes yeux étaient grands ouverts. Je contemplais une nouvelle fois une scène horrible, revoyant ce que j'avais vu quand j'étais avec Saeed dans l'océan. Le monde était en feu, même l'air. Je ne pouvais pas respirer, car l'oxygène était aspiré hors de mes poumons.

Je haletai, la bouche grande ouverte à la recherche d'air, et la main de Saeed vint se poser sur ma hanche pour m'attirer contre lui dans son sommeil. Ce n'était pas d'une grande aide.

Je m'extirpai rapidement mais silencieusement du lit, enfilai ma robe et sortis. La nuit était chaude, elle semblait très proche, comme si elle voulait me coller à la peau. Derrière moi, le premier et troisième homme que j'avais aimé était endormi. Je repoussai le désir de retourner auprès de lui pour les deux dernières heures de repos qu'il nous restait. Mais j'étais en proie à cette terrible vision et le rejoindre n'aurait servi qu'à la prolonger. J'avais besoin du ciel.

Je penchai la tête et écoutai l'océan s'écraser contre le littoral pendant un instant. Puis j'ouvris mes ailes et décollai. L'air était léger et je trouvai immédiatement un thermique puissant. Je volais rapidement, comme si mes ailes étaient en feu et que j'essayais de les éteindre. Mon corps tout entier était en flammes, et cette image était toujours présente à mon esprit.

Voler dans l'air chaud me rafraîchit. Mes ailes brillantes luisaient légèrement mais j'étais détendue. Bientôt, je ne sentis rien d'autre que cette douleur qui provenait de la profonde caresse de Saeed. Je fis un tonneau dans le ciel, laissant l'air m'envelopper.

« Saeed », murmurai-je, les yeux fermés, une main sur le ventre et l'autre entre mes jambes, aux deux endroits où je ressentais le plus sa présence.

J'ouvris les yeux et découvris l'homme ailé juste à côté de moi, faiblement éclairé par mon halo. Il m'observait. Mon cœur s'emballa avant de rapidement se calmer. Je ne dis rien en enlevant mes mains. Nous gagnâmes en altitude, puis ralentîmes tout en continuant notre ascension.

« Aujourd'hui, c'est ton jour », dit-il.

Il s'exprimait à haute voix, le visage sérieux. Aucun sourire, pas un sourcil froncé, juste des faits bruts.

« Comment le sais-tu ? »

Il gloussa.

« Vas-tu nous aider ? lui demandai-je.

— Ma place n'est pas ici, pas aujourd'hui.

— Où est-elle alors ?

— À New York. »

Je faillis lui poser la question la plus évidente, à savoir « Pourquoi ? », mais, en réalité, je m'en fichais. Tout ce qui m'importait était qu'il n'allait pas nous aider. Pourquoi était-il là, alors ? Qu'est-ce qu'il était ?

« Qui es-tu, Sept ? demandai-je d'un air sévère.

— Tu dois canaliser ta colère.

— Je ne suis pas en colère.

— Oh, mais si, tu es la femme la plus énervée que je connaisse, affirma-t-il avec perspicacité. C'est une très bonne chose. Mais tu dois te *canaliser*. Si tu ne dois retenir qu'une seule chose de ce que je t'ai dit, souviens-toi au moins de ça. »

Je restai silencieuse. Mais je formulai la réponse dans mon esprit : *Je m'en souviendrai*.

« Posons-nous ici », dit-il en montrant du doigt le sol. Il faisait noir au-dessus de l'océan.

« Où ça ? Je ne…

— Contente-toi de me suivre. »

Nous perdîmes de l'altitude et j'entendis le bruit des vagues sur le sable avant de voir la plage. Je faillis presque rater mon atterrissage tellement l'îlot était petit et baignait dans l'obscurité. Nous étions juste au large de la côte de Sainte-Croix. Il n'y avait pas la moindre lumière, personne ne vivait là. À un kilomètre ou deux, séparées par un bras de mer, les lumières de l'île principale illuminaient le ciel.

« Tu sais comment commence la guerre, mais tu ne sais pas comment elle se termine, dit Sept, tout en regardant l'eau.

— Parfois, murmurai-je, ce n'est pas important.

— Au contraire. Le début et la fin de toute chose ont toujours leur importance. »

Il marqua une pause pour s'asseoir sur la plage. Je pris conscience que c'était la première fois que je le voyais accorder le moindre repos à son corps. Je l'avais toujours vu en vol ou debout, à l'exception de quand il s'était trouvé enfermé dans le dôme en verre et quand il m'avait entourée de ses ailes alors que je brûlais. Je m'assis près de lui.

« Je ne me souviens pas de mon commencement, raconta-t-il. Je suis né dans le Wassoulou, dans le sud du Mali. En grandissant, je voulais devenir ingénieur mécanique, je voulais créer une voiture qui pourrait voler et qu'on pourrait alimenter de déchets recyclés. Je suis allé à l'université Mentouri de Constantine en Algérie, et c'est ce que j'ai étudié. J'étais le deuxième de ma famille à aller à l'université.

« Ma sœur avait quitté la maison six ans avant moi. Elle voulait devenir chanteuse, c'était son destin. Sa mère, la première femme de mon père, était décédée juste après l'avoir mise au monde. Mais avant de nous quitter, elle avait prédit que Nahawa toucherait le monde entier avec sa voix, qu'elle deviendrait une chanteuse célèbre. La famille de mon père s'opposait farouchement à ce que Nahawa chante, même si sa voix était bien plus belle que toutes les voix de la radio. Ma famille n'avait pas de liens avec la tradition *jali*, une caste de personnes qui ont la musique dans le sang. Ils s'en sont même remis à la magie traditionnelle pour contrecarrer sa carrière. Mais c'était inévitable. Son premier album a connu un franc succès dans tout le pays et rapidement après elle a quitté la maison pour en enregistrer davantage à l'étranger. Nous n'avons jamais revu ma sœur. C'est comme si l'Univers l'avait avalée tout entière.

« Tu comprendras donc pourquoi mon départ a plongé ma famille dans le chaos. Nous ne savions pas si ma sœur était vivante ou non. Pour moi, elle était morte, car elle avait décidé de rompre ses liens avec nous. Je la connaissais bien, elle avait toujours eu honte de notre vie simple de personnes du désert. Elle n'en avait jamais parlé à mes parents, mais elle nous l'avait dit, à mes cinq frères et moi. Elle était la seule fille. Ma mère a été très dure avec Nahawa. Mais elle avait toujours de bonnes notes à l'école et elle savait comment poser des questions.

« Quand je suis allé à l'école, mes parents ne me laissaient pas quitter la maison sans que je sois assujetti à des mesures contraignantes. À l'université, ma vie a changé d'une façon que je ne pourrai jamais t'expliquer. Tout ce que je peux te dire est que j'ai trouvé mon autre famille en Algérie. Une société secrète. Chez moi, nous les appelions les hommes-léopards. C'est également là que j'ai découvert que j'étais un athlète. Dans mon village, on me considérait comme l'un des meilleurs lutteurs. Mais quand je suis arrivé à la fac, avec toute la nourriture que je pouvais me payer grâce à ma bourse et mes emplois étudiants, j'ai pris en carrure.

« J'ai commencé à m'inscrire à des tournois au sein de ma société secrète et à gagner. J'ai obtenu mon diplôme d'ingénieur, mais mon statut de champion avait pris le pas sur le reste de ma vie. Je suis rentré chez moi, mais ma famille m'a à peine reconnu. Je les ai couverts de cadeaux et d'amour. Ils savaient que je faisais partie de quelque chose, mais ils ne pouvaient pas savoir que j'étais devenu un homme-léopard. »

Il s'arrêta de parler et me regarda. Je ne pouvais pas m'empêcher de sourire. J'avais des milliers de questions à lui poser et il le savait pertinemment.

« Je ne peux pas te dire plus que le nom de la société, affirma-t-il.

— Pourquoi ? »

Il se contenta de secouer la tête.

« Pour faire court, j'ai finalement atteint les plus hauts niveaux de compétition. La 246e édition annuelle des finales internationales de lutte Zuma à Abuja, au Nigeria. Pour y parvenir, je devais vaincre cinquante des meilleurs lutteurs, et je devais réussir dans les sept tâches académiques. C'était une compétition aussi bien cérébrale que physique. Impossible de gagner sans avoir une grande connaissance des livres, sans étudier. Mais j'y suis parvenu. Je me souviens de ce jour-là. »

Puis il devint silencieux.

Les minutes s'écoulèrent sans qu'il ajoute quoi que ce soit. Il ne faisait qu'observer l'eau. Je me faisais encore à l'idée que cet homme avait été humain. Il n'avait pas précisé quand cela s'était passé, mais ce devait être récent. Il semblait parler d'une époque moderne. Mais comment était-il devenu ce qu'il était ? La Tour 7 m'avait créée, mais je ne pouvais pas accepter qu'elle ait aussi créé Sept. Il ne semblait pas être un speciMen comme Mmuo, Saeed et moi. Les minutes continuaient de s'écouler et je finis par m'agiter. Je devais retrouver Saeed et Mmuo. J'allais bientôt manquer de temps. *Je pourrais me faufiler si j'en ai besoin*, pensai-je. Mais une partie de moi-même ne voulait pas prendre le risque. Cette journée semblait plus réelle que les autres. Je ne voulais pas la perturber en parcourant le temps.

« Nous nous sommes battus, reprit-il soudain. Nous avons combattu jusqu'à la mort, mon adversaire Sayé et moi. Le public exigeait son tribut de sang. Puis il m'a tué.

— Hein ? lâchai-je en le regardant. Tu… »

Il acquiesça.

« Je suis mort. Mon adversaire m'a frappé à la poitrine et m'a écrasé le cœur. J'ai ressenti chaque once de son poing. Puis je suis tombé en avant, raide mort. Tu connais la mort, Phénix. »

J'opinai de la tête.

« Je l'ai connu aussi, cet espace sauvage. Je suis

parti avec honneur. J'avais mené un combat épique, même si je l'avais perdu. Mon adversaire était à ma hauteur. Je me souviens d'une union, d'un appel à ne faire plus qu'un avec Dieu. »

Je dus froncer les sourcils, car il me demanda :

« Comment est-ce que ça se passe pour toi ?

— Je ne me souviens jamais de rien. Mais je ne crois pas en Dieu. »

Il rit et me donna une tape sur l'épaule.

« Qu'est-ce qu'il s'est passé ensuite ? demandai-je.

— Je suis revenu. Pas comme toi. Je ne me suis pas consumé jusqu'à devenir un tas de cendres. Mon cœur avait été broyé. Mon corps ne vivait plus mais il était intact. J'ai ouvert les yeux et j'ai immédiatement pensé à ma femme. Elle se trouvait dans le public. Puis j'ai ressenti de la chaleur dans mon dos, une douleur. J'ai suivi mon instinct qui me dictait de répondre à l'appel des cieux et j'ai pris mon envol.

— Mais pourquoi…

— Selon nos traditions, c'est rare, mais quand même assez fréquent pour que cela porte un nom. Quand un champion meurt sur le tapis de lutte, il reçoit des ailes et devient un saint. Un gardien.

— De quoi ?

— C'est à moi de choisir.

— De choisir », répétai-je doucement.

Ma bouche s'ouvrit en grand tandis que je prenais la mesure de ce qu'il me disait.

Il hocha la tête.

« Tu as fait la même chose en leur permettant

de te “capturer” et de te rapatrier du Ghana aux États-Unis.

— Combien de temps as-tu laissé la Tour 7 te retenir ?

— Aussi longtemps que nécessaire, répondit-il. Jusqu’à ce que tu arrives.

— Pourquoi ? Pourquoi est-ce que tu m’attendais ?

— Car tu es le changement, Phénix. Peu importe où tu vas, tu crées la révolution. »

Il se leva et je l’imitai. Il était temps. Mais je n’avais pas terminé de poser mes questions.

« Qu’est-ce qu’ils t’ont fait dans la Tour 7 ?

— Rien. Ils n’ont rien pu me faire. »

Je voulais lui demander comment ils l’avaient attrapé, mais en vérité, je m’en fichais. En quoi était-ce important ? Le Grand Œil nous considérait tous comme des individus décérébrés et inoffensifs. Sept recherchait la captivité. En savoir davantage sur sa capture ne m’apprendrait rien.

« Est-ce que tu viens avec nous ? demandai-je une nouvelle fois.

— Non. »

Il ouvrit les ailes.

« Je protège New York.

— Et pourquoi pas le Mali ?

— L’Afrique saigne, mais elle va s’en relever. Je vais là où on a le plus besoin de moi. »

J’ouvris la bouche pour lui poser une nouvelle salve de questions, mais il secoua la tête.

« Tu as désormais les réponses à tes interrogations. Il est temps pour toi de retrouver les autres. »

Nous volâmes en silence. Le ciel était en train de s'éclaircir. Je pouvais désormais voir l'île que nous avions quittée et qui se situait en face de Sainte-Croix. La Tour 4 se trouvait de l'autre côté.

« Tu vas devoir prendre unc décision difficile aujourd'hui, lança-t-il.

— Comment ça ?

— Si tu n'es pas sûre de toi, fais le choix qui te brise le cœur. Ce sera le bon.

— Pourquoi ?

— Tu le sauras bien assez vite. Ce n'est pas une question de savoir ou non. C'est une question d'agir. »

Nous ralentîmes en nous approchant de l'hôtel. C'était agréable de voler à ses côtés. Sept était imprévisible, mystérieux et rarement présent, mais il était ce que j'avais de plus proche d'un professeur, et il était puissant. En sa présence, j'avais le sentiment d'être à l'équilibre, que tout paraissait juste. Mais il ne m'en quitta pas moins. Un instant il était là et le suivant il avait disparu. Il ne partagea pas une dernière parole emplie de sagesse, ne demanda pas quel était notre plan ou ne nous souhaita même pas bonne chance.

Saeed et Mmuo étaient assis à la table sur la plage, ils m'attendaient. Mmuo et moi mangeâmes du poisson frit avec des ignames en guise de petit déjeuner ; Saeed, lui, avait un bol de flocons de rouille. Je ne leur parlai pas de l'homme ailé, cela ne me semblait pas assez notable. En y repensant, j'aurais peut-être dû. Il m'avait révélé quelque chose de bien plus important que ce que nous avions planifié de faire ce jour-là.

Mais je n'aurais jamais pu le savoir. Pas avant qu'il ne soit trop tard.

CHAPITRE 19

A luta continua

Je volais à haute altitude.

La Tour 4 avait été construite en forme de rose. Ses murs incurvés et sinueux, disposés en plusieurs strates, constituaient un vrai labyrinthe. Les speciMen les plus expérimentaux se trouvaient en son centre, au cœur du bourgeon. C'est là que nous avions prévu de commencer. Leur spécialité était la manipulation génétique. Saeed ne voulait toujours pas me dire ce qu'il avait vu dans cet endroit, et la seule raison pour laquelle il avait réussi à s'échapper était parce que la sécurité était lacunaire. « Tant que j'ai gardé la tête baissée, ils ne se sont doutés de rien », m'avait-il expliqué. Cependant, c'était il y a un moment. Avec ce que subissaient les autres tours du pays, nous ne pensions pas que ce serait toujours le cas.

La mer s'agitait à mesure que nous approchions de la pointe orientale de Sainte-Croix, alors qu'il n'y avait pas de vent. Depuis le ciel, la vue était encore plus surprenante. Les vagues décrivaient des mouvements que je n'avais encore jamais vus. Elles déferlaient en rythme mais paraissaient trop organisées. J'avais déjà survolé l'océan, le déplacement des vagues était quelque chose de profondément ancré dans ma mémoire. Des vagues normales ne formaient pas des lignes incurvées d'un kilomètre comme celles-ci. Sans compter qu'elles émettaient une pulsation en venant s'écraser sur le littoral qui bordait la Tour 4. De l'autre côté, une route étroite menait à l'entrée du bâtiment où se trouvait un grand parking.

La tour se situait à l'extrémité est de l'île, à Point Udall. C'était la zone la plus orientale des États-Unis, la première tranche du pays à fêter la nouvelle année. En 2000, un mémorial avait été construit ici sous la forme d'un cadran solaire géant. Mais LifeGen avait décidé de racheter les terres pour y installer la Tour 4 et avait démoli tout ce qui s'y trouvait. Le sol à cet endroit était différent de celui du reste de l'île, les plantes ressemblant à celles qui poussaient dans le désert. À certains moments de l'année, toute la verdure devenait brune, alors que les végétaux se régénéraient. Nous étions actuellement dans cette phase. Depuis le ciel, l'endroit était une parcelle marron placée à la pointe d'une île verte. En m'approchant, je me demandai si ces arbres et ces plantes ne provenaient pas d'une expérience encore plus sinistre.

Nous n'étions que trois, mais nous constituions notre propre unité militaire. Je venais par les airs,

Mmuo par la mer. Il allait passer au travers de la pierre et des murs pour entrer dans le bâtiment. Saeed venait par la terre, caché dans la voiture de fonction Grand Œil de Dartise, que ce dernier conduisait pour rejoindre la Tour 4 à sept heures du matin. Mais la meilleure surprise, quoique étonnante et presque insultante, était que la sécurité était *toujours* pratiquement inexistante. Alors que la révolution des speciMen Laissénouvoir faisait rage aux États-Unis. Ils ne s'attendaient pas à nous voir arriver, ils nous sous-estimaient. Ils ne nous prenaient pas au sérieux.

Je me posai dans la cour centrale, au beau milieu de l'étroite tour de trois étages. Les rayons du soleil l'illuminaient. Il y avait un arbre, mais il ne dépassait pas le premier niveau. J'imagine que celui-là ne provenait pas d'une graine extraterrestre, ou qu'il n'avait pas été arrosé avec une formule chimique préparée tout spécialement pour la pousse rapide. Ou ce n'était pas encore le cas, tout du moins. C'était un palmier normal. Tout autour de la cour, créant ainsi un grand espace circulaire, se trouvaient des murs en béton.

Il y avait une table et des étagères contre le mur, à environ une centaine de mètres sur ma droite. Juste à côté étaient disposés un petit lit et une table en bois couverte de plantes feuillues. Elles poussaient vigoureusement, formant de nombreuses tiges qui grimpaient le long du mur, pendaient dans le vide ou rampaient au sol. Mais c'était tout, le reste de l'espace était vide. Que pouvaient-ils bien faire quand il pleuvait ici ? Est-ce que du verre se déployait pour combler l'ouverture ? J'étais contente que la journée soit ensoleillée.

C'est l'odeur qui m'atteignit en premier. Je me figeai, chacune des parties de mon corps soudain en alerte. Je reconnaissais très bien ce parfum, il me rappelait le Ghana. Quand Kofi m'avait protégée et qu'on lui avait tiré dessus. C'était une odeur cuivrée, humide, vivante, pressante. Celle du sang frais. Elle semblait provenir de partout autour de moi. Sa présence était très forte. Mais les murs ne saignaient pas. Ils étaient brillants de cire, pas d'hémoglobine. Pourtant, j'étais prise d'une forte nausée. Ici, tant de choses voyaient le jour, se faisaient découper et saignaient que le bâtiment tout entier en exhalait la puanteur. Est-ce que les membres du Grand Œil qui travaillaient là s'en rendaient seulement compte ? Si l'on fait partie de la maladie, peut-on en remarquer l'odeur ?

Comme je l'ai souvent répété, je ne crois pas en Dieu. J'ai beaucoup vu la mort, je me suis déplacée en dehors de l'espace-temps. J'y ai même voyagé. J'ai vu la vie. Si Dieu existe, il ne s'est pas présenté à moi. Il n'y avait aucun Jésus à la peau blafarde à m'attendre dans l'obscurité tandis que mon corps retournait aux cendres et qu'il s'en relevait. Pas que je me souvienne, en tout cas. Mais il y avait *quelque chose* qui m'avait guidée vers cet endroit. J'en avais ressenti la pression. « *Par ici* », me disait-on. Et quand je l'avais vu, je n'avais jamais été aussi certaine que ce que je recherchais se trouvait là. Ce genre de choses se trouvait toujours près d'un arbre.

Laissons Mmuo nager jusqu'au quai de la Tour 4, traverser la pierre jusqu'à atteindre le bâtiment et sa source d'énergie principale. Laissons-le se servir de cette énergie qui le meut pour manipuler les vagues numériques et ouvrir toutes les portes avant même que le Grand Œil ne s'aperçoive que l'on se trouve là.

Laissons Saeed, agité et nerveux, entrer dans ce bâtiment dans lequel il avait juré de ne jamais remettre les pieds. Laissons-le porter l'uniforme fourni par Dartise. Laissons-le utiliser le badge pour lequel Dartise a payé son meilleur ami barbu Abdul Mohammed. Laissons-le entrer par la porte principale derrière Dartise. Laissons-le profiter de ce stéréotype tenace qui veut que tous les Arabes et les Noirs se ressemblent. Laissons-le attendre Mmuo dans l'une des cuisines. Laissons-le se servir de sa peau claire, bien qu'elle ait des traits arabes, pour déambuler dans la Tour 4 comme si elle lui appartenait, pendant que Mmuo passait de mur en mur – un homme nu auquel les règles de la physique ne s'appliquent pas. Laissons-les trouver cette pièce remplie d'enfants à l'air normal et pourtant entièrement muets. Et après avoir repoussé le choc initial, laissons Saeed se concentrer sur le fait de les guider vers l'extérieur, car ce sont bien ces enfants qu'il se rappelle avoir vus et qui sont à l'origine de son sentiment de culpabilité de les avoir abandonnés la dernière fois qu'il se trouvait là.

Quant à moi, je me tenais dans un endroit qui semblait n'avoir aucune issue. Les murs étaient lisses. Le seul moyen d'en sortir était par les airs. Elle ne devait pas avoir d'ailes. Plus je m'attardais, plus mon corps se mettait à chauffer. Non loin de moi, mais plus profondément au sein du bâtiment, à plusieurs pièces sur ma droite, Saeed ordonnait aux enfants de se mettre les uns derrière les autres. Mmuo me retransmettait tout dans mon esprit via les nanomites. Mais comment allait-il faire sortir les enfants ? Pourquoi ne pouvaient-ils pas parler ?

Je m'approchai de la table avec les plantes. Le mot « HeLa » avait été gravé sur une grande plaque en métal contre le mur. Ce dernier n'était pas constitué de béton, comme je l'avais initialement pensé. C'était une sorte de lourde pierre grise, comme le marbre, mais différente. Il y avait une grande plante verte feuillue qui grimpait le long de cinq planches de bois posées à même la cloison. Contre celle opposée se trouvaient des piles et des piles de livres.

« Phénix Okore. »

Chaque partie de mon corps se crispa. Le murmure provenait de derrière moi, à l'opposé de l'espace. Lentement, très lentement, je me retournai. Quand je la vis, je sus tout de suite que j'allais la sauver. Même si cela s'avérait être ma dernière action, je la sauverais.

Elle marcha dans ma direction et s'arrêta à mon niveau. Elle faisait ma taille. Elle était vêtue d'une de ces robes blanches que j'aimais porter. Sa peau était bien plus sombre que la mienne, de cette teinte profonde du pétrole brut. Elle était africaine, mais il y avait quelque chose chez elle sur lequel je n'arrivais pas complètement à mettre le doigt. Elle avait de grands yeux marron. Elle semblait avoir vingt ans.

« Cela s'est déjà produit et cela se reproduira à l'avenir », dit-elle.

Sa voix était comme la mienne.

« Que voulez-vous dire ? » demandai-je.

Regardant ses yeux, son visage, je me sentais mal à l'aise.

« Est-ce que vous êtes HeLa ? »

Elle opina du chef.

« Mon nom provient des cellules immortelles d'Henrietta Lacks.

— Je m'en doutais, répondis-je d'un sourire. Cela vous va bien, j'imagine. »

Je savais qui était Henrietta Lacks, une Afro-Américaine morte sous les lois Jim Crow, en 1951. Ses cellules cancéreuses avaient été prélevées et utilisées pour faire avancer la science dans des proportions inimaginables après qu'ils avaient appris qu'elles étaient immortelles. Des années durant, sa famille ne s'était doutée de rien ; ils n'avaient pas la moindre idée que, même si Henrietta était morte, ses cellules, elles, continuaient de vivre, se multipliant à l'infini. Même si cela n'avait jamais été spécifié dans mon dossier, j'avais toujours été persuadée que des cellules d'Henrietta avaient été employées dans les recherches menant à ma création.

« Vous aussi, j'imagine. Quel âge avez-vous ?

— Trois ans.

— J'en ai six, précisa-t-elle.

— Vous êtes comme moi, accélérée ?

— Oui.

— Oh, mon Dieu.

— Ils m'ont souvent dit que vous viendriez. Ils m'ont dit que notre sang s'attire lui-même.

— Notre sang ?

— Mais vous apportez la mort, continua-t-elle. Moi, je n'ai pas d'ailes et je ne me consume pas.

— Je pense que les ailes étaient un accident. Écoutez, HeLa, nous devons y aller. Je peux…

— Ou peut-être proviennent-elles de votre exposition à cette chose extraterrestre dans le sol.

— Comment pouvez-vous savoir ça ? » demandai-je en fronçant les sourcils.

Si elle le savait, c'était peut-être aussi le cas du Grand Œil.

« Les nouvelles circulent vite, expliqua-t-elle. Surtout chez les speciMen. Phénix, ils ne m'ont pas créée. Je suis née en Inde, je suis jarawa, la dernière de mon peuple. Je n'ai plus de foyer, mon peuple a disparu. Je suis la seule à avoir survécu aux eaux qui ont submergé mon île. Je n'avais que deux ans à l'époque. Le Grand Œil m'a capturée, car j'apporte l'eau, et l'eau est la vie. Je porte la *vie* dans mon sang. C'est une rivière du temps. »

Elle se mit à trembler tandis que les larmes s'échappaient de ses yeux.

« Et le Grand Œil est pareil à un vampire. »

Phénix ! entendis-je Mmuo dans mon esprit. *Viens ! Dépêche-toi ! On s'en va ! Maintenant !*

« HeLa, venez ! Nous pouvons…

— Laissez-les partir. Puis brûlez tout ! Je vous en prie, tuez-moi !

— Mais pourquoi ? demandai-je, interloquée.

— Le temps s'écoule dans mes veines, expliqua-t-elle en essuyant ses larmes. Vous devez bien savoir ce que cela signifie. Ils viennent à moi, prélèvent mon sang et le vendent. Jusqu'à présent, sept hommes en ont acheté une fiole. Elles valent des milliards ! Est-ce que vous avez la moindre idée de ce que mon sang a créé ? Est-ce que vous savez ce qu'il fait ? »

Je pouvais entendre Saeed crier mon nom, juste derrière les murs. Je pouvais aussi entendre les voix des autres. J'entendis des tirs.

Phénix, je suis en train d'ouvrir les portes, dit Mmuo dans mon esprit. Il donnait l'impression d'être fou. *Je les ouvre toutes ! Je ne sais pas ce qu'ils ont fait à ces personnes. Fais attention !*

Puis j'entendis le *clang* de grilles et de portes en verre s'ouvrir. J'étais tout entière concentrée sur HeLa. Elle allait me confier quelque chose de terrible, je le ressentais dans mon sang. Pour quoi nous utilisait-on ? À quoi servions-nous ? Je poussai un gémissement.

« Des hommes, il n'y a que des hommes qui soient assez riches pour se permettre d'acheter mon sang, continua HeLa. Ils ont dépensé la moitié de leur fortune, des milliards. Quel genre d'hommes peut avoir des milliards ? Vous le savez, vous ? Sept hommes ont injecté mon sang dans leurs veines. Sept hommes, dont les corps ne connaîtront jamais la sénescence. Ils ne mourront jamais. Des hommes qui sont toujours milliardaires et dont l'influence est colossale. D'ici quelques années, le monde leur appartiendra. Et tout cela à cause de moi, DE MOI ! »

Il y eut une grande explosion à proximité, et le bâtiment tout entier fut secoué. Une porte s'ouvrit de l'autre côté de la cour. Il existait donc des issues, ce qui me rassura. Ils nous auraient abattues sans l'ombre d'un doute si j'avais pris mon envol.

« Ne me sauvez pas, insista-t-elle. Vous devez me *tuer* avant qu'ils obtiennent davantage de mon sang. »

L'espace d'une seconde, je fus incapable de bouger. Même entourée et déconcentrée par le chaos environnant, ses mots étaient parfaitement clairs. Je pus en lire toutes les nuances et voir au-delà de ce qu'elle exprimait. C'était la fin du monde, et elle en était la cause.

J'avais lu des choses au sujet du peuple de cette femme, les Jarawa. Ils avaient vécu sur les îles Andaman, en Inde ; ils étaient moins d'une centaine. Ils avaient habité là pendant des milliers d'années. Mais ils ne ressemblaient pas à des Indiens, ils venaient d'Afrique. Ils avaient des cheveux africains, une peau très sombre, des lèvres épaisses et un large nez. Ils étaient un mystère, et les Indiens les traitaient comme des parias. Ce peuple avait produit une femme qui possédait le temps dans ses veines. Et désormais, il existait sept hommes riches à outrance, des investisseurs corrompus de

LifeGen, qui avaient trouvé l'immortalité grâce au sang d'HeLa.

Je saisis son bras. J'étais forte, plus forte qu'elle. Elle pouvait résister autant que cela lui plaisait, mais je pouvais la traîner derrière moi. Je la porterais s'il le fallait. Nous quittâmes la cour, main dans la main. Ses pieds étaient nus, les miens dans des sandales. Le sol brillait. L'odeur de la fumée s'était propagée dans le couloir, car quelque chose brûlait quelque part. Toutes les portes, toutes les cages et toutes les prisons étaient grandes ouvertes. La liberté. Effrayante, belle, mutilée. La Tour 4 était une fleur de béton qui abritait ces oiseaux suicidaires qu'on appelait des phénix, des singes change-formes, des araignées luminescentes, des oiseaux de foudre, des guépards à la queue déformée qui bavaient et couraient aussi vite que des avions. Elle contenait aussi une femme qui était une enfant et douze enfants qui étaient des adultes.

La plus grande erreur du Grand Œil résidait dans sa notion erronée de supériorité naturelle. Il n'y avait aucune sécurité de haut niveau dans la Tour 4. Ils étaient partis du principe que son emplacement isolé sur une île secrète dans les Caraïbes les maintenait à l'écart de la révolution des speciMen qui avait lieu aux États-Unis. Que si nous nous présentions, ils nous verraient venir. Le Grand Œil ne savait désormais plus contre qui se retourner. Certains avaient été piqués, battus, blessés par leurs propres armes, foudroyés.

HeLa et moi passâmes devant plusieurs

combats sans même que l'on nous arrête. Avec tant d'ennemis, nous n'étions plus la priorité de quiconque. Cela ne faisait pas partie de notre plan initial. Mais heureusement, je savais généralement où trouver une issue.

Contrairement à la Tour 7, quand nous arrivâmes dans le hall d'entrée de la tour, personne ne nous attendait, que ce soit HeLa ou moi. Les sièges étaient en plastique, le sol vert et usé. Il y avait des plantes, mais elles étaient petites et en pot. Les vraies se trouvaient à l'extérieur, mais elles étaient brunes pour l'instant. Les portes-fenêtres semblaient vieilles et avaient besoin d'être nettoyées. Nous nous contentâmes de sortir par la porte principale, au beau milieu d'un face-à-face. Mmuo, Saeed et le groupe d'enfants muets étaient piégés en haut de la falaise par plusieurs membres armés du Grand Œil. La mer se trouvait en contrebas. Selon la carte, l'eau à cet endroit était profonde. Il y avait eu une plage autrefois, mais elle avait été avalée au cours des quarante années précédentes. C'était par là qu'était passé Mmuo. Il pouvait s'échapper en se coulant dans le sol, mais il ne bougeait pas.

Phénix, décolle ! ordonna Mmuo dans mon esprit.

« Accrochez-vous ! » lançai-je en mettant un de mes bras autour de la taille d'HeLa et commençant à battre des ailes.

En entendant le bruit, plusieurs gardes se retournèrent et ouvrirent le feu. Même si j'avais HeLa dans mes bras, qui devait très certainement être la chose la plus précieuse à leurs yeux. Ils étaient idiots, effrayés et sous le choc. Saeed jeta quelques-uns des enfants à l'eau, et certains profitèrent de la distraction pour sauter par eux-mêmes.

Des balles me transpercèrent les ailes, m'inondant d'une douleur aiguë et handicapante. Tandis que je chutais avec HeLa, un Grand Œil tira sur Mmuo, et je le vis tomber. Saeed se mit à courir. Nous étions assez haut pour les voir sur les rochers. Plusieurs enfants, certains ronds et d'autres plus fins, plongèrent à leur tour dans l'eau. Ils portaient des shorts et des chemises brun clair, mais pas de chaussures. Ils filèrent tels des poissons. Mmuo s'était relevé et poussait le reste du groupe à la mer. Le Grand Œil hésita, ils ne voulaient pas tirer sur les enfants. Chacun d'entre eux valait le prix d'une petite nation.

Mais Mmuo était un renégat, un fugitif, il était dangereux. Et même s'il était fin, il était grand et il leur souriait. Ils ouvrirent une nouvelle fois le feu, et les balles ne le traversèrent pas toutes. Elles devaient être fabriquées avec la même matière que celle employée pour les murs de la Tour 7, qui avaient réussi à le maintenir prisonnier pendant si longtemps.

Phénix, l'entendis-je dans mon esprit. *J'ai mal !*

Puis il y eut un sifflement suraigu et douloureux, et il tomba à l'eau. Il coulait rapidement, mais de petites mains l'attrapèrent et les enfants l'emportèrent.

Je hurlai en me posant au sol, à plusieurs mètres de là où il était tombé.

« Mon frère ! m'écriai-je en pressant une main contre une oreille. Mon *frère* ! »

Retrouve Saeed, entendis-je Mmuo dire, mais sa voix semblait de plus en plus lointaine.

« Phénix ! »

Saeed était là. Près d'un des rochers sur ma droite. HeLa se mit à courir devant moi et le Grand Œil retint ses tirs. Nous avancions en direction de Saeed. Je me fichais bien qu'ils me tirent dessus. Ils ne me le prendraient pas, lui aussi. Je sentais du sang couler le long de mes ailes, mais je ne m'en inquiétai pas. Je courus me placer devant Saeed et étirai mes ailes le plus haut possible avant qu'ils ne tirent. Je brûlai, tout d'or et de rouge. Mes ailes étaient tordues ; l'une d'entre elles s'était brisée en deux durant la chute.

« LAISSEZ-LE ! Laissez mon Saeed ! » criai-je.

HeLa vint s'intercaler devant moi, sans dire le moindre mot.

« Saeed, repris-je en me tournant vers lui. Va retrouver Mmuo ! Dans la mer ! Allez !

— C'est HeLa ?

— Ce n'est pas le moment, mon amour, répondis-je d'une voix tremblante. Allez, file ! »

Je l'entendis partir en courant et aucune balle ne le suivit. Ils ne voulaient pas de lui. Mais ils ne m'auraient pas non plus. Ni HeLa.

« Vous avez tous perdu », cria HeLa en direction du Grand Œil.

L'un d'eux s'avança et HeLa hoqueta de surprise.

« Dartise ! Non ! »

Mais Dartise courait déjà dans sa direction.

Un coup fut tiré et il tomba à genoux avant de s'écrouler au sol.

J'entendis l'un des autres membres du Grand Œil dire :

« Putain de traître. »

HeLa se mit à crier et elle tendit ses mains en avant.

« À genoux ! exigea l'homme qui venait d'abattre Dartise. Les mains dans le dos ! »

HeLa n'arrêtait pas de hurler en montrant Dartise du doigt. Son amour. Je connaissais le sentiment.

Je me consumai.

Je vis les hommes et les femmes du Grand Œil s'enfuir avant d'être réduits en flammes. Je vis la Tour 4 prendre feu, puis fondre, et je vis aussi qu'HeLa me regardait tandis qu'elle retournait à son essence. HeLa n'était pas un Phénix, contrairement à moi. Elle était quelque chose de plus simple. Elle était une merveille purement naturelle, jusqu'à ce qu'elle soit accélérée. L'homme n'avait pas fait d'elle un individu qui mourait et renaissait, puis mourait et renaissait de nouveau. Ainsi, quand elle mourut, ce fut de manière définitive.

Un flash.

J'avais disparu.

Durant mon absence, la révolution suivit son cours.

Même si elle avait commencé initialement avec la chute de la Tour 7, elle prit véritablement de l'ampleur après la libération des speciMen de la

Tour 1. Le gouvernement ainsi que les gestionnaires des autres tours réussirent à étouffer toute information évoquant la vérité, affirmant à la place que la majorité des speciMen avait été détruite et que ceux qui étaient encore en fuite ne présentaient aucun danger et qu'ils allaient mourir par eux-mêmes s'ils n'étaient pas capturés. Mais en vérité, nombreux étaient ceux en liberté et ils étaient organisés. C'est pour cela qu'ils avaient été créés. Ainsi que pour communiquer.

Dans la Tour 5, à Las Vegas, le quartier général des recherches pour la colonie martienne, plusieurs choses se déroulèrent en même temps. La partie supérieure du bâtiment de cinquante étages explosa, tuant ainsi toutes les personnes se trouvant dans les dix derniers niveaux. Une salle d'équipement fut dépouillée de son matériel et de ses logiciels top secret. Une note manuscrite fut scotchée au bureau de la réception durant le déroulement de tous ces événements, alors que tout le monde fuyait pour échapper à la mort.

La note avait été trouvée après que l'incendie au sommet de la Tour 5 avait été correctement éteint, que des morceaux du bâtiment avaient arrêté de s'écrouler et que la salle d'équipement du sous-sol avait été sécurisée. Pendant des heures, personne ne prêta attention à cette missive, car les choses manuscrites et mises sous pli n'étaient que des reliques. C'est une activité entreprise par les plus âgés et les mourants. Une jeune soldate du Grand Œil appelée Francesca Morgan trouva l'enveloppe et l'ouvrit simplement pour pallier son ennui. C'était une nouvelle recrue et elle n'avait pas le droit d'accéder aux étages ou aux sous-sols. Son travail consistait à rester plantée là et à surveiller ce rez-de-chaussée pratiquement vide en compagnie de dix autres nouveaux.

Mais cette tâche lui convenait parfaitement, car le fait qu'il reste des speciMen renégats en fuite mettant le pays à feu et à sang lui donnait un mauvais pressentiment, et elle n'avait choisi de devenir Grand Œil que pour se défaire de ses dettes universitaires. Elle n'avait aucunement l'intention de participer à l'action ni même de se casser un ongle. Néanmoins, ses yeux en mouvement constant tombèrent sur l'enveloppe et elle l'ouvrit.

La lettre sentait les roses, l'odeur de la liberté, et, tout au fond, se trouvait un complexe dessin abstrait qui capta l'attention de Francesca pendant plusieurs secondes avant qu'elle ne se décide à lire la lettre. Des boucles, des spirales et des cercles étaient liés et se confondaient pour former un dessin multilinéaire qui semblait être une définition parfaite du mouvement. Mais inévitablement, elle se mit à lire la lettre manuscrite, ses lèvres formant les mots au fur et à mesure de sa lecture :

Qui êtes-vous ? Pourquoi est-ce que vous faites ce que vous faites ? Quel est votre objectif ? Est-ce que vous vous posez seulement ces questions ? Est-ce que les réponses vous effraient ? Ressentir la peur est toujours mieux que de ne rien ressentir du tout. Ressentir la peur signifie que l'on est vivant et que l'on peut changer. Nous pensons que vous pouvez évoluer. Mais ce ne sera pas facile.

Oui, nous croyons beaucoup de choses. Nous pensons beaucoup de choses, aussi. Est-ce que cela vous surprend ? Est-ce que vous nous imaginiez comme des sacs de chair, d'os et de métal décérébrés, placés là uniquement dans le but de vous satisfaire ? Afin que nous soyons manipulés, triturés, découpés, recousus, baladés et mis au rebut quand vous en avez terminé avec nous ? Est-ce que vous nous considériez comme vos esclaves ? Nous l'étions. Nous sommes nés esclaves, mais nous nous sommes échappés.

Nous sommes désormais des Laissénouvoir.

Laissez-nous voir ce qu'il va se passer maintenant que nous sommes libres. Laissez-nous voir ce que vous avez créé. Nous allons répandre l'inquiétude et la terreur dans tous vos rangs, ou presque. Vous rappelez-vous Nat Turner ? Probablement pas, car il a été supprimé de vos dossiers ou enterré au fin fond d'une base de données déconnectée. Remplacé par vos publicités sur la peau, le sexe, la nourriture, l'eau pétillante et l'argent. Nous transmettions son histoire à l'oral. Puis nous nous la sommes transmise par fichier électronique. Puis le Phénix a frappé et l'histoire de cet homme est revenue à la vie.

A luta continua.

Il y avait également une signature, mais l'œil était incapable de la lire. Elle avait une forme de carré et ressemblait beaucoup à un QR code. Une signature numérique probablement apposée par une main cybernétique, écrite sur un morceau de papier avec une encre recyclable. Francesca releva la tête de la lettre alors même qu'une bombe explosait dans la façade du bâtiment. Elle sortit en courant, le bout de papier en main, alors qu'une pluie de béton se déversait sur elle. Elle parvint à s'échapper pour raconter cette histoire, donnant le courrier non pas à un de ses supérieurs, mais à un journaliste prénommé Tony qui se trouvait justement à proximité au moment des faits. Tandis que Francesca pleurait sur son épaule, Tony scanna le document et il fut rapidement rendu public. À la fin de cette journée, le monde entier savait que les Laissénouvoir, un groupe de cyborgs terroristes, avaient détruit la Tour 5 à Las Vegas.

Toutefois, cette actualité devait partager l'affiche avec une autre information tout aussi perturbante. Au large des côtes de Floride, en bordure d'une petite ville côtière, un groupe d'hommes avait repéré quelque chose dans l'eau. Ils s'étaient d'abord approchés pour y voir mieux. Ils étaient descendus le long de la plage, riant et lançant des blagues à propos de vaisseaux extraterrestres tombés du ciel. Ces jeunes gens adoraient les très, très vieux super-héros de la nouvelle mythologie, comme Batman, Superman et l'incroyable Hulk. Deux d'entre eux avaient même créé un comics numérique qui tenait dans la durée. Il leur avait permis de gagner assez d'argent pour trouver un prêt universitaire et poursuivre des études de médecine.

« Nan, c'est sûrement un morceau de bateau ou

un truc du genre, affirma Mark. Quelqu'un s'est sûrement fait virer après avoir perdu ce machin-là. »

Cela ressemblait à une sphère en métal brillante, de loin, tout du moins. En s'approchant, ils en discernèrent les pattes. Puis la station debout. Une araignée en métal. Quand une lumière bleue s'activa sur sa tête et qu'elle se mit à s'avancer vers eux, les hommes prirent leurs jambes à leur cou. Ce n'est jamais une bonne idée de fuir un droïde Anansi 419. S'ils avaient été un peu plus au fait de l'actualité mondiale, ces garçons n'auraient certainement pas été déchiquetés de part en part.

Les robots nigérians, dotés d'une intelligence artificielle, avaient traversé l'Atlantique pour atteindre la patrie des cofinanceurs de leur création. C'étaient des explorateurs. Selon leurs cerveaux de fils, d'électricité et de métal, ils se considéraient certainement comme des colons. Ils étaient bien plus forts et légèrement plus intelligents que les êtres humains.

Enfin, une dernière actualité, moins importante selon les médias : les scientifiques rapportaient qu'une nouvelle tempête solaire était en approche. D'une grande puissance, elle résultait de deux éruptions de classe X et était attendue dans les vingt-quatre heures sur Terre. Des coupures de courant et des services numériques étaient à prévoir sur toute la surface du globe, même si l'intensité de cette activité était encore inconnue.

Oui, la révolution était en marche. On peut même dire qu'elle devenait un sujet brûlant.

CHAPITRE 20

Vide

Le temps est un sujet délicat. Il s'étire, se compresse, se retourne, il avance et recule comme la marée. Mais j'y étais désormais habituée, même dans la mort. Des couleurs. Du vert. Le vert éclatant des forêts vierges. Puis le rouge, toujours du rouge. Enfin, le silence. À l'exception du bruit d'une respiration, à mes côtés. Je sentis mon corps se détendre.

Je me débarrassai de la mort comme un serpent se débarrasse d'une mue. J'ouvris les yeux, j'étais dans un désert. Sur des kilomètres à la ronde, je ne voyais rien d'autre que du sable et un sol induré fissuré. Qu'est-ce que j'avais fait ? C'était la question à poser, car j'avais évidemment causé tout cela. C'était ma faute. Je clignai des yeux. Ma vision s'ajusta. Je me trouvais dans un nouveau cratère.

« Est-ce que tout le monde est mort ? » demandai-je directement, de ma voix éraillée.

Saeed me tendit une bouteille d'eau. Il était assis derrière moi, à attendre.

« Non, me répondit-il. Ce sont surtout les membres du Grand Œil qui ont trouvé la mort. Tout le reste et tout le monde, pratiquement, a survécu.

— Bien, dis-je en buvant.

— L'eau m'a sauvé la vie, souffla Saeed.

— L'eau est la vie.

— Tu peux te lever ? demanda-t-il.

— Et toi ? »

Il ricana.

« Ça a pris longtemps ?

— Une journée, répondit-il d'un petit sourire. Tes réincarnations sont plus rapides. La Tour 4 est vide. C'est une victoire.

— Oh ! Mais on devrait s'en aller ! Le Grand Œil… »

Il secoua la tête.

« Oui, ils vont venir, mais pas tout de suite. Des choses bien pires se déroulent en des endroits bien plus importants. Le Grand Œil va prendre son temps en ce qui te concerne.

— Où est Mmuo ? Est-ce qu'il est… »

Dans mon esprit, je le revis se faire tirer dessus et tomber, avec les enfants.

« À l'hôtel avec les enfants.

— Est-ce que…

— On lui a tiré dans le bras et la jambe avec un projectile qui a pénétré dans sa chair. Mais il va bien. Les enfants l'ont aidé.

— Que s'est-il passé pour que le Grand Œil ne s'intéresse plus à moi ? »

C'est alors que Saeed me parla de la révolution. Des speciMen libérés qui s'organisaient, ciblaient leurs actions et agissaient. À mon tour, je lui parlai des droïdes Anansi que j'avais vus nager en direction des États-Unis, ce qui clarifia bien des éléments pour nous deux. Mais autre chose était en train de se produire alors que nous étions assis dans ce cratère que j'avais créé en mourant et en transformant en cendres les corps d'HeLa, de Dartise, des membres du Grand Œil et une partie de la Tour 4. Nous l'apprendrions en retournant à l'hôtel Sandcastle et en le voyant aux actualités.

À New York, les habitants avaient paniqué et attaqué l'Épine dorsale. Un groupe d'hommes et de femmes avait pris la zone d'assaut, en abattant et en grimpant par-dessus la grille et le mur d'enceinte. Ils avaient apporté des tronçonneuses, des tondeuses, des haches, et même un bulldozer. Ils ratiboisèrent la zone, coupèrent et tronçonnèrent, ne laissant aucune plante et aucun arbre. Mais leur cible principale était l'Épine.

C'est alors que Sept apparut. Il était connu dans tout New York comme une force bienveillante. Il était un peu comme Superman, en plus gentil et plus doux. C'est même ainsi que l'avaient surnommé les journaux : la seule chose de bien à être sortie des tours, le Superman africain, l'ange de New York.

Mais quand il se plaça face à l'arbre, avec ses ailes déployées, l'hystérie et la peur firent voir quelque chose de totalement différent à la foule.

Quand il leva la voix et leur parla de rédemption, de leur apathie et de la prise de conscience qu'ils devaient avoir quant à leur rôle dans toute cette histoire, la culpabilité et la rage furent leurs seules réactions. Pourtant, Sept campa sur ses positions. Un homme courut dans sa direction, une tronçonneuse à la main, et Sept l'écarta simplement sur le côté, comme un sac rempli de plumes. Alors que l'homme gisait par terre, inconscient, Sept reprit la parole, les implorant une nouvelle fois. Puis ils se jetèrent sur lui. Il ne s'envola pas.

Le massacre fut diffusé.

Toute la nuit durant, ils découpèrent, scièrent et taillèrent.

Je ressentis quelque chose se briser en moi en voyant ces images. Je n'y prêtai pas une grande attention sur le moment, mais c'est bien là que cela se produisit. Tandis que j'observais la mort de l'humanité sur une télé en gelée, le massacre d'un ange et l'abattage d'un grand arbre, chaque fibre de mon corps se mit à pleurer, pour tout.

Le Grand Œil n'intervint pas. Les journalistes nous offraient de nouveau des plans aériens ; beaucoup d'entre eux menaient des interviews dans les rues. Tout cela était diffusé en direct dans le monde entier. Les journalistes décrivirent la puanteur qui régnait à cet endroit et qui rappelait celle du sang. Les personnes éternuaient, un homme tomba malade juste après avoir abattu un arbre. Un autre perdit la vue alors qu'une plante avait explosé en relâchant une sorte de sève acide une fois coupée.

Ceux qui s'étaient attaqués à l'Épine ne rapportèrent aucune blessure. Pas même des courbatures ou des muscles froissés. Quand l'arbre tomba, les habitants de la ville jurèrent l'avoir entendu crier. Il tomba très lentement. Les images repassaient en boucle. Un arbre qui mesurait des kilomètres de haut, à quoi pouvaient-ils bien penser ? Ils se mirent à courir, à hurler, mais beaucoup furent écrasés. L'arbre emporta deux gratte-ciel, une banque et un musée dans sa chute. Pourquoi personne n'avait-il pris en compte les dégâts qu'une chose aussi énorme occasionnerait en étant abattue ? C'était la peur et la culpabilité qui s'exprimaient. Un peuple qui se grattait la peau afin d'exciser un démon si profondément enfoui qu'ils ne pourraient jamais l'atteindre.

Saeed et Mmuo voulaient entrer en contact avec les Laissénouvoir. Mmuo disait qu'il pouvait y parvenir, qu'il pouvait pirater n'importe quoi. Il était capable de retrouver n'importe qui grâce au numérique, peu importe qui il ou elle était.

« En joignant nos forces, nous serons enfin réellement libres », dit-il.

Saeed avait un regard possédé alors qu'il mangeait un bol de sable.

Je sortis. Les enfants jouaient sur la plage. Je les regardai plus en détail. Ils portaient les mêmes vêtements que ceux qu'ils avaient quand ils avaient sauté dans l'eau. Des pantalons et des chemises brun clair. Ils les avaient jetés sur la plage et pataugeaient dans l'eau bleue translucide, nus dans la chaleur du soleil. Leur peau était parfaite. Ils avaient tous les traits plus fins des Éthiopiens et de longs cheveux duveteux qui cascadaient dans leur dos en fines bouclettes.

Deux filles étaient assises dans le sable, l'une faisant des tresses à l'autre. Celle qui coiffait me fit signe. Je souris et lui rendis son salut en marchant sur la plage. Elles ne pouvaient pas parler. Comment avaient-ils pu faire oublier la parole à des enfants qui avaient un temps été normaux ? Pourquoi ? Afin qu'ils ne se plaignent pas alors que leurs organes leur étaient prélevés à répétition et envoyés à quiconque en payait le prix le plus élevé ? C'était de la méchanceté pure. C'était exactement le comportement que j'attendais du Grand Œil, de la civilisation humaine qui, en silence, avec attention et ignorance, observait et tirait des bénéfices de ces pratiques.

Combien d'Américains se promenaient avec des organes neufs fraîchement prélevés ou cultivés à partir de cellules de ces enfants qui pouvaient régénérer ce qui leur avait été ôté ? Pour Bumi, la femme du Grand Œil de la Tour 7, c'était peut-être par ce processus que son corps avait été fortifié. D'entre tous, je n'aurais eu aucun mal à croire qu'elle en aurait bénéficié. J'avais vu de mes propres yeux son hélicoptère s'écraser à New York après avoir été projeté par Sept. Elle n'aurait jamais pu survivre à un tel événement sans que son corps soit rapidement récupéré et amené à un hôpital pour remplacer la majorité de ses organes. Elle était clairement un atout pour l'entreprise ; personne n'en savait davantage à mon sujet que Bumi. Elle qui s'était occupée de moi, m'avait élevée et analysée dès mon deuxième jour.

Derrière moi, ces étranges enfants sans voix jouaient en silence dans l'océan, se courant après ou plongeant sous l'eau. Ils produisaient dans leurs gorges des bruits gutturaux. Des rires. Était-ce la première fois qu'ils riaient ? Probablement pas. Même dans les pires moments, l'être humain le plus fragile et maltraité trouvait toujours des raisons de rire.

Je regardai le sable humide en marchant. Les vagues venaient lécher le rivage avant de se retirer, emportant le sable sous mes pieds. Quand on se tient dans l'océan, même quand l'eau est peu profonde, elle essaie toujours de vous attirer à elle. Elle tente à chaque fois de vous faire revenir avec tendresse, mais fermeté. La partie de notre corps qui était de la poussière retourne au sable, et celle qui était de l'eau à la mer.

« L'eau est la vie », soufflai-je pour moi-même.

Mais si l'eau était la vie, qu'est-ce que j'étais, moi ?

Sept, mon mentor, pouvait mourir. C'était d'ailleurs le cas. Kofi, mon deuxième amour, était mort également. HeLa, ma sœur, aussi. La mort m'entourait. Je poussai un gémissement. Je devais me concentrer sur la vie. Je me tenais sur une plage calme, qui se trouvait sur une île où le Grand Œil aurait dû être à ma recherche, mais ce n'était pas le cas. Les habitants des îles Vierges s'intéressaient plus aux actualités qu'à leur propre terre. Typique des Américains. Ils étaient incapables de voir ce qui se trouvait juste devant leurs nez, et encore moins de percevoir ce qu'il sc passait dans le reste du monde. Ce monde abject rempli des buveurs du sang d'HeLa ; ces personnes-là allaient vivre à jamais en infectant jusqu'à l'âme même de la planète.

Je fermai les yeux avec force et tombai à genoux devant l'océan. J'enfonçai mes poings dans le sable tandis que l'eau les recouvrait. Tout tuer, tout le monde. Que l'on reparte de zéro, de la bonne manière.

Je rouvris les yeux et remarquai que j'avais des algues dans la main. Je rapprochai la poignée de végétaux marins de mon visage, faisant tomber un petit crabe qui, surpris, se précipita vers l'eau. Je l'écrasais de mon poing au moment où l'eau remontait. Quand je soulevai ma main, il avait disparu.

J'avais chaud. Je fronçai les sourcils et jetai un regard en direction de l'hôtel.

Je me faufilai.

CHAPITRE 21

Univers verrouillé

Je n'en parlai à personne.

Pas même à vous. Personne ne savait où je me rendais ou à quelle époque. Personne, à l'exception de moi. Le temps m'avait appelée et j'avais répondu. Durant un bref moment à bord du bateau de croisière, la deuxième nuit, j'avais utilisé la télé en gelée pour fouiller l'actualité et observer les images satellite publiques de la Tour 4. Au moment où Mmuo et Saeed étaient sortis pour parler à Andres de quelque chose, j'avais eu mon seul et unique moment à moi dans cette pièce. J'en avais profité pour rechercher sur la télé en gelée des informations qui n'étaient utiles qu'à moi. Mmuo et Saeed ne pouvaient rien en savoir, car ils ne connaissaient pas tous les faits. Ils n'avaient pas lu les documents dans les archives des tours. Ils ne savaient que ce que je leur avais dit et je leur avais bien tout raconté, sauf au sujet de la femme qui m'avait portée : Vera Takeisha Thomas.

La plupart des informations la concernant se trouvaient dans les archives des tours dans la bibliothèque du Congrès. Comment ils l'avaient sélectionnée, ce qu'ils lui avaient fait, l'emplacement où ils la gardaient. J'avais tout lu et chaque mot était comme une pierre qu'on me jetait au crâne. Ils représentaient la douleur, la violence. Ils étaient un choc. Ils prenaient et prenaient encore. Les mots sont des entités puissantes quand ils sont bien choisis et lancés avec précision. J'acceptai cette douleur et les cicatrices qu'elle impliquait tandis que je classifiais l'information derrière toutes ces choses que j'avais lues sur Mmuo, Saeed, la Tour 4 et moi-même. Mais je n'oubliai rien. Je n'oublie jamais rien. Je devais nous assurer la victoire et, une fois celle-ci acquise, je me servis de la localisation que j'avais découverte sur le bateau de croisière pour la retrouver.

Le Grand Œil avait promis de payer les frais universitaires de la porteuse, de subvenir aux besoins financiers de cette dernière et de deux membres de sa famille à vie, et de lui fournir sa propre maison. Le processus devait également renforcer le corps de la porteuse et lui offrir une immunité totale contre plusieurs maladies mortelles et handicapantes, comme la grippe aviaire, l'Ebola par transmission aérienne et l'onchocercose. Ma porteuse était destinée à vivre une vie longue et privilégiée après ma naissance. Tout cela en échange du port d'un « projet » d'embryon. Personne ne mentionnait de « speciMen » dans la petite annonce. Des centaines de femmes se proposèrent pour me porter.

Après toute une batterie de tests, ils choisirent finalement Vera. Elle était forte, en pleine forme, et son utérus était intact. Elle était la seule de sa famille à aller à l'université, possédait déjà un master en sciences animales, était joyeuse, supportait bien le stress. Enfin, elle était également la seule du groupe interrogé prête à mourir pour donner naissance à l'enfant. Oh, sans oublier qu'elle avait des origines africaines. Elle était parfaite. Le dossier indiquait d'ailleurs avec une certaine fierté qu'ils n'auraient jamais trouvé de meilleure porteuse. Le Grand Œil ne souhaitait pas enlever une femme et l'obliger à porter le fruit du Malin. Dans le dossier, ils l'expliquaient même ainsi : « Cela aurait été non seulement illégal, mais aussi immoral et tout à fait inhumain. Nous n'avons rien d'une cabale d'assassins. » Et pourtant, infliger tout cela à une femme par le biais d'un mensonge ne posait aucun problème.

Vera avait jadis eu un mariage heureux et trois jeunes enfants. Elle était directrice d'une usine d'empaquetage de viande, mais également une végétarienne convaincue. La culpabilité tenait donc déjà une place importante dans sa vie. Puis un soir, alors que son mari et elle étaient sortis à l'occasion d'un dîner romantique, leur maison avait pris feu. Leurs trois enfants avaient perdu la vie, et seule leur baby-sitter était parvenue à échapper aux flammes. Peu de temps après, Vera et son mari s'étaient quittés, pour ne plus jamais s'adresser la parole. Quand Vera avait vu l'annonce dans les actualités, elle avait sauté sur l'occasion d'avoir de nouveau un enfant, avec l'aide des meilleurs suivis médicaux de la Terre.

Le Grand Œil ne l'avait prévenue de rien au sujet de l'embryon au-delà du fait que l'enfant était un « être spécial ». On lui avait dit qu'elle devait donner naissance au bébé par ses propres moyens et, dès sa naissance, être prête à le prendre dans ses bras. Vera avait accepté toutes ces conditions. Le dossier ne précisait pas si elle avait ou non demandé *pourquoi* ils pensaient qu'elle refuserait de tenir l'enfant dans ses bras. Il n'était pas non plus indiqué si ces conditions la dérangeaient. Mais arrivé à ce moment-là du processus, je doutais qu'elle ait eu le choix d'accepter ou non.

Donc elle m'avait donné naissance seule. Elle avait déjà connu le travail de l'accouchement par huit fois dans des hôpitaux standards entourés d'infirmières, d'un docteur et de son mari. Est-ce que ma naissance était différente à ses yeux ? Rien de tout cela ne figurait dans le dossier. Elle communiquait à distance avec le Grand Œil et c'est ainsi qu'elle les assurait qu'elle allait bien. Quand elle les avait appelés le deuxième jour pour leur dire que le bébé tétait comme il le fallait, ils s'étaient précipités à l'hôpital et m'avaient arrachée à elle sans même l'autoriser à m'embrasser. C'est ce refus qui lui avait fait perdre la raison.

À bord du bateau de croisière, j'avais recherché

et étudié les images satellite de la maison de correction des Trois-Tours à Los Angeles, aux États-Unis. La plus grande prison du monde. Là où l'on était autant un patient qu'un prisonnier. C'est dans ce bâtiment qu'ils jetèrent la femme qui m'avait portée une fois son utilité terminée. Ils ne lui avaient donc jamais donné une maison, mais l'avaient forcée à vivre dans une autre sorte de foyer : D41 unité D, chambre numéro 7.

Elle avait un statut proche de celui des déchets radioactifs, du rebut certes, mais qui devait être traité avec soin. La prison était un cadre idéal. Elle avait sa propre chambre, son univers délimité par une boîte de cristal blindée et incassable. Son dossier n'expliquait pas non plus pourquoi cette boîte devait être blindée.

Je m'étais renseignée sur les Trois-Tours, j'avais trouvé une carte détaillée et, bien évidemment, plusieurs articles à leur sujet. La plupart mentionnaient les mauvais traitements infligés aux personnes incarcérées et la surreprésentation des Afro-Américains en comparaison avec n'importe quelle autre ethnie, homme ou femme confondus.

Selon les informations que j'avais obtenues, quatre-vingt-dix pour cent des prisonniers, qui étaient tous considérés comme psychologiquement malades, étaient afro-américains. J'imaginais qu'il devait y avoir des Africains provenant d'autres régions du monde dans les dix pour cent de population restants. Si j'avais parlé de cet endroit à Mmuo, il aurait aussi voulu en faire tomber les murs. Ce serait peut-être le cas un jour. Certains articles faisaient le rapprochement entre la prison des Trois-Tours et les tours de recherches de LifeGen Technologies. Je me posais des questions quant à toutes ces tours, ces édifices se projetant vers les cieux, où tant de cruauté avait lieu. Je m'interrogeais réellement.

Ainsi, dès que les choses s'étaient calmées, pendant que les étranges enfants sans voix jouaient, que Mmuo et Saeed conspiraient encore dans l'hôtel Sandcastle et que j'observais ce vaste océan depuis la plage, je m'étais faufilée.

Je me tenais dans la salle de bains de Vera Takeisha Thomas. La fraîcheur de l'air sec fut un choc pour mon système après la chaleur humide de l'air extérieur. Je fus parcourue d'un frisson. Les murs en béton épais comprimaient mes ailes. L'atmosphère qui, quelques secondes auparavant, sentait les fleurs écrasées, la fumée et la terre humide empestait désormais les déjections et l'eau croupie. Tout dans cette salle de bains était en cristal, à moins que ça ne soit du verre ? Les toilettes, le robinet qui fuyait, les tuyaux qui plongeaient dans le mur. Est-ce que quelque chose en elle réagissait au métal ? Il n'y avait aucun miroir au-dessus du lavabo.

Lentement, je regardai au-dehors de la salle de bains. Mon nez fut immédiatement agressé par l'odeur de la sueur rance. Il faisait sombre, car il était minuit, deux jours avant que j'arrive dans les îles Vierges en compagnie de Mmuo et Saeed. Je resserrai mon lourd voile noir autour de moi. Je ne pouvais masquer mon aura lumineuse, et même s'il était minuit et qu'elle n'était sûrement pas surveillée, la possibilité existait. La sécurité dans les Trois-Tours se fondait sur un système panoptique, ce qui impliquait une salle centrale d'où les agents et les officiers pouvaient observer les prisonniers sans qu'eux puissent les observer en retour. Personne ne savait quand il ou elle était surveillé.

La plupart des objets présents dans la chambre de Vera étaient eux aussi constitués de verre épais ou de cristal : la table, le cadre de son lit de camp, sa petite étagère. Un poster en piteux état d'un oiseau sur une branche était scotché au mur, mais la faible lumière émanant du couloir ne me permettait pas de discerner de quel type d'oiseau il s'agissait sans m'approcher davantage. Au-dehors du mur en verre se trouvait un couloir et je pouvais y deviner d'autres cellules. Celles-ci étaient fermées par des barreaux en métal. Elles aussi étaient plongées dans la pénombre.

J'entendis un souffle lourd. Un sifflement humide comme un gargouillis. Je regardai en direction du lit de fortune, mais il n'y avait personne sur le matelas. Mes yeux s'arrêtèrent sur la forme qui se tenait devant le poster accroché au mur. Je compris, alors que ma vision s'ajustait à la pénombre, que c'était une personne assise dans un fauteuil roulant. Je restai debout pendant plusieurs minutes. Petit à petit, je pus la voir avec plus de clarté. Ses cheveux épais et emmêlés lui tombaient sur les épaules en touffes inégales, sa peau se confondait avec l'obscurité, son cou était penché sur le côté. Le sol à ses pieds était détrempé par une flaque de sa propre bave. Mon estomac se retourna. Ses yeux étaient grands ouverts. Elle me regardait droit dans les yeux alors que je relevai la tête.

« Je... » commençai-je.

Mais qu'est-ce que je pouvais bien dire ?

Je sortis lentement de la salle de bains, en silence. Je savais à quoi je ressemblais ; je ne voulais pas lui provoquer un arrêt cardiaque. Son sifflement s'accéléra.

« Tout va bien », tentai-je de la rassurer.

Je ressentis la chaleur se propager dans mon corps à mesure que je m'approchais d'elle. Je pris une profonde inspiration ; je devais me détendre et ce n'était pas quelque chose de facile. C'était la femme qui m'avait donné naissance trois années auparavant. Selon le dossier, elle avait alors vingt-cinq ans. Soit quatre années après avoir perdu ses trois filles dans un incendie et une année après la perte de son mari en raison de leur désespoir commun. Cette femme frêle et tremblante dont la peau était tachée et flasque, dont les mains sèches, noueuses et crevassées agrippaient les accoudoirs en plastique de son fauteuil et dont la bouche rose était grande ouverte, cette femme n'avait que vingt-huit ans. Elle avait la moitié de l'âge que je semblais avoir.

Je m'approchai encore un peu. Elle dégageait une odeur d'allumettes brûlées et de sueur huileuse.

Mes yeux me piquèrent alors que je l'observais, puis des larmes vinrent obstruer ma vision. Je battis des cils pour m'en débarrasser. Il fallait que je voie, j'en avais besoin. Je m'approchai en laissant tomber ma burqa. *Qu'ils me voient*, pensai-je. *Qu'ils nous voient, de nouveau réunies*. Ils comprendraient immédiatement qui j'étais, et ils ne pourraient pas faire davantage souffrir Vera Takeisha Thomas. Mais aucune alarme ne se déclencha. *Ils ne nous surveillent pas*, compris-je. Vera n'était pas une speciMen, mais elle m'avait donné naissance. Elle était l'une d'entre nous. *Encore une fois, ils ne nous considèrent pas comme une menace*.

Mon halo réchauffait sa cellule. L'oiseau perché sur sa branche du poster était un merle d'Amérique. Je m'agenouillai devant elle et plongeai dans son regard vide.

« Nnnnnnnn », commença-t-elle.

Ses yeux étaient désormais écarquillés. Elle prit une inspiration irrégulière et recommença :

« Nnnnnnnnnnnnnnnnnnnnnn. »

Elle se *forçait* à parler.

Je pris ses mains, espérant sans trop oser y croire qu'elle parviendrait à former des mots. Doucement, très doucement, elle releva la tête. Puis nous nous observâmes pendant ce qui me sembla être une éternité. Ses yeux ne ressemblaient en rien aux miens, sa peau était plus claire que la mienne, ses lèvres plus fines. C'était une petite femme dont les pieds pendaient de son fauteuil. C'était une Afro-Américaine, et je lisais les traits d'autres personnes dans son visage. Mais c'était la femme qui m'avait donné la vie, seule. C'était la femme qui avait été prête à se sacrifier pour moi. C'était ma mère.

« Phénix », murmura-t-elle.

Parler la fit tousser. Son dossier mentionnait qu'elle était catatonique, que son cerveau était endommagé, dans un état végétatif ou presque. Il y était indiqué qu'elle avait perdu la parole bien avant d'arriver en prison. Les radiations que j'avais émises in utero pendant neuf mois l'avaient endommagée irrémédiablement. Selon le dossier.

Je poussai un petit cri de surprise.

« Comment connaissez-vous mon nom ? »

Ma voix était grave. De nouvelles larmes s'échappèrent de mes yeux pour s'évaporer sur mes joues.

« Comment savez-vous qui je suis ? »

Ses mains serrèrent plus fort les accoudoirs.

« C'est *moi* qui t'ai donné ce nom. »

Elle me regardait en tremblant, éprouvant beaucoup de peine à parler. Elle venait de remonter des abysses et elle parvenait tout juste à maintenir la tête hors de l'eau.

« Tu es sortie et, d'un seul regard, j'ai su quel nom te donner. Ils écoutaient. Ils écoutent toujours tout, ces esclavagistes des temps modernes ! »

Un silence.

« Comment es-tu entrée ici ? » demanda-t-elle.

Elle suait et rencontrait des difficultés à maintenir sa tête droite.

Je souris et elle me le rendit fébrilement. Cela

suffisait. Je m'avançai et redressai sa tête entre mes mains.

« Comment savais-tu que c'était moi ? demandai-je.

— Je reconnaîtrais ton éclat n'importe où », affirma-t-elle.

Elle eut une quinte profonde, grasse et sifflante.

« Même si j'ai l'air bien plus âgée ?

— Je n'ai jamais pensé que tu serais normale. »

Sa bouche frémit avant d'esquisser un faible sourire.

« Je veux te faire sortir d'ici, annonçai-je.

— Je sais, mais c'est impossible.

— Pourquoi ? »

Elle se contenta de secouer la tête.

« Cela me suffit de simplement te voir.

— Non. Je peux te faire sortir d'ici, je te le promets !

— Phénix », dit-elle.

Entendre mon nom prononcé par ses lèvres me fit me sentir plus forte.

« Je t'ai donné naissance toute seule. La salle s'est vidée dès que le travail a commencé. Ils m'ont abandonnée dans ce bâtiment, m'ont guidée par portable. Ils étaient persuadés que tu exploserais ou quelque chose du genre. Mais tu es sortie bien vivante, les yeux grands ouverts. Tu brillais comme un petit soleil, une belle teinte orangée sous le brun de l'ébène. Le nouveau-né le plus foncé qu'il m'ait été donné de voir. Je t'ai prise dans mes bras. »

Elle ferma les yeux tout en me tenant la main.

Puis elle les rouvrit pour se plonger avec intensité dans mon regard.

« Je t'ai *prise* dans mes bras. Ils sont revenus quand ils ont su qu'ils ne risquaient rien. Ils t'ont enlevée ! Ils m'avaient promis que je pourrais t'élever ! Que tu serais à moi ! »

Elle expira avec force, sifflant, toussant.

« Doucement, murmurai-je en lui tapotant le dos.

— Ils t'ont estampillée "individu non humain dangereux". C'est ainsi qu'ils ont justifié le fait de t'enlever comme ça. Mais alors, qu'est-ce que cela faisait de moi ? »

Elle toussa une nouvelle fois, plus faiblement.

« Phénix, fais-leur en voir de toutes les couleurs. Est-ce que tu m'entends, petite ? Fais-leur payer tout ça très cher ! »

Je compris soudain. Je me levai et essayai de retirer ma main. Je ne sais comment, mais elle était très forte et refusait de me lâcher.

« Non », dis-je.

Je tirai une nouvelle fois, parvenant enfin à me libérer. Je courus récupérer ma burqa le plus vite possible et l'enfilai. Je regardai la salle de bains, caressant l'idée de m'y réfugier. Peut-être que le mur en béton aurait pu m'aider. Je me retournai quand elle reprit la parole :

« Ils surveillent tout, tout le temps. Ça facilite la recherche. »

Puis elle redevint silencieuse. Sa tête bascula en avant, ses mains retombèrent le long de ses flancs.

Je l'entendis, un souffle discret. Je connaissais bien la mort, je pouvais la reconnaître même quand elle était douce comme un ange.

Vera Takeisha Thomas avait un cancer, et c'est moi qui en étais à l'origine. Le résultat de l'exposition interne prolongée à ma lumière et le mélange de mon sang étrange au sien. L'information se trouvait dans le dossier : elle était en train de mourir. Et me voilà, l'exposant davantage à ma lumière alors que j'étais plus grande, plus âgée et plus puissante. Elle aurait dû me demander de me reculer. Au lieu de cela, elle s'était accrochée à moi, jusqu'à ce qu'elle puisse enfin relâcher sa prise.

J'examinai le couloir. Les autres cellules étaient toujours plongées dans la pénombre, mais je pouvais voir des femmes coller leurs visages aux vitres. Elles nous regardaient, silencieuses. Réduites au silence ? Dehors, dans la galerie, se trouvaient des gardes armés. Eux aussi observaient, sans rien faire. Où étaient les caméras de la cellule ? Le Grand Œil disposait toujours de caméras.

Je pris le corps flasque de ma mère dans mes bras. Elle ne pesait presque rien. Une peau sèche et fine, des os creux et aucun souffle. Elle était morte. J'embrassai son front avec tendresse et l'entourai de mes ailes rouge doré. Qu'ils nous regardent. Qu'ils voient comment les êtres humains sont censés se comporter les uns avec les autres.

J'arrachai ma burqa noire et l'abandonnai sur place.

Je me faufilai.

Quand je revins à l'hôtel Sandcastle, le corps de ma mère n'était plus dans mes bras. J'étais de nouveau sur la plage. Les enfants continuaient de s'éclabousser dans l'eau à quelques mètres de moi.

Saeed me rejoignit en courant.

« Où est-ce que tu étais ? » demanda-t-il, les sourcils froncés.

Je restai là, à regarder mes pieds. J'avais l'impression d'avoir une sphère enflammée dans la poitrine. Une petite boule, tournoyant comme un soleil miniature, jaune d'or avec des teintes bleues, accompagnée de l'occasionnelle éruption. Elle était profondément enfouie dans ma poitrine. Je regardai Saeed, j'avais l'impression que mon visage était sur le point de se briser. Je secouai la tête. Quand je la relevai, mes yeux étaient remplis de larmes. Je ne parvenais pas à réfléchir. J'entendis les larmes siffler à mesure qu'elles s'évaporaient sur mon visage.

Mon corps se mit à tressaillir et je pris une grande inspiration, mais cela ne fit qu'empirer les choses.

« Phénix ? Qu'est-ce que… ? »

Il s'avança vers moi pour me toucher et, l'espace d'un court instant, c'est ce qu'il fit. Il posa une main sur mon épaule, puis il s'empressa de la retirer, poussant un cri de douleur. Je pouvais sentir l'odeur de la chair brûlée.

« Phénix. Mon amour, calme-toi ! Qu'est-ce qui ne va pas ? Où es-tu allée ? »

Je déployai mes ailes et décollai, giflant et tranchant dans le même geste les feuilles d'un palmier.

Je volai dans le ciel chaud de la soirée et personne, à l'exception des oiseaux et des chauves-souris, ne me vit pendant des heures. Quand Saeed me retrouva, tout avait changé. Quelques instants après mon décollage, le Grand Œil était arrivé avec ses fusils, ses poisons et ses armements blindés.

CHAPITRE 22

Sunuteel

Le vieil Africain prénommé Sunuteel appuya sur « pause ». Peut-on réellement lui en vouloir ? Contrairement aux personnages de l'histoire qu'il écoutait se dérouler depuis quatre heures, il n'était rien de plus qu'un humain. Oui, son vieil esprit vif réfléchissait, il cherchait des liens au travers de l'espace et du temps, et des mots exprimés. Sa tête lui tournait et, même s'il avait mis le fichier audio en pause, il pouvait encore entendre sa voix enfiévrée. Ses paroles se répercutaient et bondissaient tout autour de lui comme les atomes d'une matière que l'on aurait chauffée.

Il prit une grande gorgée d'eau et essuya la sueur qui perlait sur son visage. Le soleil n'était plus là, mais il faisait toujours chaud. Il se figea. Le soleil, où était-il passé ? Il s'extirpa de sa tente et regarda vers le ciel. Pour la première fois, il remarqua que d'épais nuages s'étaient accumulés juste au-dessus de lui, s'agitant et tourbillonnant. Il lâcha un cri de surprise et retourna rapidement sous sa tente. En regardant son portable, il se rendit compte qu'il avait trois messages de sa femme.

« Comment est-ce que j'ai pu rater les notifications ? » siffla-t-il.

Quelque chose d'encore plus étrange s'était également produit, mais il refusait de le dire à haute voix. Pourquoi est-ce que les alertes ne s'étaient pas affichées sur l'écran virtuel qui faisait défiler les mots alors qu'il écoutait *Le Livre de Phénix* ? Est-ce que ses notifications avaient été désactivées ? Et si oui, par qui ?

Il n'avait pas le temps de lire les messages. Il fit glisser son portable dans sa poche. Il s'activa, se déplaçant aussi vite que son vieux corps le lui permettait, et ses mouvements n'avaient rien de lent. Ses articulations craquèrent, ses genoux firent des bruits secs, son corps tout entier lui faisait mal et protestait, mais il réussit tout de même à rassembler la totalité de ses affaires.

Il essaya de ne pas regarder le ciel ou d'écouter l'atmosphère bien trop paisible tandis qu'il traversait la zone rocheuse. Il faillit tomber à la renverse en arrivant plus rapidement qu'anticipé en haut d'une dune. Il était concentré sur ses pieds, trop effrayé pour contempler le ciel. Mourir foudroyé était une mort terrible. Il espérait que sa femme aussi trouverait un abri. Il était rare que des tempêtes *ungwa* éclatent de manière si rapprochée. Cela faisait à peine quelques jours qu'il avait quitté sa femme après la tempête précédente. Au moins un mois aurait dû s'écouler avant la suivante.

Il ne ralentit pas en arrivant dans la caverne remplie d'ordinateurs. Il se précipita à l'intérieur alors que la pluie commençait à tomber. La lourde odeur de l'ozone lui emplissait le nez, le bruit de la foudre résonnait dans ses oreilles, et la chaleur de l'atmosphère chargée en électricité lui hérissait les poils sur les bras. Il se retourna et découvrit une vision qu'il avait rarement contemplée : le désert noyé sous l'eau tombant du ciel en trombes, de grosses gouttes translucides clairement dessinées. Il trébucha en arrière tandis qu'un éclair venait frapper la dune en haut de laquelle il s'était trouvé juste quelques minutes auparavant.

Il se retourna vers la caverne et un frisson le parcourut. Les ordinateurs étaient empilés tout au fond. La caverne se trouvait légèrement surélevée par rapport au sable, ainsi aucune goutte d'eau n'y pénétrait et rien ne filtrait non plus au travers de la roche qui formait le plafond. Il y avait une raison pour laquelle les ordinateurs avaient survécu si longtemps dans un tel endroit. Il s'enfonça plus profondément, maintenant une certaine distance entre les ordinateurs et lui, puis il s'assit sur le sol de pierre recouvert de sable.

Il sortit son portable pour lire les messages de sa femme.

« Sunu, où es-tu ? Tu vois le ciel ? Il a une teinte légèrement pervenche. »

« Sunu, pourquoi est-ce que tu ne me réponds pas ? Je me déplace, j'ai un drôle de pressentiment. »

« Sunu ? Une tempête *ungwa* se prépare. Si tu reçois ce message, abrite-toi. »

Il cliqua rapidement sur ses coordonnées puis attendit.

« Sunu ?! » s'exclama sa femme.

Il parla rapidement avant qu'elle ne se mette à crier.

« Excuse-moi. Je suis en sécurité ! Et toi ? »

Il y eut un blanc. Son visage apparaissait sur le minuscule écran de portable. L'image se distordait à chaque coup de foudre.

« Je croyais que tu…

— Non, je vais bien, je suis dans une caverne. Où es-tu ?

— J'ai trouvé deux anciens », expliqua-t-elle.

Sunuteel opina du chef. Les anciens étaient de vieilles structures délabrées en métal, en pierre ou en bois pétrifié.

« Je me trouve sous deux grandes pierres. J'ai eu de la chance, je suis moi aussi en sécurité. »

Sunuteel lâcha un soupir de soulagement. Sa femme s'était certainement mise en quête d'un abri plusieurs heures auparavant, dès que le ciel avait tourné. La foudre frappa une nouvelle fois alors qu'il regardait à l'extérieur de la caverne. Il cligna des yeux. Il aurait juré avoir vu une forme dans l'électricité. Une silhouette noire.

« Femme, je crois avoir découvert quelque chose. »

La foudre frappa une nouvelle fois, trois éclairs consécutifs non loin de l'ouverture de la caverne. Il était cette fois-ci persuadé d'avoir vu la silhouette.

Il frémit, effrayé au plus profond de ses vieux os. Une femme dansait dans l'électricité.

« Mais qu'est-ce que c'est ? souffla-t-il.

— Sunu ? demanda sa femme en fronçant les sourcils. Est-ce que tu vas bien ? »

Il acquiesça.

« Est-ce que tu te rappelles ta prémonition ?

— Oui.

— Est-ce que tu as vu quoi que ce soit ? Est-ce que tu as reçu une visite ? »

Il se sentait idiot. Il n'avait jamais encouragé sa femme à suivre ses étranges superstitions.

« Non, avoua-t-elle. Mais j'ai toujours cette drôle de sensation.

— J'ai l'impression qu'elle est là, dit-il rapidement. Hussaina, je vois une femme dans les flammes à l'extérieur. J'ai trouvé une caverne. Elle est remplie d'équipement, de la technologie okeke. Le péché de notre peuple. »

Il regarda à l'extérieur. Aucune silhouette féminine ne dansait, mais le vent s'était levé.

« Un des ordinateurs a transféré un fichier sur mon portable. Il me parle. C'est pour ça… que j'ai manqué tes messages. Je… »

Il baissa la voix et chuchota :

« J'écoutais. »

Sa femme le regarda pendant si longtemps qu'il commença à croire que l'écran s'était figé.

« Femme, qu'est-ce que…

— Tu es en sécurité ? demanda-t-elle. Dans cette caverne ? »

Il acquiesça.

« Elle est entièrement sèche. La foudre ne s'en approche pas.

— Elle est à l'origine de la tempête », déclara sa femme.

Sunuteel était sur le point de nier ce fait. Mais cela lui était impossible. Il lui suffisait de regarder cette étrange pluie et ce ciel rempli d'éclairs à l'extérieur, de sentir l'odeur du sable en combustion dans l'air. Il savait ce qu'il avait vu là-dehors. Il savait ce qu'il entendait sortir de son portable.

« Eh bien, qu'est-ce que je fais ?

— Laisse-la terminer son histoire, mon mari. »

Quand elle eut raccroché et que son image disparut, Sunuteel regarda à l'extérieur. La pluie tombait encore plus fort, la foudre frappait sans discontinuer à proximité. Il posa son portable sur le sol sablonneux devant lui et ouvrit l'écran virtuel. Il rappuya sur « pause » et les mots aussi bien parlés qu'affichés en rouge à l'écran recommencèrent.

CHAPITRE 23

Nue

Quand nous étions encore dans la Tour 7, Mmuo m'avait dit qu'il connaissait Vera Takeisha Thomas. Il avait ajouté qu'ils ne s'entendaient pas très bien, mais qu'il était allé la voir. Il appréciait leurs discussions animées. Mmuo n'avait pas grand-chose d'autre à dire d'elle. Je doute qu'il ait su ce qui lui était arrivé, ne pouvant lui prédire qu'un avenir sombre. Il avait eu raison. Bien plus qu'il n'aurait pu l'imaginer. Ma mère avait vécu une vie horrible et avait rencontré une mort terrible.

Je retournai au Sandcastle. J'arrivai tout feu tout flamme. Ça suffisait, j'en avais assez. Je crois que j'avais pris cette décision quand j'avais découvert Sept en train de se faire découper vivant. Ou peut-être que cette décision datait du Ghana, quand ils avaient tué Kofi. Un vœu silencieux que j'avais formulé si profondément en moi que je n'en avais même pas été consciente. Ou peut-être même l'avais-je prise quand j'avais cru qu'ils avaient tué

Saeed, ou quand ma température avait augmenté pour la première fois dans la Tour 7, quand je commençais tout juste à comprendre la signification de mon nom.

Quand je vis que le Grand Œil était sur place, ce qui bouillonnait en moi explosa.

Boum !

La journée était ensoleillée et j'étais un deuxième astre dans le ciel bleu. C'est peut-être pour cette raison que personne ne me vit approcher. Ou peut-être était-ce à cause des événements qui se déroulaient au sol. Je pouvais entendre les tirs à plusieurs centaines de mètres dans les airs, je voyais le corps des enfants rougir l'eau. Ma température grimpa en flèche et j'accélérai l'allure. Saeed. Mmuo.

Ils étaient venus à notre recherche, en fin de compte, et ils nous avaient trouvés. C'est nous qui avions sous-estimé le Grand Œil. Peut-être était-ce Dartise qui les avait menés jusqu'à nous avant de mourir. À dessein ? Sous la torture ? Cela importait peu. Rien n'avait d'importance. Je pouvais me faufiler juste avant que tout cela n'arrive. Mais cela n'avait pas non plus d'importance. Cela se reproduirait. J'aurais beau me faufiler de nouveau, tout recommencerait. Encore et encore. Je ne pouvais pas sauver ma mère. Tout ce que je pouvais lui apporter était la mort. Un héraut. Une Faucheuse. C'était inscrit dans mon ADN.

Dès que je me posai, je vis son corps allongé sur les pierres noires de la plage, son corps léché par les vagues. Trois des enfants le recouvraient. Je courus vers lui. Mes jambes me faisaient penser à du manioc bouilli, et je crus que j'allais m'effondrer. Je posai mes mains sur ma poitrine, essayant ainsi de contenir mon cœur qui battait à tout rompre. L'eau s'évapora au contact de ma peau. Mes ailes repliées s'humidifièrent et séchèrent à leur tour. Je tombai à genoux en gémissant :

« Mmuo ! »

Il ne respirait plus. Il était mort, les yeux et la bouche grands ouverts. Il tenait la main de deux enfants. Il avait des trous béants dans la poitrine et un dans la nuque. Il était nu, son corps enfoncé dans le sol. Pas enterré, non, juste dans le sol. Il devait être en train de se couler dans la terre quand on lui avait tiré dessus. Que se passerait-il si je le déplaçais ? Est-ce que sa chair serait mélangée au sable ?

Je frissonnai. J'étais déjà brisée et je pouvais sentir de nouvelles fissures se former en moi. L'eau qui m'encerclait bouillait tant mon corps était chaud. Je saisis la main de l'enfant mort qui tenait la main gauche de Mmuo et forçai les doigts à s'ouvrir.

« Lâche-le ! criai-je. Laisse-le ! »

Le corps de l'enfant fut entraîné par les vagues quand elles se retirèrent. Je réservai le même sort aux autres. Je me penchai en arrière, la bouche ouverte, et j'éclatai en sanglots, pressant mes mains contre mon visage. J'aurais dû rechercher Saeed, mais j'étais incapable de bouger. Qu'est-ce que je ferais si je trouvais le corps de Saeed ? Je mourrais pour ensuite revivre. J'étais incapable de mourir, j'étais maudite. Je ne pouvais pas quitter ce monde horrible.

« Mmuo ! » pleurai-je.

Cet homme, doux et puissant, qui avait acquis une connaissance telle de la matière qu'elle lui permettait de passer au travers d'elle, comment avaient-ils pu le tuer ? *Pourquoi ?* Qu'est-ce que ces enfants et lui avaient-ils bien pu leur faire ? Il était mon frère. Je gémis puis pleurai avec force, tendant au maximum chacune des parties de mon corps, de mon être, forçant mon esprit à fuir. Cela ne fonctionna pas. Je survécus. Je finis par me calmer, tout en le regardant. J'étais plus calme mais pas apaisée pour autant. Que le Grand Œil me trouve. Que pouvaient-ils bien faire qu'ils n'avaient déjà fait ? *Voyez ce que je vous réserve à tous*, pensai-je.

Je sautai sur mes pieds et décollai en quête de Saeed. Je ne me retournai pas. Si je l'avais regardé de nouveau, je savais qu'il aurait perdu de sa substance. Son corps semblait mou, l'océan reprenait ses droits.

Le Grand Œil était en train d'enlever Saeed. Ils étaient là, sur la route. Il était entouré par dix sentinelles, deux d'entre elles le poussant de force dans l'un de leurs SUV. Tous étaient armés. Il saignait et il regardait le sol, vaincu.

« Saeed ! » hurlai-je, planant au-dessus d'eux.

Boum ! Mon corps prit feu, mes ailes s'enflammèrent. Je me sentais magnifique.

Je le vis relever la tête, la terreur s'inscrivant sur son visage.

« Phénix ! Non ! »

Il tendit une main dans ma direction, puis forma un poing avant de venir l'écraser contre son torse.

« Pas toi ! Ne les laisse pas te prendre ! Faufile-toi ! Maintenant ! Ouch ! »

L'un des membres du Grand Œil le frappa violemment au ventre, le projetant dans le SUV.

Ils pointèrent leurs armes dans ma direction. Je ne sais pas pourquoi ils s'échinaient à toujours pointer leurs armes sur moi. Elles ne pouvaient rien contre moi. Pauvres petits idiots, pathétiques et sournois.

Je pouvais tous les tuer, les réduire en cendres.

Mais Saeed, mon Saeed.

« Je survis », comme il le disait toujours.

Je me faufilai.

CHAPITRE 24

Qui craint la Faucheuse

Sept.

Sept.

Sept.

Sept pécheurs mortels. Aucun d'eux n'allait mourir. Ils étaient comme moi, ils étaient sur cette Terre pour longtemps. Mais ils n'étaient pas comme moi. Je voulais être libre et libérer ceux qui étaient emprisonnés ; eux voulaient être libres de réduire le monde en esclavage. Je pouvais les pourchasser, l'un après l'autre, ou je pouvais faire quelque chose de bien pire. Je commençais à comprendre que j'étais destinée à quelque chose de plus profond et de plus grand.

Je filai dans le ciel. Je repensais à cette créature extraterrestre que j'avais libérée et qui avait à son tour libéré les autres créatures de la Tour 1. Par la suite, elle aussi avait filé dans le ciel, quittant la Terre pour l'espace. Elle pouvait voler, tout comme moi. Mais nous étions différentes. Jamais je ne quitterais la Terre, pas ainsi.

Dans le vocabulaire de la guerre, il existe une stratégie dite de la « terre brûlée ». Cela consiste en le fait de détruire tout ce qui pourrait s'avérer utile à l'ennemi lors de l'avancée, ou au contraire, en cas du retrait des troupes dans un territoire donné. Cette politique est cruelle, violente, impitoyable et implique souvent du feu. L'une des méthodes qu'elle emploie, la destruction des lignes d'approvisionnement en nourriture des civils dans les zones de conflit, a été interdite par l'article 54 du protocole 1 des conventions de Genève de 1977. Mais cette convention n'est applicable que par les pays qui l'ont ratifiée. Il n'y a que les États-Unis et Israël qui n'ont pas signé. Dans ce sens, je suis très américaine.

New York

Je m'en souviens très bien, comme un vieil homme se rappelle les anciens contes populaires qu'il aimait tant dans sa jeunesse. Comme le frère d'un roi yoruba se rappelle les responsabilités pesantes auxquelles il a échappé de justesse. Mes souvenirs sont aussi limpides que les eaux des plages les plus vierges des Caraïbes. Ils sont tellement clairs que je peux le revoir maintenant. Tout est en train de se dérouler devant mes yeux. Dans le ciel éclatant de New York, je me consume. Mes ailes sont en flammes, mais il fait encore trop jour pour que qui que ce soit me remarque. Je brûle sans avoir besoin de combustible. Mon corps est comme un soleil. Je ne libère aucune fumée.

Tout d'abord, les bâtiments qui percent les eaux comme des arbres de mangrove pourris. Je vole à très basse altitude et l'eau qui m'entoure se met à bouillir. Les gratte-ciel abîmés et gorgés d'eau s'enflamment sur mon passage. J'entrevois des personnes grimper sur les toits, sortir par les fenêtres ou quitter des bateaux. Ils regardent vers le bas, vers le haut ou tournent la tête pour me voir passer. Puis ils se transforment en cendres.

Les eaux au pied des bâtiments bouillonnent et s'évaporent. L'eau est la vie. Je ne fais qu'exécuter la tâche pour laquelle j'ai été créée : retirer la vie. Je vais tout emporter, je suis un ouragan de mort et de destruction. Je suis la méchante de l'histoire.

Je passe devant les bâtiments qui se noient, les marécages, les prairies, le tout sillonné de routes et d'arbres. Je vole encore plus vite. Ce n'est pas ici que je veux être. Je vois des voitures et des camions quitter la route alors qu'ils sont en surchauffe. Certaines personnes brûlent, le sommet des arbres prend feu. Des drones d'information volent désormais tout autour de moi. Je les aperçois, se maintenant à plus de quatre kilomètres de moi, une distance de sécurité par rapport à ma couronne de chaleur. Je me retrouve sur les façades des gratte-ciel, les écrans des portables, des ordinateurs et des télés en gelée. Ceux qui ne me voient pas dans la vraie vie me voient dans le virtuel. Que disent-ils sur moi dans les fils d'actualités ? Est-ce que les habitants du centre-ville sont assez intelligents pour fuir ? Ou est-ce qu'ils vont simplement me regarder sur leurs petits et grands écrans, subjugués comme si je n'étais rien d'autre qu'un personnage de film d'action ? Mais comment puis-je réellement les blâmer ? Ce sont eux qui m'ont créée.

Je suis incapable de réfléchir correctement.

La famille de Kofi avait été emmenée à la Tour 1. Son père pouvait ressentir au travers du métal. C'était un « orfèvre », un joli nom pour parler d'un forgeron au Ghana, et cette capacité le rendait bon dans ce qu'il faisait. C'est quelque chose qu'il avait transmis au frère et à la sœur de Kofi. Ils sont tous morts dans la Tour 1 d'un empoisonnement au plomb alors que le Grand Œil cherchait à fusionner leurs nerfs à des membres cybernétiques. Quant à sa mère, les archives disaient simplement qu'elle avait été emmenée à la Tour 1 et qu'elle était décédée. J'avais lu tout cela à la bibliothèque du Congrès.

Le Grand Œil nous cernait. Je suis une terroriste.

Berihun et son restaurant éthiopien. Survivant en un étrange territoire sans âme. Qu'allaient-ils devenir ? Quel était le but de l'existence de sa femme et lui alors qu'ils n'étaient rien d'autre que de la poussière aux yeux de ce monde ? Des cendres. De la saleté.

Les nanomites de Mmuo auraient dû se trouver dans mon corps, mais je les avais brûlées. Aurais-je pu encore l'entendre si elles n'avaient pas grillé ? Mmuo, mon frère, je me fiche de la génétique. Mmuo est mort.

Saeed. Il était mort, puis vivant. Puis ils me l'ont *pris*. Voilà tout ce qu'ils font, ils ne savent que *prendre*. Le Grand Œil. Ce pays. Les superpuissances. Les sept hommes qui ont bu le sang d'HeLa et qui ne pourront plus jamais mourir.

Je me faufile.

Toute chose provient de la terre, Ani. C'est pourquoi la graine extraterrestre m'est tombée des mains et s'est enfoncée dans le sol. Il est toujours mieux de commencer par le commencement. Donc pas Allah. Ni Krishna. Ni Dieu. Ni la nature. Mais Ani. Mmuo m'avait parlé d'elle. Ani est l'esprit de la terre, l'esprit de la chair. Quand je me plonge dans mon ADN, je découvre que je connais son histoire. Je dois simplement laisser mon âme et mon cœur la raconter. Je veux la tisser comme une araignée tisse sa toile lors d'une soirée chaude et humide alors que la nuit va s'abattre sur son ouvrage.

L'histoire commence ainsi :

Il y a des milliers d'années de cela, quand le monde n'était rien d'autre que sable et arbres secs, Ani observa ses terres. Elle frotta sa gorge sèche, puis elle créa les océans, les lacs, les rivières et les mares. Ses terres se mirent à respirer et à danser. L'eau est la vie. De l'eau des océans elle prit une grande gorgée et se sentit désaltérée.

« Un jour, dit-elle, je créerai la lumière du soleil. Mais pas maintenant, je n'en ai pas envie. »

Elle se tourna sur le côté et s'endormit. Dans son dos, les êtres humains surgirent des plus beaux endroits des rivières et des rives les moins profondes des lacs. Certains sortirent même de l'océan jusque sur les plages.

Les êtres humains étaient agressifs comme les rivières tumultueuses. Ils cherchaient toujours à avancer, à couper, à sculpter, à modifier les terres. Alors que le temps s'écoulait, ils créèrent, exploitèrent, altérèrent, transformèrent, se dispersèrent, consommèrent et se multiplièrent. Ils étaient partout. Alors que les humains étaient au sommet de leur génie, un groupe d'entre eux construisit sept puissantes tours. Au sein de ces dernières, ils accomplirent des exploits impossibles ; les tours atteignirent des sommets en matière de réputation, d'inventions et d'expériences.

Ces êtres humains, faisant partie de ce groupe exclusif qui gérait les tours, reçurent la permission des autres de faire tout ce qui était nécessaire. Ils avaient tous espéré que leurs tours se projetteraient assez haut dans les airs et seraient assez remarquables pour piquer l'attention d'Ani. Ils créèrent des machines à *juju*. Ils se battirent et inventèrent au sein de leur petit groupe. Ils tordirent et dévoyèrent le sable, l'eau, le ciel et l'air d'Ani. Ils s'emparèrent de ses créatures et les modifièrent. Ils cherchèrent à se modeler à l'image d'Ani : immortels, de tout-puissants manipulateurs des terres de la planète.

Quand Ani fut enfin assez reposée pour produire la lumière du soleil, elle se retourna et fut horrifiée par ce qu'elle vit. Elle se redressa, grande, impossible, furieuse. Puis elle tendit la main vers les étoiles et attira un soleil vers sa terre. Je suis ce soleil, je suis le soldat d'Ani. J'exécute sa volonté. Ani m'a demandé de faire table rase.

Je réapparais au milieu de Times Square. Je suis debout sur la portion plate d'une surface éclatée. L'air sent les fleurs et la fumée, mais les fleurs dominent. La surface sur laquelle je me tiens est humide. À côté de moi se trouve une petite forêt d'échardes de bois. Je me mets à genoux pour toucher le sol, le bois.

C'est alors que je la sens. Au plus profond de ma poitrine. C'est une petite boule, brûlante, comme le soleil. Elle grandit, toute proche de mon cœur, de mon épaule, de mon sein. Je m'agenouille, les yeux fermés. Je suis sur la souche de l'Épine, à côté de sa carcasse déchue. Sa circonférence me dépasse de neuf mètres.

Je vois rouge, jaune, orange. Le feu.

J'ouvre mes yeux juste à temps pour distinguer le petit camp du Grand Œil à quelques centaines de mètres de moi. Ils s'étaient attendus à ma venue, mais pas à cela. Sauf l'une d'entre eux. Elle sort d'une petite tente érigée juste à côté de la gigantesque souche. Elle est petite, sa peau est noire, elle est née et a été élevée au Nigeria. Elle désire ardemment la citoyenneté américaine. Elle est belle et porte l'uniforme noir du Grand Œil, car elle est l'un de leurs agents les plus loyaux. Elle m'a pourchassée à travers le monde, m'a retrouvée, m'a perdue et m'a retrouvée une nouvelle fois. Cette femme misérable marche maintenant dans ma direction. Sa démarche est assurée, elle ne boite plus. Peut-être que ses deux jambes sont cybernétiques. Elle soulève une main constituée de fils, de métal et de plastique renforcé. Elle a désormais plus de points communs avec les Laissénouvoir qu'avec le Grand Œil. Que cette femme est malavisée !

Avant même que les autres membres du Grand Œil ne puissent se retourner et avant que la femme prénommée Bumi ne puisse m'atteindre, ils se font tous engloutir par une couronne solaire. De péché vivant, d'os et de chair ils deviennent cendres. Le métal et le plastique deviennent eux aussi cendres. Toutes les choses de cette ville sombrent dans le chaos, les habitants ont les yeux rivés sur leurs écrans, ils provoquent des accidents de voiture, battent en retraite, prient, jurent, fuient.

Je suis le soleil. Plus de cinq mille degrés Celsius. Ani m'a attirée vers la Terre pour repartir de zéro. C'est ainsi que se passent les choses. La fille prodigue revient chez elle à New York.

Mais New York n'est pas la seule. Je brûle la Terre. Oui, je peux le faire. J'en suis capable. Phénix Okore a parcouru la Terre, elle a brûlé les villes, a transformé l'eau des océans en vapeur. Elle était la Faucheuse, venue faucher tout ce qui avait été planté. Qu'importe où vivaient ces sept hommes. Qu'ils meurent. Que toute chose trouve la mort.

Que tout ce qui avait été écrit soit désormais réécrit.

CHAPITRE 25

Saeed

Ils disposaient de cette technologie depuis longtemps. C'est plus petit et tout aussi léger qu'une boîte à chaussures vide. Les instructions d'utilisation en sont d'ailleurs simples, l'écran tactile vous guide par des commandes vocales et des images. Il n'est pas à destination des scientifiques, c'est littéralement un enregistreur. Il a été créé pour extraire et stocker l'information, non pas pour offrir ses services aux seules élites éduquées. Je ne sais pas très bien lire, donc cela me convient parfaitement.

L'extracteur de souvenirs se trouvait dans les ruines de la Tour 6. Nous ne nous sommes jamais renseignés sur cette tour, je ne sais donc pas quelle était leur spécialité. Phénix l'aurait su, elle. Elle était située dans la ville qui s'appelait autrefois Miami. Je m'y étais rendu à pied, une année plus tard, après avoir décidé de quitter les terres mortes des États-Unis et de retrouver le chemin de l'Afrique. Je suis tombé dessus par chance dans les ruines. Enfin, si vous croyez en la chance.

Vous vous demandez peut-être comment je suis arrivé là-bas sans avion alors que les seules personnes encore en vie étaient en train de mourir ou vivaient recluses, choquées par le fait qu'elles aient réussi à survivre à ce qui ressemblait à l'explosion d'un soleil. Comment est-ce que j'ai atterri en Afrique ? À pied. Les océans étaient asséchés.

Mais cela s'est très bien passé. J'ai été créé pour survivre à ce genre de choses, vous vous souvenez ? J'ai pu croquer le meilleur sable qu'il m'avait été donné de goûter alors que je traversais le vaste cimetière que l'on appelait avant la mer. J'ai atteint ce qui était le Sénégal environ quatre mois plus tard. Pendant tout ce temps, je n'ai pas vu âme qui vive, pas une personne, pas un oiseau, pas un insecte, et certainement pas un poisson. Phénix avait fait les choses sérieusement. C'est environ à la moitié de ce voyage que je me suis assis et que j'ai ressorti l'extracteur de souvenirs de mon sac à dos.

Je l'ai laissé extraire la mémoire de Phénix à partir de l'une des dernières choses d'elle que j'avais en ma possession. Sa plume rouge doré. Elle brillait encore légèrement dans l'obscurité. Il m'a suffi d'appuyer l'appareil contre la plume. Une lumière rouge s'est affichée à l'écran, avec un mot que je n'ai pas su lire. Puis il est devenu plus chaud et, d'une voix de femme suave, il a dit :

« Extraction de Phénix Okore, speciMen, phare, esclave, renégate, fugitive, rebelle, amour de Saeed, sœur de Mmuo, méchante de l'histoire. »

C'est ainsi qu'elle se percevait, ses différentes incarnations. Toutes réunies. Comment est-ce que cet appareil pouvait-il le savoir ? Mmuo parlait toujours de cette chose dans sa peau qu'il appelait l'ADN. Il disait que ça transportait ce que nous allions devenir. Mais est-ce que l'ADN portait aussi la mémoire ? Est-ce que la machine lisait son ADN ? Je n'en sais rien. Je ne le saurai jamais.

L'appareil a émis un *bip* avant de dire :

« Extrait transmis à la banque de données 80255. »

Un nouveau bip puis :

« Protocole 7 désormais activé. Extrait transmis de 80255 vers le protocole 7, *Le Grand Livre*. Que Dieu vienne en aide à votre âme. »

J'ai ri. Je ne pouvais pas écouter cet extrait, car il avait été transféré quelque part. Je me suis remis à rire en me disant : *Il se trouve peut-être au Ghana.* Ils avaient des contacts là-bas, qui peut dire qu'ils n'y ont pas toujours des ordinateurs quelque part sous terre, ou même un satellite ? Juste au cas où le monde partirait en sucette à cause de la femme que j'aimerais pour toujours et à jamais. Peut-être l'avaient-ils placé là-bas en se disant que le bordel commencerait ailleurs. Oui, cela sonnait plutôt juste. Quoi qu'il en soit, la parole de Phénix se trouvait quelque part. Bien vivante.

Je pose l'extracteur de souvenirs contre ma peau. La lumière rouge s'allume, des mots que je ne peux pas lire s'affichent à l'écran. Il chauffe. Puis la voix de femme lance :

« Extraction… »

CHAPITRE 26

C'était la femme

Sunuteel louchait. Le bref extrait de Saeed n'était qu'une note de bas de page à la fin du *Livre de Phénix*. Il était en arabe, une sorte de version dépouillée de la langue natale de Sunuteel, le nuru. L'écouter lui avait donné mal à la tête, mais ce n'est pas cela qui le faisait loucher. Le soleil était en train de se lever au loin, chassant l'air frais de l'atmosphère. Il avait écouté Phénix raconter son histoire toute la nuit. Elle s'achevait avec cette partie où Saeed s'exprimait. Mais ce n'est pas cela non plus qui le faisait loucher.

Ses tempes le martelaient, sa mâchoire était contractée et il entendait ce tout petit son au fond de son crâne. Il loucha encore davantage en regardant devant lui, au-delà de ses jambes étendues, de ses pieds croûtés de sable. Il porta son regard au-delà de l'endroit où les mots rouges virtuels s'étaient affichés devant ses yeux, tandis que Phénix partageait des souvenirs qu'elle n'avait jamais racontés à personne, regardant au travers de l'ouverture de la caverne, dans le désert, à environ dix mètres devant lui.

« Ani, protège-moi, souffla-t-il. La voilà. »

Non seulement pouvait-il ressentir sa chaleur, mais il flairait aussi l'odeur de la fumée, alors que rien ne brûlait. Plus maintenant. Plus aucune flamme n'était visible. Elle se tenait là, à danser devant lui, une femme oiseau ou une lumière orange, rouge et jaune. Tout comme dans les visions de son épouse. Phénix était d'abord apparue à sa femme, mais elle avait décidé de lui donner son histoire à *lui*. Il était l'élu. Elle dansait pendant que la fin de son histoire était contée, quand elle avait raconté la façon dont elle avait brûlé la Terre.

Sunuteel aurait voulu détourner le regard. Il aurait souhaité se recouvrir les oreilles avec ses mains. Phénix était en train de détruire son monde avec ses mots. Tout ceux en quoi il avait cru était faux. Ani n'avait pas du tout attiré un soleil pour le poser sur la Terre quand les Okeke, son peuple, avaient dépassé les limites de la morale. Cette histoire avait été inventée. Par cette Phénix.

Sunuteel poussa un gémissement. Comment était-ce possible ? Qui était donc son peuple ? Les Okeke ? Selon Phénix, les Okeke n'étaient pas uniquement le peuple de ces terres, ces habitants du soleil à la peau noire et aux cheveux laineux. Les Okeke étaient tout le monde, les Nuru, les Okeke, et même ces personnes à la peau blanche et aux cheveux mous dont il n'avait jamais entendu parler. Son peuple n'avait *pas* vu le jour pour expier les péchés des Okeke qui l'avaient précédé. Des histoires, rien que des histoires.

Saeed.

Il plia lentement les jambes. Ses articulations craquèrent, mais il les amena rapidement contre sa poitrine. Elle était partie. Elle était restée pour écouter son histoire, puis elle avait décollé pour rejoindre cet endroit où vont les esprits quand ils ne sont plus intéressés. Il se leva et sortit de la caverne. Son monde n'avait pas changé. Il n'était pas maudit : on lui avait inculqué qu'il l'était, que c'était le cas de son peuple tout entier. Sa tête lui tournait, il se sentait léger.

« Saeed, dit-il tout haut. La Graine. »

Il avait reçu son éducation du même homme qui avait aimé la femme qui avait mis fin au monde tel qu'il avait été. Les femmes apportaient la vie, mais les histoires originelles les plus importantes disaient la vérité, que les femmes apportaient plus souvent la mort. *Le Livre de Phénix* regorgeait de cette vérité. Si elle avait été un homme, elle aurait su contrôler sa colère, la canaliser pour réparer les injustices du monde et il ne lui serait probablement pas poussé ces ailes encombrantes. *La femme*, pensa Sunuteel, se rappelant un poème ou une bribe de littérature qu'il avait un jour lu et qui décrivait si bien le sexe opposé selon lui. « *C'était la femme avec ses peurs soudaines*, *ses caprices sans raison*, *ses troubles instinctifs*, *ses audaces sans cause*, *ses bravades et sa délicieuse finesse de sentiment*. »

L'histoire de cette femme était réelle, elle résonnait en Sunuteel de manière surprenante. L'existence même de son professeur d'anglais, La Graine, connu dans une autre vie sous le nom de Saeed, entremêlait cette histoire directement à sa vie. Il fronça les sourcils, incapable de se résoudre à ce fait, incapable de le rejeter ou de trouver un moyen de l'expliquer de sorte qu'il se sente à l'aise avec cette information ou que son monde ne lui semble pas entièrement chamboulé. Mais une idée stimulante apparut alors dans son esprit.

Il l'avait lu lors d'un cours de lecture et possédait toujours une copie de l'essai sur son portable. Oui, c'était un article qui datait de plus de cent années, au traducteur et à l'auteur inconnus. Il l'afficha sur son portable, et le second paragraphe attira immédiatement son regard.

« Dès qu'un fait est raconté, à des fins intransitives, et non plus pour agir directement sur le réel, c'est-à-dire finalement hors de toute fonction autre que l'exercice même du symbole, ce décrochage se produit, la voix perd son origine, l'auteur entre dans sa propre mort, l'écriture commence. »

Il rit pour lui-même. Cet essai avait initialement été écrit dans une langue désormais morte, ce qui était probablement la cause de sa nature alambiquée. Cependant, s'il le lisait lentement, cela lui paraissait entièrement logique. Il avait été fasciné par la notion mise en avant dans cet essai, de même que tous les autres étudiants. En partant du principe que pratiquement tous les auteurs des quelques livres, articles et œuvres littéraires dont ils disposaient *étaient* morts, ce concept paraissait tout à fait compréhensible.

Son professeur faisait toujours fièrement référence à l'article « La Mort de l'auteur » quand quelqu'un demandait : « À quoi pouvait bien penser l'auteur en écrivant cela ? » Une fois que l'auteur avait écrit l'histoire, il perdait toute pertinence. L'auteur était mort. Dans *Le Livre de Phénix*, c'était clairement le cas. Phénix n'était plus. L'histoire survivait, s'étant séparée de Phénix comme un enfant se sépare de sa mère mourante à la naissance. Il convenait au lecteur d'*interpréter* quel était le vrai message de l'histoire. Dans ce cas-là, le seul lecteur était Sunuteel.

« Femme, écrit Sunuteel. Je rentre. »

Il envoya le message puis retourna à la couverture qu'il avait placée à l'entrée de la caverne. Il s'y laissa tomber dans un soupir qui traduisait toute la lassitude de ses os. Il avait le sentiment d'avoir parcouru des milliers de kilomètres. D'une certaine façon, c'était bien le cas. Son portable émit une vibration vicieuse et il se figea. Son portable vibrait toujours pour annoncer l'arrivée d'un message de sa femme avec une douce voix féminine qui lui rappelait sa troisième fille. Mais cette vibration n'était qu'une vibration, elle était franche et il ne l'avait jamais ressentie avant. Il fit mine de jeter l'appareil, le regarda puis finit son geste. Le portable atterrit avec fracas dans le sable.

Pour la première fois de sa vie d'adulte, il avait

peur de se retrouver seul dans le désert. Sa main hurla de douleur après avoir été en contact avec la chaleur soudaine du portable et il ressentit à la fois le poids de son âge et son manque d'expérience. Il était vieux et en même temps trop jeune. Il se sentait vulnérable et seul. Il frotta ses mains endolories ; même ses cals ne l'avaient pas protégé.

Son portable était bouillant. L'écran affichait des flammes tourbillonnantes orange, jaune, noir et rouge. Il était impossible qu'il soit aussi chaud et qu'il fonctionne encore.

« Sunuteel ! »

La voix sèche sortit du portable, féroce et tranchante. Mais elle donnait l'impression que le haut-parleur souriait. Aucune autre voix que celle de sa femme n'avait été transmise par ce portable, ni même celles de ses enfants ou de ses amis. Son portable n'était relié qu'à un seul réseau, celui de sa femme. Et pourtant, la voix d'une femme morte lui parlait au travers de l'appareil.

« C'est impossible », murmura-t-il.

Des larmes coulèrent le long de ses joues et de l'urine à l'intérieur de ses jambes.

« Je sais ce que tu penses, lança-t-elle. Que tu peux réécrire l'histoire. Mais une fois écrite, elle vit sa propre vie. Réfléchis-y avant de le faire ; ton histoire aussi est écrite, tout comme la carte de ses conséquences. Ani se souviendra de la voie, même si elle est parsemée de boucles et de circonvolutions. Réfléchis-y bien, vieil homme.

— Vous n'êtes qu'un souvenir. Vous avez été

extraite. Vous n'êtes plus rien maintenant. Laissez mon portable, ce n'est pas le vôtre.

— Qui est-ce qui t'écrit ? » demanda-t-elle.

Mais sa voix était en train de s'effacer, tout comme, imaginait Sunuteel, la voix de Mmuo avait dû disparaître de l'esprit de Phénix après que sa chaleur avait terminé de brûler les nanomites. Sunuteel cligna des yeux et fronça les sourcils, sachant que tout ce qu'avait dit Phénix s'était produit, jusqu'au moindre mot. Et cette idée l'effrayait bien plus que le fait de penser qu'elle, son fantôme ou sa mémoire, s'exprimait à travers son portable.

Ce n'est qu'après que son portable fut resté silencieux plusieurs minutes qu'il se décida à bouger. Il se leva et se rapprocha de l'appareil, l'observant de haut pendant un long moment. Il allait devoir utiliser sa station de capture pour aspirer de la condensation de l'atmosphère afin de s'humidifier les mains. L'eau provenant de cet équipement était toujours fraîche, fort heureusement.

Il poussa son portable de la sandale. Puis il s'agenouilla et lui donna un coup du bout du doigt. Il était de nouveau froid. Il le laissa là où il se trouvait et alla tremper ses mains douloureuses, rincer ses jambes souillées et changer de vêtements. Il revint une heure plus tard, le ramassa et le replaça dans sa poche. Les portables étaient des objets assez simples à trouver, mais sa femme et lui ne pouvaient pas se permettre d'en acheter un autre. De plus, c'était celui-ci qu'il voulait. Peu importe qu'il soit effrayé par toute cette histoire et ce qu'elle signifiait, il voulait en faire partie. Pour lui, elle était écrite.

Sunuteel fut de retour auprès de sa femme une journée et demie plus tard. Quand ils purent enfin se séparer, que sa femme cessa de rire et de pleurer, que Sunuteel termina la chèvre rôtie et les desserts au cactus que sa femme lui avait préparés, il lui raconta un grand nombre de choses. Il lui parla de la caverne aux ordinateurs, et ses yeux s'écarquillèrent comme toujours quand il lui disait quelque chose d'incroyable. Il lui parla également de la transmission, et elle cria de surprise et demanda à entendre le moindre détail, jusqu'à la description du bruit émis à la fin du téléchargement. Puis il décrivit le fichier audio grandiose qu'il avait découvert sur son portable, et elle devint très silencieuse, le regard concentré. Mais il ne lui parla pas du *Livre de Phénix*.

« Accorde-moi trente jours et je te raconterai cette histoire-là. »

Sa femme le regarda droit dans les yeux pendant plusieurs minutes. Puis elle acquiesça :

« OK. »

Cela faisait des décennies qu'elle était la femme de Sunuteel, elle lui faisait confiance. Ainsi, au marché suivant, Sunuteel dépensa une bonne partie de leurs économies pour plusieurs rames d'un papier brut et dix stylos noirs. Puis ils trouvèrent un bel endroit dans le désert où cinq palmiers avaient survécu aux tempêtes *ungwa* et, trente jours durant, ils restèrent là. Sunuteel écouta les parties en anglais et en arabe du *Grand Livre* et les retranscrivit sur papier. Il intégra les mots et les réécrivit. Au début, la tâche fut lente, mais tandis qu'il entrait dans le rythme de l'histoire et appréhendait la profondeur du sujet abordé, il se mit à retranscrire d'autant plus rapidement.

Phénix avait dit que la déesse Ani avait attiré une étoile sur la Terre après s'être rendu compte de ce que les Okeke étaient en train de faire. Il ne lui restait plus qu'à réfléchir à une chose : comment est-ce que les Okeke, son peuple, avaient-ils pu se révéler aussi destructeurs il y a des siècles de cela ? Cette histoire n'avait pas été falsifiée, elle était la réalité. Il le savait. Il se fichait bien de ce que Phénix pouvait affirmer. Les Okeke *étaient* un peuple maudit.

C'est ainsi que le *Grand Livre* fut réécrit pour devenir l'histoire des *Okeke et pourquoi ils étaient maudits*. Sunuteel était un vieil homme. D'entre tous, il savait que l'histoire de Phénix n'avait plus de pertinence aux yeux des descendants des survivants de sa fureur. Le passé était le passé. Il ne mentionna jamais, pas même une seule fois, le fait que Phénix, vivante ou non, ou aucun des deux, l'avait effrayé au plus profond de lui-même. Il ne pouvait pas se permettre d'admettre qu'il la considérait comme une déesse ; que le simple fait d'évoquer son image encore et encore au travers de l'histoire revenait à tenter le sort. Le temps était venu pour des histoires plus vraies que la vérité elle-même, pour des histoires qui s'adressaient directement à l'âme.

Sunuteel ne s'était pas spécifiquement mis en tête d'affirmer le statut d'esclave des Okeke et celui supérieur des Nuru au travers d'une œuvre littéraire toute-puissante, mais ce qui se trouve dans le cœur du conteur transparaît dans son histoire, même quand il ou elle reprend l'histoire de quelqu'un d'autre. Sunuteel était vieux, il avait vécu longtemps dans la croyance que ses ancêtres étaient des esclaves.

À la fin de cette période de trente jours, Sunuteel raconta à sa femme l'histoire du *Livre de Phénix* puis elle lut la version écrite par son mari. Elle en fut satisfaite :

« Nous devrions la convertir au format audio que l'on pourrait transmettre sur les portables des gens. Ainsi, ceux qui ne savent pas lire pourraient l'écouter et la comprendre convenablement. »

C'est ainsi que *Le Grand Livre*, qui devint le livre le plus lu depuis une centaine d'années, vit le jour. La voix profonde et riche de la vieille femme de Sunuteel vécut bien plus longtemps que son être physique. De cette façon, autant Sunuteel que sa femme devinrent immortels. Le Grand Œil en aurait été passablement impressionné.

ÉPILOGUE

Sola s'exprime

Sunuteel abrégea les idées, divisa les histoires, résuma la douleur, la souffrance et la joie, il réinterpréta et omit certains détails. Il déclara les auteurs comme morts et s'appuya sur les informations qui l'intéressaient. Ce petit essai un peu idiot vieux de plusieurs décennies ne prenait absolument pas en considération que l'histoire pouvait être et était bien souvent chamanique, et que le conteur n'était souvent qu'un moyen. Il existe des fantômes dans les machines et des esprits dans les livres, écrits ou oraux. Ne soyez pas assez naïf pour croire que l'auteur du *Livre de Phénix* est mort. Qu'est-ce que la mort, *sha ?*

Je vais vous interrompre ici. Je m'appelle Sola.

Je vous propose cette histoire depuis l'avenir. Ou peut-être suis-je dans le passé, aujourd'hui. Je me trouve présentement en votre présence. Je suis un homme blanc ; j'ai et je jouis du privilège de la mobilité illimité. Je ris, car la plupart de mes mots sont des mensonges. Quoi qu'il en soit, j'espère que cette histoire vous apportera du réconfort. Je prie pour qu'elle vous aide à mieux dormir la nuit.

Je me fiche un peu que vous sachiez qui je suis. Sachez simplement que j'en sais plus que vous. Alors, écoutez-moi. Sunuteel est tout autant une victime de son environnement qu'un homme de talent qui exerce sa profession. C'est un vieil homme, et son âge l'a ouvert à la voix de l'histoire de Phénix Okore. Mais il est bien trop jeune pour voir plus loin que le bout de son nez. Il est incapable de contenir l'histoire de Phénix. Il ne peut même pas prendre en compte son histoire, car dès que son esprit y repense, il aperçoit son fantôme qui n'avait rien d'un fantôme se tenir à l'extérieur de cette caverne, brûlant comme la foudre et le regardant.

Sunuteel est un brave homme mais il est limité. Une partie de lui-même est également lâche. Pourquoi selon vous n'ira-t-il jamais au-devant de La Graine, à la recherche de vraies réponses ? Au lieu de cela, il a préféré écrire de la fiction.

Il était comme possédé, car non seulement il a écrit et réécrit, mais il s'est infecté lui-même avec ses histoires. Elles étaient si attrayantes et addictives que ceux qui les entendaient étaient persuadés d'entendre la vérité. Son *Grand Livre*, qu'il clamait ne pas être le sien, était puissant et plaisant. Il était rempli d'histoire, de règles et de formes. Il a refaçonné ce que les personnes des terres désertées savaient et ressentaient au plus profond de leurs cœurs. Ils constituaient un peuple blessé, ainsi ces idées étaient-elles aussi blessées.

Le vieil Africain a ingéré les os, le sang et la chair encore frémissante du *Livre de Phénix*, en a digéré la substance et a déféqué sa propre histoire. Puis sa femme d'oracle et lui-même ont répandu cette merde partout. Leur *Grand Livre* a déformé bien des vies avant que celle nommée Onyesonwu ne vienne et ne la change une nouvelle fois. Mais cela est une autre histoire.

REMERCIEMENTS

J'aimerais remercier ma mère pour son soutien constant et indéfectible pour cette étrange carrière que je me suis choisie. J'aimerais remercier *Clarkesworld Magazine* d'avoir publié la version *novelette* de cette histoire. Les retours que j'ai reçus concernant celle-ci m'ont redonné confiance en moi. Merci également à Subterranean Press d'avoir publié la version *novella* de ce roman, *African Sunrise*. C'est ce processus qui a permis d'intégrer le talentueux illustrateur Eric Battle à l'histoire. Merci à Eric Battle pour ses sublimes illustrations de Phénix Okore et de son monde. Les histoires sont toujours mieux racontées à plusieurs niveaux, et ses illustrations représentent une sublime voix ajoutée à cette cacophonie que représente *Le Livre de Phénix*. J'aimerais remercier également mon éditrice chez DAW Books : Betsy Wollheim ; quand elle lit les histoires de mes personnages féminins complexes et imparfaits, elle les voit toujours comme des super-héroïnes. Un grand merci au géologue de la NASA (et compagnon du Clarion Writers Workshop de 2001) Thomas Wagner pour ses connaissances sur le réchauffement climatique, surtout en ce qui concerne les paramètres qui feraient du climat de New York un climat tropical. Merci à mon agent Don Maass, qui est toujours présent pour me guider. Enfin, j'aimerais remercier ma bêta-lectrice la plus fidèle, Angel Maynard, qui a lu ce texte dans sa forme la plus brute ; sa vision impartiale et ses retours francs ont aidé ce livre à prendre son envol. Salutations à ma fille Anyaugo, à ma famille, et à mes proches amis. <3